캄포 산토

CAMPO SANTO
by W. G. Sebald

Copyright ⓒ The Estate of W. G. Sebald, 2003
Korean translation Copyright ⓒ MUNHAKDONGNE Publishing Corp., 2018
All rights reserved.

Korean translation published by arrangement with
W. G. Sebald c/o The Wylie Agency(UK).

이 도서의 국립중앙도서관 출판예정도서목록(CIP)은 서지정보유통지원시스템 홈페이지
(http://seoji.nl.go.kr)와 국가자료공동목록시스템(http://www.nl.go.kr/kolisnet)에서
이용하실 수 있습니다. (CIP제어번호: CIP2018010681)

Campo Santo
W. G. Sebald

캄포 산토
W. G. 제발트

이경진 옮김

문학동네

일러두기

1. 이 책은 아래의 원서를 완역한 것이다.
   W. G. Sebald, *Campo Santo* (Frankfurt am Main: Fischer Taschen-buch Verlag, 2003 / 2013)
2. 본문에서 옮긴이가 보충한 말은 { }로, 인용문에서 저자가 부연한 말은 [ ]로 표기했다.
3. 저자 주는 미주로, 옮긴이 주는 각주로 실었다.
4. 외래어 표기는 가급적 국립국어원 외래어 표기법에 따르되, 관습으로 굳어진 경우 관례를 존중했다. (예: 발터 베냐민 → 발터 벤야민, 모건도계획 → 모겐소계획 등)
5. 원서에서 이탤릭체로 강조한 것은 볼드체로, 독일어 외의 외국어로 표현된 말은 고딕체로 표기했다.
6. 단행본, 정기간행물 등은 『 』로, 시, 희곡, 단편 등은 「 」로, 회화, 음악, 영화, 공연 등은 〈 〉로 구분했다.

차례

산문

에세이

산문
Prosa

아작시오를 짧게 다녀오다

지난해 9월 코르시카섬에서 이 주간 휴가를 보낼 때 파란색 시외버스를 타고 서해안을 따라 내려가 아작시오*를 다녀온 적이 있다. 나폴레옹 황제가 태어난 곳이라는 점 말고는 아는 바가 없는 그 도시를 살짝 둘러보고 싶었던 것이다. 아름답고 화창한 날이었고, 잔잔한 바닷바람이 불어와 마레샬포슈 광장의 야자수 가지가 살랑살랑 흔들렸으며, 항구에는 눈처럼 새하얀 유람선이 거대한 빙하처럼 누워 있었다. 나는 자유롭고 홀가분한 기분으로 골목길을 돌아다니다가 슈톨렌† 모양의 컴컴한 동굴 같은 가정집 현관 이곳저곳을 기웃거리며 양철 우편함 위 낯선 주민들의 이름을 찬찬히

---

* 프랑스령 코르시카섬의 중심도시.
† 독일에서 기원한 크리스마스 빵. 길쭉하고 두툼하다.

읽어보면서, 이런 석조 요새들 가운데 어딘가에서 삶이 다할 때까지 지나간 시간과 지나가는 시간을 연구하는 일에만 파묻혀 산다면 어떨까 상상해보았다. 하지만 우리 중 그 누구도 진실로 자기 안에만 틀어박혀 살 수는 없으며, 우리 모두는 언제나 크든 작든 의미 있는 일을 계획하지 않을 수 없는 까닭에, 마지막 몇 해를 아무런 의무에도 매이지 않고 살고 싶다는 내 안에 떠오른 꿈 이미지는 벌써부터 오후를 뭐라도 하면서 보내야겠다는 욕망에 밀려나버렸다. 그리하여 어찌 된 영문인지 나 자신도 모르는 사이에 메모장과 연필, 입장권 한 장을 손에 들고 페슈 미술관 로비에 들어와 있었다.

조제프 페슈는—나중에 내 낡은 『블뢰 가이드북』을 찾아 읽은 바에 따르면—레티치아 보나파르트*의 모친이 제노바 공화국에서 복무중이던 스위스인 장교와 재혼해 낳은 아들로, 나폴레옹의 이부異父 외삼촌이다. 그는 성직자로 첫걸음을 내디뎠을 때만 해도 아작시오에서 별 볼일 없는 성직에 몸담고 있었다. 하지만 조카의 명으로 리옹의 대주교와 교황청 전권대사의 자리에 오르면서 당대 가장 탐욕스러운 예술품 수집가로 변신했다. 때는 바야흐로 혁명의 시절, 미술 시장은 교회와 수도원과 성에서 가져오고, 망명 귀족들에게서 사들이고, 네덜란드와 이탈리아 도시들에서 노획한 그림

* 나폴레옹 1세의 모친.

10

과 공예품들로 말 그대로 넘쳐나고 있었다.

페슈는 자신의 소장품으로 무려 유럽 미술사의 전 흐름을 면면히 펼쳐 보이겠다는 포부를 품고 있었다. 그가 얼마나 많은 그림을 소장하고 있었는지는 정확히 알려져 있지 않지만 규모가 삼만 점에 달한다는 말이 있다. 1838년 페슈가 사망하자 유언집행자로 지정된 조제프 보나파르트*는 갖가지 수완을 부린 끝에 아작시오에 특별히 미술관을 지었고, 이곳에는 코시모 투라의 성모마리아 그림과 보티첼리의 〈화환을 쓴 처녀〉, 피에르 프란체스코 치타디니의 〈터키 양탄자가 있는 정물〉, 스파디노의 〈앵무새와 정원의 과일〉, 티치아노의 〈장갑을 낀 청년의 초상〉을 비롯하여 훌륭한 작품들이 소장되어 있다.

그 가운데 그날 오후 유난히 아름다워 보였던 작품은 17세기에 루카에서 살았고 작업한 피에트로 파올리니의 그림이었다. 화폭에는 좌측 끝에만 아주 짙은 고동색으로 바림질된 칠흑같은 바탕을 뒤로한 서른 살쯤 되어 보이는 여인이 그려져 있다. 여인의 두 눈은 커다랗고 침울하며, 시커먼 드레스는 여인을 둘러싼 어둠과 좀처럼 구별되지 않아 사실 보이지는 않지만, 옷감의 구김과 주름이 하나하나 묘사되어 있다. 목에는 진주 목걸이를 걸고 있다. 오른팔로는 자신의 어린 딸을 보호하듯이 감싸안고 있으며, 아이는 그림 끝

* 나폴레옹 1세의 형. 한때 나폴리와 시칠리아 국왕 및 스페인 국왕을 지냈다.

을 등지고 몸을 옆으로 돌린 채 어머니 앞에 서 있다. 금방 울음을 그친 듯 자못 엄숙한 아이의 얼굴은 조용히 저항하듯 감상자를 향하고 있다. 소녀는 홍벽색 드레스를 입고서, 전장에 나간 아버지를 기억하기 위함이든 우리의 사악한 눈길을 방어하기 위함이든 8센티미터 남짓한 병장 인형을 우리 쪽으로 들어 보이고 있는데 그 인형도 마찬가지로 붉은 옷차림이다. 나는 두 사람의 초상화 앞에 한참을 서 있었다. 그리고 그림 안에 간직되어 있는, 그 깊이를 짐작할 수 없는 인생의 만 가지 불행을 보았다고 생각했다.

미술관을 나서기 전 나폴레옹 기념품과 예배용 성물 수집품을 전시해놓은 지하로도 내려가보았다. 그곳에는 나폴레옹의 두상과 이니셜로 장식한 편지칼, 인장과 주머니칼, 담배 상자와 코담배 상자, 일가친척과 여러 후손의 미니아튀르, 실루엣 작품과 초벌구이 메달, 이집트 원정 장면이 그려진 타조알, 파엔차에서 만든 화려한 접시, 도자기 찻잔, 석고 흉상, 설화석고 인형, 단봉낙타 혹에 올라앉은 나폴레옹 청동상, 유리종을 뒤집어쓴 나폴레옹 청동 등신상, 붉은색 가선이 둘리고 놋쇠단추 열두 개가 달린, 좀먹은 연미복풍 제복 상의가 있었다. 안내문에는 "이 근위대 대령 제복은 나폴레옹 1세가 착용했던 것이다"라고 적혀 있었다.

그 밖에 구경할 만한 것으로는 활석과 상아를 깎아 만들어 나란히 늘어놓은 황제 조각상들이 있었는데, 황제를 예의 그 포즈로 보여주는 이 조각상들은 약 10센티미터 크기에서 시작해 하얀 맹점에 이를 때까지, 어쩌면 인류사가 소멸해가는 소실점일 그 점 말고는 아무것도 알아볼 수 없을 때까지 점점 작아졌다. 이런 미니아튀르 가운데 하나는 퇴위한 나폴레옹이 세인트헬레네섬 암벽 위에 앉아 있던 때의 모습이다. 완두콩 남짓한 크기의 나폴레옹은 망토를 걸치고 삼중 고깔모자를 쓴 채, 실제로 그가 유배되었던 섬에서 가져온 응회암 조각들로 봉우리를 쌓고 그 위에 세워놓은 소형 의자에 기마 자세로 앉아 눈살을 잔뜩 찌푸리며 먼 곳을 내다보고 있다. 그가 그곳, 그 적막한 대서양 한복판에서 평안치는 않았으리라. 분명 지난날 인생의 흥분을 그리워했을 터, 설상가상으로 고립무원의 처지인 자신을 여전히 측근에서 보필하던 소수의 충신들조차 신뢰할 수 없었던 것으로 보인다.

그러한 사정 정도는 페슈 미술관을 관람한 날 『코르스마탱』에 실린 기사를 보면 짐작할 수 있었는데, 기사에 따르면 르네 모리라는 교수가 황제의 머리털 몇 가닥을 FBI 실험실에서 조사한 결과 다음과 같은 사실을 의심의 여지 없이 규명했다고 주장했다 한다. 나폴레옹은 세인트헬레네섬에서 유배생활을 하던 1817년부터 1821년 사이 서서히 비소에 중독되었는데, 범인은 황제의 연인이자 그의 아이를 가지기도 했던 알빈 부인으로, 부인이 나폴레옹의 측근인 몽톨롱 백작을 사주해서 벌인 일이라는 것이다. 나는 이런 이야기를 어디까지 믿어야 할지 잘 모르겠다. 나폴레옹 신화는 지극히 터무니없지만 어짼든 논박할 수 없는 사실들에 근거한 이야기들을 양산해왔다. 예컨대 카프카도 그런 유의 이야기를 들려준다. 그는 1911년 11월 11일 루돌피눔 극장에서 '나폴레옹의 전설'을 주제로 열린 학회에 참석하게 됐는데, 그 자리에서 배가 볼록 나온 다부진 체형에 알퐁스 도데처럼 뻣뻣한 곱슬머리가 어수선히 휘날리면서도 두피에 딱 달라붙은 리슈팽이란 반백의 남자가 주장하기를, 예전에는 해마다 나폴레옹의 묘를 열어 도열한 상이군인들이 방부처리된 황제를 지나가며 알현할 수 있게 했다는 것이다. 하지만 황제의 얼굴이 이미 상당히 부패되고 연녹색으로 변한 탓에 그뒤로는 연례적인 개관 의식을 폐지했다고 한다. 카프카에 따르면 리슈팽은 아프리카에서 복무한 종조부를 위해서 지휘관이 친히 묘를 개장하라 한 덕분에, 종조부의 품에 안겨 죽은 황제를 알현한 적이 있다고 말했다 한다. 그건 그렇고 그 학회는—카프카가 이어 기록하기를—천 년이 지나도 자기 주검에 티끌 하나라도 의식이 남아 있다면 나폴레옹의 명성을 좇겠노라는 발표자의 맹세로 폐회했다고 한다.

페슈 추기경의 미술관을 나와서는 한동안 레티치아 광장의 석조 벤치에 앉아 있었다. 그곳은 광장이라기보다 고층 건물들 틈에 위치한 아담한 나무정원에 가까웠는데, 유칼립투스와 협죽도, 순상엽 야자수와 월계수, 도금양이 도심 한복판에 오아시스를 이루고 있었다. 정원은 철제 울타리를 경계로 골목길과 분리되어 있고, 골목길 저편에는 하얀

14

게 칠해진 보나파르트 생가 전면이 도드라져 있었다. 프랑스 공화국 깃발을 위에 매단 정문에는 방문객들의 행렬이 제법 꾸준히 이어졌다. 네덜란드인, 독일인, 벨기에인, 프랑스인, 오스트리아인, 이탈리아인, 그리고 한번은 아주 고상한 노령의 일본인 단체가 들어갔다. 그들 대부분은 다시 흩어졌다. 마침내 내가 그 건물에 들어섰을 때에는 어느새 오후가 저물어가고 있었다. 어스름한 로비는 텅 비어 있었다. 매표원 자리도 비어 있는 듯했는데, 계산대 바로 앞에 서서 진열된 그림엽서를 집으려고 손을 뻗자 그제야 계산대 뒤에 젖혀진 사무용 검은 가죽의자에 한 여성이 앉아 있는, 아니 거의 누워 있다시피 한 모습이 시야에 들어왔다.

그를 보려면 부득이하게 계산대 너머를 굽어볼 수밖에 없었는데, 오래 서 있어서 쉬려 했는지 살짝 졸기도 한 모양인 보나파르트 생가의 매표원을 굽어보았던 것은 몇 년이 지나도 가끔씩 떠오르는, 기이하게 길게 늘어진 그런 순간들에 속했다. 매표원이 자리에서 일어서자 상당히 풍채가 좋은 부인이라는 사실이 드러났다. 부인이 오페라 무대에서 자기 인생의 드라마에 지쳐, 〈나를 죽게 하소서〉*나 그 밖의 피날레 아리아를 부르는 광경이 떠올랐다. 그런데 부인의 외양이 디바를 연상하게 한다는 사실보다 훨씬 인상적이었던 점은, 부인을 유심히 뜯어봤을 때에야 알아차릴 수 있었고 눈

* 클라우디오 몬테베르디의 오페라 〈아리아드네〉의 아리아.

여겨볼수록 놀랍기 짝이 없었는데, 바로 부인이 문지기로 일하는 이 생가의 주인, 즉 프랑스 황제와 경악스러우리만 치 닮았다는 점이다.

부인의 동그란 얼굴형은 황제와 영락없이 똑같았고, 눈도 똑같이 커다랗고 툭 불거져 있었으며, 똑같은 노란 잿빛 머리칼이 삐죽한 술처럼 이마에 드리워져 있었다. 부인은 내게 입장권을 건네주면서 내 시선이 자신한테서 떨어질 줄을 모른다는 사실을 눈치채고는 관대한 미소를 보내더니 사뭇 유혹적인 목소리로 관람 공간은 삼층부터 시작된다고 말했다. 나는 검은 대리석 계단을 올라갔다. 그리고 계단 맨 위에서 또다른 숙녀가 나를 맞아주었을 때 적잖이 당황하고 말았다. 그 여인 또한 외관상 나폴레옹의 가계에 속해 있는 듯 보였고, 그게 아니라도 마세나 장군이나 마크 장군 같은 그 밖의 전설적인 프랑스 사령관을 연상시켰는데, 이는 내가 나폴레옹의 가문을 예전부터 난쟁이 영웅 일족으로 상상해왔던 탓일 게다.

말하자면 그 계단 맨 꼭대기에서 나를 기다리고 있던 여인 또한 눈에 띄게 땅딸막한 체구의 소유자였고, 그 체형은 짧은 목과 허리에 채 미치지 않는 똥짤막한 팔로 인해 더욱 강조되었다. 여기에 더해 그는 프랑스 삼색기 색에 맞춰, 파란 치마와 하얀 블라우스를 입고 붉은 허리띠로 몸통을 감싸고 있었다. 놋쇠로 번쩍이는 허리띠의 기세등등한 버클은 그야말로 군인다운 기운을 발했다. 내가 계단을 마저 올라서자 사령관은 몸을 살짝 돌려 비켜서더니 봉주르 무슈라고 인사했다. 그러면서 알 듯 말 듯한 미소를 살짝 지어 보였는데 꼭 자신이 내가 감히 짐작도 못할 만큼 굉장히 많은 것을 알고 있다는 언질을 주는 듯했다. 나는 과거에서 온 이 두 묵중한 사절과의 묘한 만남으로 얼마간 당황하여 한동안 이 관람실 저 관람실을 갈팡질팡하다가 이층으로 내려갔고 다시 삼층으로 올라왔다. 그제야 방 안 가구와 전시품이 차츰 이것저것 눈에 들어오기 시작했다.

전체적으로는 모든 것이 여전히 플로베르가 코르시카 여행일기에서 묘사한 그대로였다. 공화국 시절의 취향으로 꾸며진 그 공간들은 도리어 소박하다고 할 수 있었고 베니스산 유리로 만든 샹들리에 몇 개와 거울은 그사이 때가 타 불투명했다. 방 안에는 어스름이 부드럽게 깔려 있었다. 플로베르가 방문했을 때와 마찬가지였는데, 높다란 창은 두 짝 모두 활짝 열려 있었지만 진녹색 덧문은 닫혀 있었던 것이다. 떡갈나무 마룻바닥에는 햇빛이 하얀 사다리 모양으로 누워 있었다. 마치 그후로 일각도 흐르지 않은 것 같았다. 플로베르가 언급한 물건들 중에선 황금 꿀벌이 그려진 황제의 망토만이 보이지 않았다. 당시 플로베르 눈에는 그 망토가 키아로스쿠로 회화*처럼 찬란히 빛났다 했다. 유리 진열장에는 아름답게 휘어진 서체로 작성된 가문의 문서들과 카를

* 한 가지 색으로만 명암을 조절해 그린 소묘.

로 보나파르트의 엽총 두 자루, 권총 한 자루, 펜싱검 한 자루가 단정히 놓여 있었다.

벽에는 패각과 미니아튀르 따위가 걸려 있었고, 프리틀란트전투와 마렝고전투, 아우스터리츠전투를 그린 일련의 채색 강판화가 금박 나뭇잎이 박힌 육중한 액자에 끼워져 있었으며, 보나파르트 가문의 가계도도 걸려 있었다. 나는 그 앞에 멈춰섰다. 하늘색 배경을 뒤로하고 거대한 떡갈나무 하나가 고동색 땅에서 솟아나 있었고, 나무의 큰 가지와 잔가지에는 종이를 오려 만든 하얀 구름들이 붙어 있었는데, 구름 속에는 황족의 일원들과 이후 나폴레옹 적계 혈통 전성원의 이름과 생몰년이 적혀 있었다. 모두가 여기 모여 있었다. 나폴리의 왕, 로마의 왕, 베스트팔렌의 왕, 마리안 엘리사, 마리아 안눈치아타, 일곱 남매 중 가장 쾌활하고 아름다운 마리 폴린, 제국 수도의 가난한 공작, 조류학자이자 어류학자인 찰스 뤼시앵, 제롬의 아들 플롱플롱과 제롬의 딸 마틸데 레티치아, 양파처럼 말려들어간 콧수염을 기른 나폴레옹 3세, 볼티모어의 보나파르트가※* 등이.

내가 이 계보학적 예술작품에 열중한 기색이 역력했는지,

---

* 나폴리의 왕은 나폴레옹 1세의 맏형 조제프, 로마의 왕은 나폴레옹 2세, 베스트팔렌의 왕은 나폴레옹 1세의 셋째 남동생 제롬, 마리안 엘리사는 나폴레옹 1세의 첫째 여동생, 마리아 안눈치아타는 나폴레옹의 셋째 여동생, 마리 폴린은 나폴레옹의 둘째 여동생, 찰스 뤼시앵은 나폴레옹의 첫째 남동생 뤼시앵의 아들, 플롱플롱은 제롬의 아들, 볼티모어의 보나파르트가는 제롬과 미국인 사이에 난 아들의 후계를 가리킨다.

네 사령관*의 여성형 같던 안내인이 미처 눈치채지 못한 사이에 다가와 경외심을 담은 목소리로 나지막하게, 이 독특한 **창작품**은 지난 세기말 무렵 코르트에 사는 공증인이자 열렬한 나폴레옹 숭배자의 따님이 완성한 것이라고 일러주었다. 또한 그림 하단 가장자리에 나비 여러 마리를 곁들여 붙인 나뭇잎과 꽃차례는 마키† 에서 꺾어온 진짜 철쭉과 도금양이며 로즈마린을 말려 만든 것이며, 파란 바탕에 양각을 한 것처럼 볼록하고 구불구불한 짙은색 줄기는 소녀 자신의 머리칼로 엮은 것인데, 황제를 사모하는 마음에서든 아버지를 사모하는 마음에서든 여하간 그 작업에 무수한 시간을 들였을 것이라 했다.

나는 설명에 경의를 표하듯 고개를 끄덕였고 한참 동안 그 앞에 서 있다가 몸을 돌렸다. 그리고 전시실을 나와 보나파르트 가문이 아작시오에 이주한 뒤 살았던 이층으로 내려갔다. 파스콸레 파올리‡ 의 비서관이었던 나폴레옹의 부친 카를로 보나파르트는 시칠리아 독립투사들이 프랑스군에 맞서 일으킨 독립전쟁에서 중과부적으로 패배한 뒤 코르트에서 이 해안도시로 피신해왔다. 그는 당시 나폴레옹을 임신하고 있었던 부인 레티치아를 데리고 내륙의 험준한 산과

---

* 나폴레옹 휘하에서 수많은 전과를 올린 프랑스 사령관.
† 지중해 아열대 지방에 서식하는 관목숲.
‡ 18세기 코르시카 정치가. 오늘날 코르시카섬에서 국부로 추앙받는 혁명가로, 이탈리아에 대항해 섬의 독립을 위해 투쟁하고 민주적 헌법을 정초했다.

협곡을 통과했다. 나는 자그마한 그 두 사람이 나귀를 타고 숨막히는 절경의 한복판에 있거나 컴컴한 밤에 작은 모닥불을 피우고 앉아 있는 모양새가 꼭 숱한 전승들에서 묘사되는, 이집트로 피난을 가던 마리아와 요셉 같지 않았을까 생각해본다. 아무튼 이 극적인 여행은, 모태 경험의 중요성을 주장하는 이론에 일리가 있다면, 훗날 황제가 된 사람의 성격을 어느 정도 설명해주지 않나 싶다. 특히 그가 만사를 항시 돌진하듯 처리했다는 사실을 말이다. 가령 나폴레옹 자신의 출생사부터 그러한데, 그가 하도 앞으로 밀어붙이면서 나오는 바람에 레티치아는 산모 침상에 가지도 못하고 일명 노란 방의 소파에서 출산할 수밖에 없었다고 한다.

인생사의 서막을 특징지은 기념할 만한 사건을 추억하기 위해서인지는 몰라도 훗날 나폴레옹은 심히 의아한 취향이긴 하나, 상아를 깎아 만든 그리스도 탄생 모형을—그 모형은 지금도 보나파르트 생가에서 볼 수 있다—경애하는 모친에게 바친다. 두말할 것도 없이 레티치아도 카를로도 새로운 정권에 적응해가던 1770년대와 1780년대에는 자신들과 매일같이 식탁에 둘러앉는 이 아이들이 언젠가는 왕과 왕비의 지위로 일약 상승할 것이라고는 꿈에도 생각지 않았을 것이다. 특히 동네 골목에서 매일같이 주먹다짐을 벌였던 가장 성마른 **사고뭉치**가 거대한 제국을 세워 왕관을 쓰고 유럽 대부분의 영토로 뻗어갈 것이라고는.

하지만 어떤 논리로도 해명되지 않는 임의의 법칙에 따라 전개되고 움직이며, 측정할 수도 없이 사소한 것들에 의해서, 느껴지지도 않는 한줄기 바람에 의해, 땅으로 떨어지는 나뭇잎에 의해, 누군가의 눈에서 다른 누군가의 눈으로 인파를 뚫고 전해지는 시선에 의해 결정적인 순간 방향이 바뀌는 역사의 흐름에 대해서 우리가 무엇을 미리 알 수 있단 말인가. 과거를 되돌아볼 때조차 우리는 실제로 과거가 어떠했는지, 어찌하여 이런저런 세계사적 사건이 발생하게 되었는지 인식하지 못한다. 그 어떤 상상력으로도 붙잡을 수 없는 진리에는 과거에 대한 아무리 정확한 지식도 얼토당토않은 한마디 주장보다 더 가까이 가닿지 못한다. 이를테면 수십 년 전부터 나폴레옹 연구에만 매진해온, 벨기에 수도에 사는 알퐁스 휘겐이라는 딜레탕트가 내게 늘어놓은 주장처럼 말이다. 그에 따르면 프랑스 황제가 유럽의 여러 국가에 변혁을 끼친 것은 전부, 다름아니라 그가 적색과 녹색을 구분치 못하는 색맹이었기 때문이라고 한다. 전장에 더 많은 피가 흐를수록 그의 눈에는 전장의 풀이 더욱 파릇파릇하게 싹트는 것처럼 보였을 것이라고, 벨기에의 나폴레옹 연구자는 말했다.

저녁때가 되어 나폴레옹 대로를 따라 걸어내려갔고, 마리티메역 근처 하얀 유람선이 내다보이는 작은 레스토랑에서 두어 시간 동안 앉아 있었다. 커피를 마시며 지역신문 광고들을 찬찬히 살펴보았고 영화를 보러 갈까 고민하기도 했다. 낯선 도시에서 극장 가는 것을 워낙 좋아하기 때문이다.

하지만 앙피르 극장의 〈저지 드레드〉, 보나파르트 극장의 〈크림슨 타이드〉, 레티치아 극장의 〈당신이 잠든 사이에〉는 이날의 마지막을 장식하기에 제격으로 보이지 않았다. 그래서 10시경, 오전 늦게 짐을 풀어놓았던 호텔로 돌아갔다. 나는 창문을 활짝 열고 도시의 지붕들을 내다보았다. 도로는 여전히 차 소리로 쏴쏴거렸다. 그러다 돌연 쥐죽은 듯 조용해졌다. 그러나 몇 초뿐이었다. 보아하니 불과 몇 골목 떨어진 곳에서 코르시카에서 심심찮게 터지는 폭탄이 터진 듯 짧고 둔탁하게 쿵 소리가 났다. 자리에 눕자 어느새 잠이 밀려왔고, 사이렌과 구급차 소리가 들렸다.

캄포 산토*

피아나†에 도착한 첫날 제일 먼저 나선 길은 머리가 쭈뼛설 정도로 급하게 꺾이고 구불구불하게 휘어진 고빗길이었다. 길은 들어서자마자 초록 덤불로 빼곡한 칼벼랑이 이어지더니, 수백 미터 아래 피카촐라만 쪽으로 벌어진 협곡 바닥까지 가파르게 치달았다. 저 아랫마을은 전후戰後 무렵만해도 여남은 남짓한 어부들이 대강 쌓은 벽에 슬레이트로 지붕을 덮고 살던 곳으로, 지금도 군데군데 널판을 덧댄 판잣집에 사람들이 살고 있다. 그곳에서 나는 마르세유, 뮌헨, 밀라노에서 식량과 갖가지 장비를 챙겨 건너와 커플끼리 가족끼리 서로 일정한 간격으로, 가능한 한 떨어져 자리를 잡

* '교회 묘지'를 뜻하는 이탈리아어.
† 코르시카섬의 서해안 포르토만에 면한 해안마을.

은 피서객들 옆에서 반나절을 보냈다. 오랫동안 꼼짝 않고 시냇가에 누워 있자니, 저 침착지 못한 냇물은 여름의 끝 무렵인 지금까지 쉬지 않고 흘러 언젠가 들어본 듯 친숙한 재잘재잘 소리를 내면서 계곡 속 화강암 밑계단들을 내려가더니, 해변에서 조용히 숨을 거두고는 스며들었다. 불꽃색 해안절벽 위 저만치 높은 곳에서 원을 그리며 빙빙 도는 놀랍도록 많은 개천제비도 구경했다. 새들은 빛이 환한 쪽에서는 미끄러지듯 그늘 속으로 들어갔고 그늘에서는 빛을 향해 쏜살같이 튀어나왔다. 나 역시 어떤 해방감이 차올라 어떤 방향으로든 무한히 뻗어나갈 수 있을 것만 같았던 이날 오후, 나는 놀랄 만치 가뿐히 바다를 헤엄쳐 아주 멀리까지, 저녁이고 밤이고 언제까지나 그냥 그렇게 떠밀려갈 수도 있겠다는 생각이 들 정도로 그렇게 멀리 나가 보았다. 그러다 우리를 삶에 묶어놓는 그 기이한 본능에 굴복하여 결국 몸을 돌렸고, 멀리서 보면 미지의 대륙처럼 보이는 육지를 향해 다시 나아갔다. 그러자 한 팔 한 팔 내젓는 것이 점차 힘에 부쳤다. 몸을 싣고 왔던 조류를 거슬러 헤엄치느라 힘든 것이 아니었다. 아니 외려, 물의 표면을 두고 그렇게 말할 수 있을지 모르겠지만, 산을 타고 계속 올라가는 느낌이었다. 눈앞의 풍경이 앞으로 기울어 마치 자신을 감싼 액자에서 빠져나온 듯 제풀에 흔들리고 일렁이면서, 위쪽은 내 쪽으로 몇 도 쏠려 있고 아래쪽은 그만큼 멀어 보였다. 그때 내 앞에 위협적으로 치솟은 풍경은 현실 세계의 일부가 아니라, 극복할 길 없는 내 안의 무력함이 발가벗겨져 검푸른 피멍이 든 모습을 본따놓은 것처럼 느껴졌다. 다시 해변에 닿는 일보다 더욱 힘겨웠던 것은 헤엄쳐 뭍에 닿은 다음 고부랑길이며 여기저기 서로 곧장 연결되면서 8자 모양을 이룬, 사람의 발이 거의 닿지 않은 오솔길을 오르는 일이었다. 아주 천천히 일정하게 한 발 한 발 내디뎠으나 암벽에 쌓인 오후의 열기 탓에 얼마 걷기도 전에 이마에는 땀방울이 맺혔고 목구멍에서는 피가 치솟았다. 가는 길 곳곳에 앉아 있던, 움직이다 말고 공포로 몸이 얼어붙은 도마뱀처럼. 저 피아나의 고지로 다시 올라가기까지 좋이 한 시간 반이 소요되었다. 그뒤로는 마치 공중부양술을 터득한 사람처럼 아무런 무게를 느끼지 못하고 마을 외곽의 가옥들과 정원들 사이를 거닐 수 있었다. 그때 따라 걸었던 담벼락 너머에는 지역 주민들이 망자를 묻는 한 뙈기 땅이 있었다. 경첩이 삐거덕거리는 쇠문을 열고 들어가보니, 프랑스에서 심심찮게 볼 수 있는, 상당히 방치된 땅의 모습이 드러났다. 그런 곳은 영원한 생명의 앞뜰이라기보다 인간 사회의 범속한 폐물을 처리하기 위해 해당 지역의 관리를 받는 지대라는 인상을 주곤 한다. 묘비들은 중간중간 끊어지고 일부는 어긋난 채 무질서하게 줄을 지어 메마른 비탈을 가로질러 있었다. 그중 태반이 바닥에 쓰러진 지 오래였고 일부는 훗날 세워진 묘석 아래 포개져 있었다. 나는 불안한 마음과 더불어, 망자에게 다가갈 때면 느끼게 마련인 두려운 마음을 안고, 모서리가 깨진 받침돌과 묘석, 제자리에서 밀려난 석판, 무너져내린 석재, 원래 있던 곳에서 떨어져 녹이 슨 십자가상, 납 유골함, 천사의 손 조각상을 뛰어넘으며 올라갔다. 이것은 몇 해 전에 버려진 마을의 말없는 잔해들이었다. 너른 그늘을 만들어주는 관목이나 수목은 어디에도 없었고, 위로의 목적으로든 애도의 목적으로든 남유럽 묘지에 흔히 심는 측백나무나 삼나무도 보이지 않았다. 피아나의 묘지를 처음 보았을 때는, 우리의 종말을 훌쩍 넘어 지속되는 자연의 존재를 염원하는 마음으로, 그런 자연의 존재를 되새기기 위해 조화로 장식했다고, 그래서 프랑스 장례업자들의 취향으로 보이는 비단과 시폰, 알록달록 색칠된 도기와 철사와 납으로 만든 보라색, 연자주, 장밋빛 조화들만 보인다고 생각했다. 그런 꽃은 지속적인 애정의 상징이라기보다 우리가 우리의 망자들에게 하고 많은 생명의 다채로운 아름다움 가운데 싸구려 중의 싸구려 대체물 말고는 아무것도 줄 것이 없다는 사실을—그 반대를 자부하고 있음에도 불구하고—만천하에 드러내는 증거물로 보였다. 하지만 주위를 면밀히 둘러보자 잡초들이 눈에 들어오기 시작했다. 살갈퀴, 꿀풀, 흰토끼풀, 서양톱풀, 카밀러, 꽃무지, 며느리밥풀 외 이름 모를 풀들이 돌 주위에 오순도순 자라나 제법 그럴싸한 식물표본과 세밀화 정경을 이루고 있었다. 이것은 그다지 푸르지도 싱싱하지도 않았지만 묘지 화환이라고 하는 것보다, 그러니까 독일 묘지 화훼업자들이 대개 하나같이 균일한 야생화와 난쟁이침엽수와 꼬까오랑캐꽃을 하자 없는 칠흑색 흙에 엄격한 모양으로 배치해 판매하는 화환보다 비할 데 없이 아름다웠다—그런 묘지 화환은 알프스 산자락에서 보낸 벌써 아득해진 옛 유년 시절과 소년 시절부터 달갑지 않은 기억으로 남아 있는 물건이다. 이곳 피아나의 묘지 곳곳에서는 귀한 망자들이 앙상한 꽃자루와 풀잎과 이삭 사이사이로 내다보고 있었으니, 그건 로망어권 국가에서 1960년대까지만 해도 묘석에 왕왕 부착했던, 가느다란 타원형 금테두리를 두른 세피아색 영정사진이었다. 어느 깃 높은 제복을 입은 금발 헝가리 경기병, 열아홉번째 생일에 죽은, 얼굴이 볕과 비에 거의 지워진 소녀, 짧은 목에 타이 매듭을 큼지막하게 묶은 사람, 1958년까지 오랑에서 근무했던 식민지 관리, 디엔비엔푸의 무의미한 정글 요새 방어 작전에서 중상을 입고 돌아온, 전투모를 삐딱하게 쓴 어린 군인. 좀더 최근에 만들어진 무덤 위의 반질반질한 대리석 봉납대조차 어떤 곳은 벌써 잡초가 에워싸고 있었다. 그중 많은 묘비에 회한, 또는 영원한 회한이라는 짤막한 명문이 꼭 아이가 서체본을 따라 쓴 것처럼, 정갈하게 휘어진 서체로 새겨져 있었다. 영원한 회한이라니—우리가 우리보다 먼저 떠난 이들에게 느끼는 감정을 표현하는 의례적 문구가 으레 그렇듯, 이 문구에도 애매함이 배어 있다. 남아 있는 사람들의 영원한 슬픔을 알리는 이 말이 엄격히 절제된 표현이어서가 아니다. 진지하게 따져보면 이 말은 외려 망자에게 뒤늦게 전하는 죄의 고백처럼, 혹은 때이르게 땅밑에 묻힌 사람들을 관대히 봐달라는 무성의한 부탁처럼 들리는 것이다. 오직 망자들의 이름만이 그런 애매함이 없이 선명하게 느껴진다. 그중에서도 꽤 많은 이름이 그 의미와 울림 면에서 참으로 완전무결해서, 마치 이전에 그 이름을 썼던 사람들이 생전에 이미 성자였거나, 우리의 좀더 선한 동경심이 생각해낸 머나면 세계에서 잠시 객연을 하려고 다녀간 사자使者들인 것처럼 여겨졌다. 하지만 그레고리오 그리말디, 안젤리나 보나비타, 나탈레 니콜리, 산토 산티니, 세라피노 폰타나, 아르칸젤로 카사비안카라는 이름*을 지녔던 그들도 실제로는 분명 인간의 악의로부터, 본인의 악의와 타인의 악의로부터 무사하지 못했으리라. 무덤 사이를 어슬렁거리다보니 차츰 피아나의 묘지 구획이 눈에 들어왔다. 그중 눈에 띈 점은 죽은 자들이 전반적으로 가문의 소속에 따라 매장되어서 체체달리가※ 사람들은 체체달리가 사람들끼리, 쿨리치니가 사람들은 쿨리치니가 사람들끼리 누워 있기는 했으나, 이런 유서깊은 질서는 열두 가문 이상으로 지속되지 못하고 이미 오래전 새로운 시민생활의 질서에 밀려날 수밖에 없었다는 사실이다. 이 질서 안에서 우리 모두는 저마다 외따로 누워 있고, 결국에는 자기 자신과 가장 가까운 가족까지만 한 자리를 배당받게 되며 그 자리는 재산의 규모 또는 가난의 정도에 아주

* 나열된 이름에는 모두 '천사'나 '성스럽다'는 뜻이 담겨 있다.

정확하게 상응한다. 코르시카의 조그만 교구에서 화려한 부를 과시하는 묘석은 생각할 수도 없지만, 이런 피아나 같은 곳의 묘지에서조차 더러 볼 수 있듯, 지위가 높은 사람들은 자신에게 걸맞은 마지막 거처로 박공지붕을 올려 망자의 집을 지었다. 그보다 사회적 지위가 한 단계 낮은 사람들을 대표하는 것은 석관으로, 입관될 사람의 소유 수준에 따라 화강암 석판이나 콘크리트 석판을 이어붙여 만든다. 그보다 더 낮은 지위의 망자들 묘에는 석판이 맨흙 바로 위로 덮여 있다. 묘를 덮는 것 이상으로 여건이 되는 사람이라면 터키석이나 분홍 자갈을 가느다란 틀에 맞춰 덮는 것으로 만족해야 한다. 아주 가난한 사람들의 묘에는 그냥 맨바닥에 양철 십자가 하나만, 심하면 펌프관을 가급적 잘 이어붙여 산화방지제를 칠하거나 금색 노끈으로 고정한 십자가 하나만을 덩그러니 꽂아두었을 뿐이다. 어쨌거나 최근까지 가난한 사람들이 대다수였던 이곳 피아나의 묘지에도 이런 방식으로, 우리 대도시의 네크로폴리스와 다를 바 없이, 세속에서의 불평등한 부의 분배에 따라 결정되는 사회적 지위가 등급별로 철저히 세분화돼 반영되어 있었다. 보통 제일 부유한 자들의 묘 위에 가장 무거운 돌덩이가 올라가 있었다. 그들이야말로 후손들에게 유산을 물려주지 않으려고, 혹은 자신들이 놓고 간 그 아까운 것을 다시 가져가려고 마음먹지 않을지 제일 걱정되는 이들이기 때문이다. 물론 사람들은 자기기만적인 간교함을 발휘하여, 만일을 위해 올려놓은 저

묵직한 돌덩이들을 깊은 존경의 기념비로 위장한다. 특기할
만한 점은 그런 식의 수고가 우리의 한층 낮은 지위의 형제
들, 아마도 임종의 순간 매장될 때 입고 있을 수의 말고는
자기 것이 없을 그런 형제들의 죽음에는 필요치 않다는 것
이다. 나는 이런 상념에 빠진 채 가장 윗줄의 묘비에서 시선
을 들어, 피아나의 묘지를 가로질러 담벼락 너머 저 아래 빛
을 발하는, 포르토만의 은빛 올리브나무 우듬지들을 바라보
았다. 이 망자들의 쉼터에 있던 그때 유독 의아했던 점은, 묘
비의 비문 중에서 육칠십 년 이상으로 오래된 것이 단 한 개
도 없다는 사실이었다. 나는 그 이유를 몇 달 뒤, 가문 간 혈
투와 산적질이라는 코르시카의 특이한 사정에 바친, 많은
면에서 내게 모범이 되는 스티븐 윌슨의 연구에서 찾아낼
수 있었다. 그는 내가 사는 노픽의 동료 연구자로 수년간의
조사 끝에 수집해 엮어낸 방대한 자료를 최대한 꼼꼼하고
명료하게 겸손한 태도로 선보였다. 묘비의 사망날짜가 20세
기 초까지 올라가지 않는 것은, 일단 내가 추측했던 대로 그
무덤을 만들어진 순서에 따라 없애는, 어느새 비일비재해진
관습 탓도 아니었고, 예전에는 매장터가 피아나 어디 다른
곳에 있었다는 사실로도 설명되지 않는다. 그 이유는 외려
코르시카의 공동묘지가 지난 세기 중반에서야 관청의 명에
따라 설치되었고 그뒤에도 오랫동안 주민들에게 받아들여
지지 않았다는 단순한 사실에서 찾을 수 있다. 1893년 기록
에 따르면 아작시오 시립묘지는 가난한 사람들과 루터라니

라 불리는 루터파 개신교도들 말고는 아무도 이용하지 않았다고 한다. 아무래도 유족들은 땅 한 뙈기라도 소유했던 망자를 대대로 물려받은 망자의 소유지에서 내쫓을 생각이 없었고 감히 그러지도 못했던 듯하다. 선조들이 물려준 땅에 매장하는 코르시카의 장례풍습은 수세기를 이어온 흔한 상례喪禮로, 모든 망자와 그 후손 사이에 여러 세대를 거쳐 암묵적으로 갱신되어온, 땅의 양도 불가능성과 관련된 계약이나 다름없었다. 그런 만큼 가는 동네마다 어디에서나, 시신을 모셔놓는 작은 사당, 묘실, 영묘를, 여기 밤나무 아래에서, 저기 빛과 그늘이 어른거리는 올리브숲에서, 호박밭 한가운데서, 귀리밭에서, 연둣빛 얇은 딜 잎사귀가 무성한 언덕에서 마주칠 수 있다. 대개 그런 가문의 영토며 마을 일대를 훤히 내다볼 수 있는 수려한 전망을 확보한 자리에 누워 있는 망자들은 말하자면 늘 곁에 있는 것이고, 이 세계 바깥으로 추방당하지 않으며, 이전과 마찬가지로 자기 영역의 경계를 지키는 것이다. 어디서 읽었는지 지금은 기억나지 않지만 옛 코르시카 여자들은 일과가 끝나면 집 밖으로 나가 망자들의 집에 가서, 그들의 말을 주의깊게 듣고, 그들과 토지 사용 문제며, 그 밖에 올바른 삶의 처신에 대해서 상담하는 풍습이 있었다고 한다. 땅 한 뙈기 소유하지 못한 이들, 이를테면 양치기, 날품팔이, 농장 일꾼, 그 밖의 극빈자 들은 죽고 나면 그냥 자루에 넣고 꿰매 덮개로 막아놓은 갱에 던졌는데, 이런 풍습도 오래된 것이다. 주검들이 칡넝쿨처럼 얽혀 있었을 그런 공동묘는 아르카라 불렀는데, 어떤 데는 문도 창도 없는 돌집으로 만들어놓기도 했다. 사람들은 돌집 외벽의 사다리를 타고 올라가 천창을 통해서 시신을 밀어 떨어뜨렸다. 스티븐 윌슨의 연구에 따르면, 오레차 인근 캄포노니코에서는 땅이 없는 사람들을 그냥 얕은 골짜기에 버리기도 했다고 한다. 1952년 여든다섯을 일기로 죽은 산적 무차레투가 살아생전 일러주기를, 그 풍습은 그로사에서 여전히 성행하고 있다고 했다. 그렇다고 해서 이러한 부와 사회적 지위의 경중에 따른 관습이 더 가난한 고인들을 천시하거나 멸시하는 것이라 넘겨짚어서는 안 된다. 여건이 허락하는 한 사람들은 그들에게도 마음을 다해 경외를 표했다. 기본적으로 코르시카의 상장례는 대단히 복잡했으며 고도로 극적인 성격을 띠었다. 상을 당한 집의 문과 덧문은 닫아두었고 심지어 집 전면을 검게 칠하기도 했다. 깨끗이 씻겨 새옷으로 갈아입힌 시신, 또는―왕왕 일어나는 횡사를 당했다면―피 묻은 상태 그대로 둔 시신은 가장 좋은 방에서 입관 절차를 치렀다. 그 방은 대개 망자가 생전에 사용했던 공간이 아니라 이른바 안티치, 안티나티라고 하는 돌아가신 가족을 모셔놓은 공간이다. 그 방에는 사진술이 도래한 뒤부터―이 역시 매우 미심적은 마술의 힘으로 유령 현상을 물질로 고정하는 것과 다름없는데―부모와 조부모, 가깝고 먼 친척들의 사진을 걸어두었고, 이들은 더이상 살아 숨쉬지 않는데도, 아니 그렇기 때문에 집안의 가장 큰 어른으로 대접받는다. 사람들은 조상들의 강직한 시선을 받으며 시신을 지키는바, 이때만큼은 평소 침묵의 형刑을 선고받은 여자들이 주도적인 역할을 맡는다. 그들은 밤새 곡과 오열을 했으며, 특히 살해당한 사람의 장례식에서는 이런 행동이 더욱 심해져서, 태곳적 복수의 여신들처럼 머리를 쥐어뜯고 얼굴을 잔뜩 일그러뜨리는 모양새가 아무리 보아도 눈먼 분노와 고통으로 제정신이 아닌 듯 보였다. 그동안 남자들은 바깥 어두컴컴한 복도나 계단에 서서 총개머리로 바닥을 두들겼다. 스티븐 윌슨은 19세기는 물론 양차대전 사이 시대까지 그런 밤샘의식에 함께하며 모든 광경을 지켜보았던 이들이 기이하게 여겼던 점을 일러준다. 그들은 곡하는 여자들이 일종의 가수假睡 상태에 빠져들어 격한 현기증을 느끼고 실신까지 하는데도 진짜 감정에 사로잡힌 것 같은 인상은 일절 불러일으키지 않았다고 전한다. 몇몇 증언자에 따르면 이런 곡하는 여자들은 한껏 고조되어 전신을 경련하며 열에 들떠 있었는데도, 단 한 방울의 눈물조차 흘리지 않을 만큼 유달리 감정이 결핍되고 경직된 상태에 있었다 한다. 일부 논평자들은 그렇게 냉정해 보이는 자기통제를 근거로 보케라트리치*의 곡소리가 껍데기만 남은 관습화된 의례라고 주장하고 싶어한다. 이 견해는 공동으로 곡소리를 내는 일만 해도 부단한 연습이 필요하며 실제로 곡을 할 때

* '곡소리꾼'이라는 뜻의 코르시카어.

도 이성적인 지휘가 필요하다는 관찰과 맞아떨어지기도 한다. 다만 분명한 건 일종의 계산된 행위와 망아지경에 이르는 진짜 절망 사이에는 분명 어떤 모순도 성립하지 않는 듯하다는 점이다. 영혼의 고통을 뼈아프게 감지해 질식할 것 같은 발작에 가깝게 표현하는 것, 그리고 우리가 상연하는 고통을 지켜볼 관중을 교활하다고까지 할 수는 없지만 미학적 변조를 염두에 두고 능청스럽게 조종하는 것 사이를 오가는 일은, 문명의 모든 단계를 통틀어서 분명 당혹스럽고 그 자체로 혼란스럽게 변모한 우리 인류의 더없이 특기할 만한 특징이다. 프레이저, 하위징아, 엘리아데, 레비스트로스, 빌츠*와 같은 인류학자들이 쓴 저서를 보면 다음과 같은 주장이 자주 나온다. 과거 부족문명의 구성원들은 통과의례나 희생제의를 치를 때 벌이는, 때론 신체 손상과 절단으로까지 이어지는 강제적인 의례의 극단적 형태가 실은 순수한 연희, 이따금 죽음의 지점까지 나아가는 연희와 다르지 않음을, 늘 잠재하는 자기인식 속에서 매우 또렷하게 의식하고 있었다는 것이다. 아무리 격한 심리적 발작을 일으킨 사람이라도 그 내면 깊은 곳 어디선가는 자신이 말 그대로 자기 몸에 쓰인 연극에 출연한 것일 뿐임을 분명하게 알고 있다. 여담이지만 코르시카 보케라트리치 문화에서 나타난, 완

* 20세기 초중반에 활동했던 독일 정신과 의사이자 심리학자 루돌프 빌츠를 가리킨다.『고인류학 1: 고통과 불안에 대한 연구』『고인류학 2: 인간은 얼마나 자유로운가』등의 저서를 남겼다.

전한 정신적 붕괴와 극단적인 자기통제의 지배를 동시에 받는 심리 상태는 대략 이백 년 전 매일 저녁 부르주아계급의 오페라하우스에서 엄격히 훈련받아 히스테리 발작을 일으켰던 몽유병자의 심리 상태와 근본적으로 다르지 않다. 여하간 촛불 하나만 껌뻑거리는 어두침침한 초상집에서 곡소리가 끝나면 유족들은 이제 문상객들을 성대하게 접대하기 시작한다. 유족들이 자신과 고인의 명예를 지키기 위해 몇 날 며칠 계속해서 베푸는 만찬의 비용이란 실로 어마어마했다. 혹여 액운이 끼어, 가령 골육상쟁의 여파로 여러 사람이 죽어나가거나 죽을 만큼 부상을 입는 일이 잇따라 발생하게 되면 그 가문은 망하고도 남을 지경이었다. 유족은 최소한 오 년 이상 상복을 입었고 배우자상을 당한 경우는 그후 평생 상복을 입었다. 따라서 목까지 올라오는 검정 드레스와 검정 머릿수건, 또 검정 코르덴 양복이 20세기 들어와서도 한참 동안 코르시카의 민족의상으로 보였다 해도 놀라운 일이 아니었다. 과거 여행자들의 보고에 따르면, 촌락이고 도시고 거리 어디에서나 보였던 그런 검은 형상들에서는 비애의 아우라가 뿜어져나와 아무리 화창한 날이라 해도 섬의 푸른 초목에 그늘이 드리워질 정도였으며, 〈무고한 아기들의 학살〉이나 〈게르마니쿠스의 죽음〉 같은 푸생의 그림이 떠올랐다고 한다. 망자 추모는 애당초 결코 끝을 볼 수가 없는 것이었다. 코르시카에서는 매년 만령절이 돌아오면 집집마다 망자들만을 위해 식탁을 차리고 겨울철 굶주린 새들한

테 주듯 바깥 창턱에 과자 따위를 올려놓았다. 망자들이 한밤중에 한입 얻어먹으러 자신들을 찾아온다고 믿었던 것이다. 그뿐만 아니라 정주자들의 관념상 밥벌이 못하는 걸인들은 안주하지 못하고 떠돌아다니는 영혼들의 대리인이었으니, 주민들은 이들을 위해 밤 한 동이를 삶아 문 밖에 두기도 했다. 더구나 죽은 자들은 잘 알려져 있다시피 늘 추위를 타기 때문에, 사람들은 동트기 전에 아궁이 불이 꺼지지 않도록 조심하였다. 이런 모든 풍습은 유족들의 끊임없는 걱정과 잠재울 수 없는 공포를 말해준다. 죽은 자들이란 워낙 예민하고 질투심도 많은데다 복수하고 골탕 먹이는 것을 좋아하며, 심지어는 약삭빠르기까지 한 존재이기 때문이다. 약간의 빌미만 있어도 그들은 누군가에게 화풀이할 것이 틀림없다. 그들은 저편에서 영원히 안전하게 떨어져 지내는 존재가 아니라 단지 특수한 처지에 있을 뿐인, 이전처럼 곁에 있는 친척으로 여겨졌다. 게다가 그들은 죽은 자들의 공동체를 이뤄, 아직 죽지 않은 자들에게 대항해 일종의 공동 연대를 형성하고 있었다. 그들은 생시적보다 키가 30센티미터정도 줄어든 채 무리를 지어 이리저리 떠돌아다닐 뿐 아니라 작은 연대까지 형성해 깃발을 앞세우고 거리를 행진하기도 했다. 사람들은 저들이 특유의 기이한 가성으로 말하고 속삭이는 소리를 들을 수 있었다. 하지만 그들이 뭐라고 떠드는지는 알 수 없고 오직 그들이 다음번에 데리고 갈 자의 이름만을 알아들을 수 있을 따름이다. 그들이 어떻게 모습을 드러내고 어떤 수단을 써서 자신들의 존재를 알리려 하는지, 숱한 이야기가 전해내려온다. 임종 직전인 사람의 집 위에서 감도는 희미한 빛을 보았다는 사람들이 최근까지도 있었다. 불길한 일이 일어날 때 개 짖는 소리를 들었다는 사람, 한밤중에 수레가 삐거덕거리며 미끄러지더니 집 앞에서 멈추는 것을 들었다는 사람, 캄캄한 마키에서 난 북소리를 들었다는 사람도 있었다. 죽은 자들의 군대는 사람 손길이 닿지 않는 저 바깥 거대한 공간에서 정주하고 있으며, 자신들에게 할당된 삶의 몫을 사수할 일이 생기면 주검들의 형제애를 나타내는 너펄거리는 천을 둘러쓰거나 바그람전투와 워털루전투에서 전몰한 경보병들의 알록달록한 군복을 입고 출영한다. 예부터 사람들은 그들을 전우, 무마mumma, 헤롯의 분대라 불렀고, 그들이 신병 충원을 목적으로 신성 모독적인 묵주 신공을 드리러 일전에 살았던 집이나 심지어 교회로 쳐들어올 것이라 믿었다. 하지만 무서운 것은 비단 해가 갈수록 수가 늘어나고 힘이 세지는 망자 분대의 권력만이 아니었다. 안식을 찾지 못해 복수의 칼을 가는 유령들이 횡행하고 있었다. 그들은 길가에 잠복해 여행자들을 기다리다 바위 뒤에서 느닷없이 휙 나타나거나 골목에 출몰했는데, 특히 불길한 시간이 그들의 주된 활동 시간이었다. 가령 모두가 식탁에 앉아 있는 점심시간이나 만종이 울린 뒤, 즉 해가 지고 땅거미가 내리는 그 짧은 시간, 납빛 그늘이 지상을 물들이는 시간 같은 때였다. 들일을 마치고 돌아오다 무서운 소식을 들고 귀가하는 사람들이 번번이 나타났다. 인적 없는 들판 한복판에서—모두가 자기 동네나 이웃 동네 사람들을 누구든 그 특유의 자세나 걸음걸이로 알아볼 수 있는 이곳에서—낯선 곱사등이를—그가 풀치나, 낫 들고 풀 베는 여자가 아니라면—보았다는 것이었다. 1950년대에 코르시카를 자주 방문했고 오래 머물렀던 도로시 캐링턴*은 런던에서 장 체사리라는 남자를 알게 되었다 한다. 과학적 사고의 원칙에 매우 익숙한 계몽된 사람이었던 그 남자는 나중에 캐링턴에게 자신의 고향 코르시카의 비밀들을 몇 가지 털어놓았는데, 그는 유령이 실제로 존재한다고 굳게 확신하고 있었으며 자신이 유령을 직접 보고 소리도 들었다면서 자기 시력을 걸고 맹세까지 했다고 한다. 그에게 그럼 그 유령들이 어떤 형상으로 나타나는지, 그 유령들 속에서 죽은 친척이나 친구도 만날 수 있는지 질문을 하자 그는 그들이 첫눈에는 보통 사람들처럼 보이지만, 좀더 면밀히 관찰하면 얼굴은 흐릿하고 가장자리가 깜빡이는 것이 꼭 옛날 영화에 나오는 배우의 얼굴 같다고 대답했다 한다. 어떤 때는 그들의 상체 윤곽만 또렷하고 나머지는 날아가는 연기처럼 보인다고도 했다. 코르시카에는 다른 민속 문화에서도 전승되는 이야기들을 넘어, 죽음에 고용된 사람들에 대한 특별한 표상이 이차대전 이후 수십 년 뒤까지 널리 퍼

* 20세기 초 영국에서 태어나 코르시카에서 생애 절반 이상을 보낸 여행작가이자 역사학자, 인류학자.

져 있었다. 이른바 쿨파모르티, 아키아토리, 또는 마체리라 불리는 여자들과 남자들은 전 계층 주민들 사이에 있는데, 공동체의 다른 성원들과 겉으로는 전혀 구분되지 않지만 밤만 되면 육신을 집에다 두고 사냥을 하러 나가는 능력을 부여받았다고 한다. 그들은 병마처럼 덮치는 그 거역할 수 없는 충동을 따라서, 마을 외곽의 강가나 샘가 어둠 깊은 곳에 쭈그려 앉아서, 잠시 목을 축이러 온 짐승들, 여우나 토끼를 목 졸라 죽인다. 그러면 이 살생의 몽유병에 시달리는 이들은 짐승들의 경악한 얼굴에서 자기 이웃들, 심지어 상황에 따라 가까운 친척을 닮은 얼굴을 알아보게 된다. 그 섬뜩한 순간이 오면, 그자가 죽는 것은 시간문제다. 오늘날 우리가 좀처럼 납득하기 어려운 것, 기독교 교리의 영향하에서도 온전하게 살아남은 듯한 이 극히 기이한 미신의 기저에는 음지의 왕국에 대한 앎이 깔려 있다. 그것은 가족과 고통으로 하나된 이들이 영영 끝날 것 같지 않은 극통한 경험들로부터 체득하게 된 것으로서, 가장 밝고 환한 날에까지 마수를 뻗치는 음지의 왕국으로 끌려갈 운명은 도착적인 폭력 행위를 매개로 예정되어 있다는 믿음이다. 하지만 도로시 캐링턴이 몽중 사냥꾼이라 칭한, 오늘날 사멸되다시피 한 이 아키아토리는 단지 뿌리깊은 운명론이 일으킨 상상의 소산인 것만은 아니다. 그것은 심리연구자 프로이트의 증명할 수는 없지만 그럴듯한 주장, 즉 무의식적으로 생각해보면 자연사로 사망한 사람조차 실지로는 살해된 자라는 주장에 대한 증거로 인용될 수도 있을 것이다. 어렸을 적에 난생처음 아직 닫히지 않은 관 옆에 서 있던 때를 떠올려본다. 지금도 또렷하게 기억나는데, 그때 나는 관 속 대팻밥 위에 누워 있는 할아버지가 우리 살아남은 사람들 그 누구도 보상해줄 길이 없는 수치스럽고 부당한 대우를 받고 있다는 생각에 가슴이 먹먹했다. 그리고 얼마 전 알게 된 사실인데, 어떤 이유에서든 인간에게 이유 없이 부과되지는 않았을 애도라는 짐을 더 많이 걸머질수록 우리는 유령을 더 자주 만나게 된다. 빈의 어느 묘지에서, 런던의 지하철에서, 멕시코 대사가 초대한 환영회에서, 밤베르크시에 있는 루트비히운하의 수문 막사에서, 한번은 여기에서 한번은 저기에서 또렷하지도 않고 어울리지도 않는 이러한 존재들을 불시에 마주치게 되리라. 이들의 특징 중 유독 두드러진 점은 다소 왜소한 체구와 근시안, 특유의 관망하고 잠복하는 태도, 우리에게 원한을 품은 종족의 표정이다. 얼마 전 한번은 슈퍼마켓의 계산대에서 피부색이 매우 어두운, 거의 칠흑처럼 까만 어떤 사람이 커다란 여행 가방을 들고 내 앞으로 줄을 서 있었다. 알고 보니 여행 가방은 텅 비어 있었고, 그는 거기에 구입한 네스카페와 과자 같은 몇 가지 상품을 집어넣었다. 나는 그가 아마도 자이르*나 우간다에서 노리치로 공부를 하러 온 대학생일 것이라고 생각하고는 잊어버렸다. 그런 그를 다시

* 콩고민주공화국의 전 이름.

떠올릴 수밖에 없었던 것은 같은 날 저녁 한 친구의 세 딸이 현관문을 두드리더니, 자신들의 아버지가 이른 새벽에 심장마비로 사망했다고 전해주었기 때문이다. 죽은 자들은 아직 우리 주위를 맴돌지만 그런데도 때때로 나는 그들이 곧 사라질지도 모른다는 생각이 든다. 지금 이 지구상에 사는 사람의 수가 삼십 년 만에 두 배로 늘었고 다음 한 세대가 지나면 세 배로 늘어날 상황인 이 시점에, 한때 기세등등했던 죽은 자들의 무리를 이제 더는 두려워할 필요가 없다. 그들의 의미는 급격하게 축소되고 있다. 영원한 추모나 조상숭배는 이제 거론조차 되지 않는다. 아니, 그건 물론이고 죽은 자들은 현재 가급적 빠르고 철저히 옆으로 밀려나지 않을 수 없는 형편이다. 화장터 장례식에서 포차를 타고 화장소로 들어가는 관을 보면, 누군들 우리가 고인과 이별하는 방식이 대놓고 초라하며 조급하기 이를 데 없다고 생각지 않겠는가. 우리가 죽은 자에게 내주는 자리는 점점 더 협소해지고 있으며 몇 년이 지나면 그 자리조차 없어지는 일이 빈번해지리라. 어디에 유해를 안치해야 하고, 그 유해는 또 어떻게 처리해야 할까? 확실히 이로 인해 적지 않은 부담이 발생하고 있으며 심지어 독일에서도 그렇다. 하물며 삼천만의 대도시로 거침없이 나아가는 도시에서는 그 부담이 얼마나 크겠는가! 그들은 어디로 갈까, 부에노스아이레스와 상파울루와 멕시코시티, 라고스와 카이로, 도쿄, 상하이, 봄베이*의 죽은 자들은? 짐작건대 차디찬 무덤으로 들어가는 경우가 가장 드물 것이다. 누가 그들을 기억하겠는가, 누가 대관절 기억이라는 것을 하겠는가? 피에르 베르토[†]는 삼십 년 전에 이미 인류의 변화를 내다보면서, 기억과 보관과 유지는 주거지의 밀도가 낮은 시대에만, 즉 우리가 만들어낸 물건들이 많지 않은 데 반해 공간만은 넉넉했을 시대에만 삶의 중대한 문제가 될 수 있다고 지적한 바 있다. 당시에는 기억과 보관과 유지 중 그 어느 것도 포기할 수 없었고 그건 죽은 뒤라 해도 마찬가지였다. 반면 누구든 한 시간이면 족히 타인에게 갈 수 있고 대체 가능한 존재로 사실 이미 태어날 때부터 인구 과잉에 기여하는 20세기 말 도시의 삶은, 불필요한 것을 지속적으로 내다버리는 것으로, 우리가 기억할 수 있는 것 모두, 가령 청소년 시절, 유년 시절, 출생, 선조와 조상을 남김없이 잊는 것으로 귀착된다. 최근 각별한 사이였던 사람들을 웹상에서 매장하고 방문할 수 있도록 온라인에 개설된 이른바 '추모 공원'은 한동안 명맥을 유지할 것이다. 그러나 이러한 가상 묘지 역시 얼마 지나면 대기 속으로 사라질 것이고, 과거 전체는 형체도 없고 알아볼 수도 없는 말 없는 덩어리가 되어 녹아 없어지리라. 그러면 우리는 기억이란 것을 알지 못하는 어느 현재를 살아가면서, 또 아무것

* 인도 뭄바이의 전 이름.

† 20세기 초중반에 활동한 프랑스의 독문학자이자 레지스탕스 활동가.

도 올바르게 파악할 수 없는 미래를 마주하면서, 종국에는 잠시라도 머물고 싶은 또는 가끔씩이라도 되돌아오고 싶은 마음조차 품지 못한 채 삶 자체를 놓아버리게 되리라.

바닷속 알프스

아주 먼 옛날 코르시카섬은 숲으로 뒤덮여 있었다. 그 숲은 수천 년 동안 스스로와 경쟁하듯 한층 한층 높아지더니 50미터 높이 이상으로 자라났다. 만일 최초의 정착민이 등장하지 않았더라면, 또한 자신의 출생지를 두려워하는 종 특유의 공포에 사로잡혀 숲을 계속해서 밀어내지 않았더라면, 하늘까지 치솟은 더 크디큰 수종들이 우거졌을지도 모르는 일이다.

주지하다시피 최고 대형종으로 발달한 식물종들의 퇴화는 이른바 우리 문명의 요람 주변에서 시작되었다. 한때 달마티아*와 이베리아반도, 북아프리카 연안까지 기세를 떨쳤던 교림은 우리가 서력을 헤아리기 시작했을 무렵 이미 상

---

* 크로아티아 남서부 아드리아해 연안에 있는 있는 지역.

당 부분 벌목되었다. 현재의 숲을 월등히 압도하는 수목 공동체가 그나마 보존되어 있던 곳은 코르시카섬 오지뿐이었다. 그러나 19세기만 해도 여행자들이 외경심을 표하며 묘사했던 그 나무숲은 그후 깡그리 소멸되다시피 했다. 중세 코르시카에서 가장 우세했던 수목종 가운데 하나였던 백색 전나무는 안개가 고이는 산맥지대와 그늘진 비탈과 계곡 어디에나 있었지만, 오늘날엔 그저 마르모노 골짜기와 푼티엘로숲의 유물이 되어 얼마간 남았을 뿐이다. 그 숲을 걷노라니 어릴 적 외할아버지와 걸었던 이너페른숲에 얽힌 기억이 한 조각 떠올랐다.

에티엔 드라투르*가 제2제정기에 발표한 프랑스 삼림 연대기에는 천 년 이상 살면서 높이가 무려 60미터에 육박할 정도로 자란 전나무 몇 그루의 이야기가 나온다. 드라투르의 기록으로는, 그 나무들은 오래전 유럽에 숲이 얼마나 울창했는지 그려볼 수 있는 단서가 되는 최후의 나무들이다. 드라투르는 이미 그때 코르시카섬의 숲이 무분별한 벌채로 파괴될 조짐이 역력하다고 개탄했다. 가장 마지막까지 살아남은 곳은 바벨라산맥의 거대한 숲 같은 오지 중의 오지들로, 사르텐과 솔렌자라 사이에 솟은 일명 코르시카의 돌로미티산맥은 지난 세기말까지만 해도 인간의 손을 거의 타지 않은 숲으로 뒤덮여 있었다.

* 17세기 프랑스 식민지 관리. 캐나다 아카디 식민지총독을 지냈다.

1876년 여름에 코르시카 전역을 여행한 영국 작가이자 풍경화가 에드워드 리어는, 푸른 어스름이 깔린 솔렌자라 골짜기에서부터 한없이 가파른 비탈을 따라 깎아지른 절벽과 낭떠러지 위까지 거대한 수림이 하늘 높이 우뚝 우거진 모습을 기록하기도 했다. 그보다 조금 작은 나무들은 벼랑의 돌출부와 처마, 최상 층대에 투구 깃털 장식처럼 꼿꼿이 서 있었다고 한다. 고개 위쪽 좀더 편평한 땅에는 갖가지 관목과 잡초가 두꺼운 옷이 되어 사람이 오가는 부드러운 진흙땅을 감싸고 있었다. 나무딸기며 수많은 양치식물과 야생화, 노간주나무, 잔디와 수선화, 키 작은 시클라멘이 그 주변에 자라나 있었고 이런 키 작은 식물들 사이에서 회색빛 낙엽송 기둥들이 우뚝 솟아 있었다. 소나무의 초록 삿갓들은 저멀리 높은 곳, 한없이 청명한 대기 속에서 자유로이 유영하는 듯 보였다.

　리어가 기록하기를―나는 고개를 올라 고원 위에서 숲 전체를 내려다보았다. 형형한 암벽에 둘러싸여 저 아래 까마득한 무대까지 수백 미터를 층층이 내려앉은 자연극장이 보였다. 그날 아침 그 노천극장의 후경後景은 솔렌자라 골짜기 어귀 위로 보이는 바다였고, 바다 너머로 드러난 이탈리아 해안은 종이에 일필휘지로 그려낸 듯했다. 여행을 제법 다녀봤지만, 시나이반도에 있는 세르발산의 신비로운 절벽 요새와 기둥 정도면 모를까, 여기 이 바벨라의 숲처럼 그렇게 정신이 아득해지는 눈부신 절경은 본 적이 없었다. 리어가 쓴 수기 중에는 목재를 실은 화물마차에 대한 것도 있는데, 250에서 300센티미터 길이의 체목體木들을 쌓은 마차가 노새 열여섯 마리에 끌려 좁은 고부랑길을 내려오고 있었다한다. 나는 이 목격담이 사실임을 1879년 비비엔 드생마르탱이 편찬한 『지리학 사전』에 실린 글에서 확인했다. 그 글은 네덜란드의 세계여행가이자 위상학자인 멜히오르 판더펠더가 쓴 것이었는데, 그는 일찍이 바벨라의 숲보다 더 아름다운 숲은 본 적이 없노라고, 스위스에서도, 레바논에서도, 동남아시아의 군도에서도 그에 버금가는 숲은 보지 못했노라고 썼다.

판더펠더는 바벨라는 내가 본 중에서 가장 아름다운 숲이다, 라고 적은 뒤 경고를 덧붙였다. 다만, 숲을 영광에 찬 모습 그대로 보고 싶다면 관광객들은 서둘러야 할 것이다! 도끼가 활개를 쳐서 바벨라가 사라지는 중이니! 실제로 오늘날 바벨라 지역은 당시 알려졌던 그런 모습이 아니다. 물론 당신이 처음 차를 타고 코르시카섬 남부에서 고개를 오르기 시작해, 고개 중턱쯤에 이르러 안개의 화환에 둘러싸인 청보라색에서 자주색으로 펼쳐진 암석 선상지에 가까이 다가가면, 처음에는 판더펠더와 리어가 찬양한 그 경이로운 나무숲이 아직 남아 있는 것처럼 느껴질 것이다. 그러나 여기에 있는 건 1960년 큰 산불이 난 뒤 산림청에서 조성한 나무들, 여남은 세대는 고사하고 한 세대도 버티기 어려워 보이는 빈약한 침엽수들이다.

그 보잘것없는 소나무들이 서 있는 땅은 대부분 불모지였다. 예전 여행자들이 언급했던—판더펠더가 넘치는 사냥감이라고 적은—수많은 야생동물은 흔적조차 찾아볼 수가 없었다. 한때는 어마어마하게 많은 산양이 살았고, 절벽 위로 독수리들이 맴돌았으며, 검은방울새와 되새파리새 같은 새가 수백씩 떼를 지어 숲우듬지를 툭툭 뛰어다녔다. 메추라기와 뿔닭은 키 작은 관목 아래 둥지를 틀었고 공작나비는 팔랑대며 우리 주위를 맴돌았다. 코르시카섬 동물들은 섬지역 생물들이 더러 그렇듯, 몸 크기가 현저하게 작다고 한다.

1852년에 코르시카를 일주한 페르디난트 그레고로비우스는 드레스덴 출신의 어느 나비 연구자에 대해서 이야기하기를, 사르텐시市의 언덕에서 우연히 만난 그 사람은 이 섬에 처음 왔을 때 유난히 작은 서식종들 때문에 섬이 낙원처럼 보였다 했다고 한다. 그리고 실제로 그레고로비우스는 이 작센 출신의 곤충학자를 만난 직후 바벨라의 숲에서 오래전에 멸종한 에트루리아의 붉은 사슴인 코르시카붉은사슴을 여러 차례 목격했다고 적는다. 사슴은 머리가 나머지 몸에 비해 지나치게 비대하고 죽음에 대한 공포에 사로잡혀 눈을 동그랗게 뜬 것이, 소인 같고 어딘지 동양적인 인상을 풍기는 동물이었다고.

한때 섬의 산림에 무수히 서식하던 야생동물이 오늘날에는 절멸됐는데도 코르시카에서는 매년 9월이면 예전과 마찬가지로 사냥 열기로 달아오른다. 나는 섬 깊숙이 답사를 갈 때마다 이곳 남자들 전부가 목적을 잃은 지 오래인 파괴의 제의에 동참하고 있다는 인상을 받았다. 나이가 지긋한 남자들은 대부분 작업복인 파란 사복 차림으로 산으로 가는 길목을 죄 막고 보초를 섰으며, 좀더 젊은 남자들은 군인 못지않은 무장을 한 채 지프나 산악용 차량을 타고 점령군이라도 되는 듯 아니면 적의 침공이 임박하기라도 한 듯 사방팔방 그 지역을 헤집고 다녔다. 위협적인 몸짓에 중장비로 무장하고 면도도 안 한 그들의 모습은, 터무니없는 의욕이 넘친 나머지 자기 고향을 잿더미로 만든 크로아티아와 세르비아 민병대처럼 보였다. 만에 하나 우리가 그들 영토에서 길을 잃는다면 유고슬라비아 내전의 말보로 영웅들처럼 코르시카 사냥꾼들에게도 농담이 통하지 않을 것이다.

그 사람들을 마주쳤을 때 그들이 아무개 행인하고는 자신들의 유혈 사업에 대해서 한마디 말도 섞지 않겠다는 의사를 내게 오해할 여지 없이 분명히 주지한 것도 여러 번이었다. 또한 그들은 이 위험지역에서 당장 꺼지지 않으면 실수로 난사할 수도 있음을 확실하게 보여주는 몸짓으로 나를 길에서 쫓아냈다. 한번은 에비사 마을 아래에서 언뜻 보기에도 자신의 사냥 보초 업무의 엄숙함에 완전히 취한 예순쯤 먹은 땅딸막한 남자와 대화를 시도해보려 했다. 그는 바닥 깊이가 200미터도 넘는 조르주드스펠룬카 협곡을 등진 채 길가의 야트막한 돌턱에 앉아 2연발총을 무릎에 가로로 올려놓고 있었다. 그가 소지한 탄창은 몹시 컸고, 탄창을 꽂은 탄띠 역시 이에 맞게 몹시 넓어서 가죽조끼처럼 배부터 가슴 절반을 덮고 있었다. 내가 그에게 무엇을 기다리느냐고 묻자, 그는 날 쫓아내기 위해 가히 한마디면 충분하다는 듯이 멧돼지, 라고 내뱉었다. 그는 자기 사진을 찍지 못하게 했다. 그 대신 의용병들이 카메라 앞에서 그러는 것처럼 꼭 같이 손사랫짓을 하며 나를 제지하려 들었다.

9월이 되면 코르시카 신문들은 경찰서나 지역 관세청 등의 공공기관이 받는 끊이지 않는 폭탄 공격과 더불어 우베르튀 드라샤스라는 사냥철의 시작을 주요 이슈로 다룬다. 이것은 9월마다 프랑스 전역을 휘어잡는 신학기의 흥분조차 밀어낸다. 여러 지역의 사냥터 상태라든가 지난 시즌 사냥 개괄, 이번 사냥대회의 전망 등 하나같이 심히 우려스러운 관점에서 쓴 사냥 관련 기사들이 쏟아진다. 그뿐만 아니라 호전적인 남자들이 무기를 메고 마키에서 내려오는 장면이나 쓰러뜨린 멧돼지 주위에 자세를 잡고 선 사진도 실린다. 해마다 사냥몰이를 할 토끼와 자고새가 줄어들고 있다는 불평도 주요한 기삿거리다.

내 남편 말이에요, 예컨대 한 비사보나 출신 사냥꾼의 부인은 『코르스마탱』 기자에게 이렇게 불평한다. 남편은 늘 자고새 대여섯 마리는 가져왔는데 이번에는 딱 한 마리를 잡아왔지 뭐예요. 이런 말은 야생을 쏘다니다 빈손으로 귀가한 남편을

얕보는 어감을 담고 있으며, 애초부터 사냥에서 배제된 여성의 눈에는 이제 전리품 하나 없이 서 있는 사냥꾼이 얼마나 우스워 보이는지도 단적으로 말해준다. 이 이야기는 어린 시절부터 나를 불길함 예감으로 채웠던, 우리의 어두운 과거를 먼 곳까지 되짚어 가리키는 어떤 이야기를 마무리하는 일화가 될 법하다.

지금 나는 그 옛날 서리가 내리던 초가을 아침 등굣길에 볼파르트라는 도축업자의 가게 마당을 지나치던 때를 떠올려본다. 암사슴 여남은 마리를 막 수레에서 부려 보도블록으로 내동댕이치는 광경이 눈앞에 펼쳐졌다. 나는 그 자리에서 한참을 꼼짝도 할 수 없었고 죽은 짐승들의 모습에 넋이 나가버렸다. 그뿐만 아니라 내겐 이미 그때 사냥꾼들이 전나무 가지에 집착하는 면모며, 일요일이면 비어 있는 정육점 진열대의 흰 타일 위에 야자수가 놓여 있는 모습 또한 어쩐지 수상쩍게 느껴졌다. 빵집이라면 그런 장식은 필요할 턱이 없으니 말이다.

나중에 영국에서 소위 가족 푸줏간이라 불리는 곳의 쇼윈도에서, 진열된 고기 부위와 내장 장식용으로 줄세워 올려놓은 3센티미터 남짓한 녹색 플라스틱 꼬마 나무를 본 적이 있다. 우리가 흘리게 한 피에 대한 죄책감을 덜어준다는 유일한 목적을 위해 어디선가 공장에서 이러한 플라스틱 상록수 장식물을 대량생산한다는 엄연한 사실은, 바로 그 나무들의 극단적인 부조리성을 통해서 우리 안에 화해 욕구가 얼마나 강렬하며 우리가 그 화해를 예전부터 얼마나 값싸게 사들이고 있었는지 보여준다는 생각이 든다.

그런저런 생각이 스치고 지나간 것은, 피아나의 호텔방 창가에 앉아 있던 어느 오후, 침대맡 탁자 서랍에서 오래된 플레이아드 총서* 한 권을 발견해 읽기 시작했을 때였다. 그때까지 들어본 적 없었던 플로베르의 작품으로, 성 쥘리앵에 대한 성자전이었다. 그 이야기는 한 사람의 마음이 사냥에 대한 잠재울 수 없는 열망과 성인의 소명 사이에서 갈등한다는 참으로 기묘한 이야기로, 나는 여기에 이끌리면서도 당혹감을 이기지 못하면서, 원래라면 내키지 않아 했을 그책을 읽어나갔다.

교회 쥐를 살생하는 장면부터, 그러니까 처음에는 얌전했던 소년이 폭력을 분출하는 장면부터 몸서리가 쳐질 만큼 잔인했다. 쥐구멍 앞에서 꼼짝 않고 기다리고 있었다던 쥘리앵은 쥐에게 가벼운 일격을 가했다. 그리고 더이상 꿈틀대지 않는 작은 몸뚱이 앞에 얼빠진 채 서 있었다. 피 한 방울이 돌바닥에 얼룩을 남겼다. 하지만 이야기가 전개될수록 피는 더 넓게 번진다. 그 죄는 몇 번이고 새로운 방식의 살생으로 덮어야 한다. 이윽고 비둘기 한 마리가 걸린다. 쥘리앵이 투석기로 잡은 비둘기는 푸드덕대며 쥐똥나무 가지에

* 프랑스 갈리마르 출판사에서 발간하는 고전 총서.

걸려 있다. 그가 비둘기의 목을 졸라 숨을 끊어놓자 그는 쾌락으로 온몸의 감각이 사라지는 것 같다. 그는 부친에게서 사냥술을 배우자마자 야생으로 나가지 않고 못 배긴다. 이제 멧돼지를 잡으러 숲으로, 곰을 잡으러 산으로, 사슴을 잡으러 벌판으로 나다니느라 쉴 틈이 없다. 북소리만 나도 짐승들은 놀라 자지러진다. 사냥개들은 비탈길을 질주하고 사냥매는 하늘로 휙 날아가며, 새들은 돌덩이처럼 하늘에서 툭툭 떨어진다.

사냥꾼은 매일 저녁 진흙과 피투성이가 되어 집으로 돌아온다. 그렇게 죽이고 또 죽이는 짓이 계속된다. 결국 그는 어느 얼음장 같은 겨울날 아침, 밖으로 나가 온종일 가시지 않는 도취 속에서 손닿는 대로 주위 모든 것을 쓰러뜨리고 만다. 화살이 사나운 빗줄기처럼 후드득 쏟아졌다. 마침내 밤이 찾아오고 나뭇가지란 나뭇가지는 모두 피가 밴 천처럼 시뻘겋다. 눈을 부라리며 나무에 기대서 있던 쥘리앵은 어마어마한 살육의 규모를 보고는 어찌 된 영문인지 몰라 스스로 어리둥절해한다. 그날 이후 그는 영혼의 마비 상태에 빠지고, 은총의 상태에 있다 타락한 이 세상을 오랫동안 편력하게 된다. 작열하는 태양 아래서 머리털이 절로 불붙을 만큼 뜨거운 열기를 맛보기도 하고, 사지가 떨어져나갈 듯한 얼음장 같은 추위를 맛보기도 한다. 그는 이제 사냥을 거부하지만 꿈속에선 이따금 그 무시무시한 열정에 짓눌린다. 꿈에서 그는 자신이 우리의 조상 아담처럼 낙원 한복판에서 온 짐승들에 둘러싸여 있는 것을 본다. 그가 팔을 뻗기만 해도 짐승들은 어느새 죽어 있다. 그런가 하면 동물들이 쌍을 지어, 들소와 코끼리부터 공작새와 뿔닭과 담비 들까지, 눈앞을 지나간다. 마치 방주에 오르던 그날 같다. 그는 어느 어두운 동굴에서 필살의 창을 던지기도 하지만, 새로운 짐승들은 계속해서 나타나고 또 나타난다.

그가 어디로 가든 어디로 향하든, 그가 생명을 빼앗은 동물들의 영혼이 언제나 그를 따라다닌다. 이 여정은 숱한 고통과 고뇌에 시달린 그가 마침내 세상 끝에서 어느 한센인이 저어주는 배를 타고 강을 건널 때에야 끝이 난다.* 강 건너편에서 그는 사공의 숙소를 함께 써야 했다. 그렇게 그는 온몸이 트고 종기로 뒤덮인, 어떤 부위는 결절 모양으로 딱지가 지고 문드러지기도 한 그 육체를 껴안고, 세상에서 가장 꺼림칙한 그이와 가슴과 가슴, 입과 입을 맞대고 하룻밤을 보내자 마침내 고통으로부터 구원받아 푸르고 머나먼 창공으로 승천할 자격을 얻는다.

한 줄 한 줄 읽어나갈 때마다 더욱 극심한 공포에 빠져드는, 인간 폭력의 흉포함에 관한 근본적으로는 도착적인 이 소설에서 나는 한시도 눈을 뗄 수가 없었다. 맨 마지막 쪽에서 변용變容이라는 은사가 베풀어졌을 때에야 비로소 고개

---

* 이 부분은 플로베르의 원작과 조금 다르다. 원작에서는 사람들에게 사공으로 봉사하며 지내는 쥘리앵에게 한센인이 찾아오는 것으로 되어 있는데, 여기에서는 한센인이 사공인 것처럼 서술되어 있다.

를 다시 들 수 있었다.

저녁 어스름에 묻혀 어느새 실내가 어두침침해졌다. 하지
만 아직 밖에서는 석양이 바다 위에 걸려 있다. 석양에서 물
결치듯 퍼져나가는 번쩍번쩍한 빛 속으로 온 세계가 창을
타고, 도로선 하나, 미미한 거주지 하나 이지러지지 않고 전
율하며 들어와 있었다. 수백만 년 동안 바람과 소금기 섞인
안개와 비에 깎인, 해발 300미터까지 솟아오른 칼랑슈 화강
암 해안절벽의 기암괴석은, 불이 절로 붙어 내부에서 달아
오른 듯 구릿빛으로 번쩍였다. 이 섬광을 보고 있자니 그 안
에서 불탄 동식물이나 거대한 장작더미에 층층이 쌓인 한
민족을 개략적으로나마 알아볼 수 있겠다는 생각이 들었다.
저 아래 물이 화염에 휩싸여 있는 것처럼 보이기까지 했다.
태양이 수평선 너머로 가라앉을 때야 비로소 해수면은 명
멸했고 절벽 속의 불꽃도 희미해져 라일락색과 파란색으로
변해갔으며 해변부터 어둠이 깔렸다. 두 눈이 부드러운 황
혼에 익숙해져 배를 볼 수 있게 되기까지는 상당한 시간이
걸렸다. 배 한 척이 부서지는 파도 속에서 홀연히 나타나 포
르토 항구를 향해 가히 움직이지 않는다 해도 좋을 정도로
아주 천천히 다가왔다. 돛대 다섯 개가 달린 그 하얀색 요트
는 미동 없는 바다에 조금의 자국도 남기지 않았다. 해안에
닿기 직전 배는 거의 정지 상태에 이르렀는데 그럼에도 멈
추지 않고 꼭 시계 분침처럼 앞으로 밀려왔다. 말하자면 배

는 우리가 지각할 수 있는 것과 아직 아무도 알아보지 못한 것을 가르는 경계에서 움직이고 있었다.

바다 위 저멀리에서 오늘의 마지막 불꽃이 스러졌다. 육지 안쪽으로 어둠의 밀도가 점차 높아졌다. 이윽고 세니노곳과 스칸돌라반도의 시커먼 산줄기 앞에서 눈처럼 새하얀 요트 선상에 불이 들어왔다. 망원경을 들고 선창에 비치는 따뜻한 불빛을, 선상의 구조물에 매달린 등을, 돛대와 돛대 사이에서 깜빡거리는 꽃 장식을 들여다보았다. 하지만 그 외에 생명의 징후는 조금도 보이지 않았다. 선장이 칼랑슈 해안절벽 뒤편에 숨어 있는 항구로 들어가려고 허가를 기다리는 듯 배는 한 시간가량 가만히 빛을 발하며 어둠 속에 떠 있었다. 어느새 별들이 산정 위에 떠오르자 배는 선체를 돌려 왔던 모습 그대로 다시 천천히 멀어져갔다.

옛 학교 교정

이 그림은 지난해 12월 여기에 어울리는 이야기를 생각해내면 좋겠다는 다정한 부탁과 함께 내게 당도한 이래로 몇 주 동안 책상에 가만히 놓여 있었다. 그렇게 그림이 오래 있을수록, 그림을 자주 들여다볼수록, 그림은 내 앞에서 자신을 더욱 꽁꽁 닫아버리는 것만 같았다. 그러다보니 그 자체로는 별다를 것이 없던 그 과제가 도저히 넘어설 수 없을 만큼 높이 솟은 장벽이 되고 말았다. 그러던 1월 말 어느 날 그림이 있던 자리에서 홀연히 사라지면서 마음의 부담이 적잖이 덜렸는데, 어디로 갔는지는 아무도 몰랐다. 얼마큼 시간이 흘러 그 일을 거의 잊었을 무렵, 그림은 예기치 않게 되돌아왔다. 보니파시오*에서 발송된 편지와 함께. 발신자는

---

* 코르시카섬 최남단의 항구도시.

지난여름부터 연락을 주고받은 세라핀 아콰비바 부인이었다. 부인은 1월 27일 내가 아무런 설명 없이 편지에 동봉한 그 스케치가—그것이 어떻게 내 손에 들어오게 되었는지 궁금해하면서—자신이 1930년대에 다녔던 포르토베키오* 의 옛 학교 교정을 그린 것이라고 알려주었다. 편지에는 이렇게 쓰여 있었다. 당시 포르토베키오는 말라리아의 공격을 끊임없이 받는 반쯤 죽은 도시였고 소금땅과 늪, 빽빽한 초록 덤불로 둘러싸여 있었습니다. 녹슨 화물선이 리보르노에서 부두에 쌓인 떡갈나무 판자를 적재하러 오긴 했지만, 그것도 고작 한 달에 한 번뿐이었습니다. 그 밖에는, 수백 년 전부터 일어났던 일, 즉 죄 무너지고 썩어문드러지는 것 말고는 아무 일도 일어나지 않았지요. 골목길은 언제나 섬뜩한 정적에 휩싸여 있었어요. 주민 절반이 열병으로 망가져 집 안에서 죽어가거나, 누렇게 뜬 홀쭉한 얼굴로 계단이나 문간에 앉아 있었으니까요. 학교를 다니던 우리 어린이들은—아콰비바 부인이 계속 말하기를—물론 이곳이 세상의 전부인 줄 알았으니, 당시 이른바 학질이라는 병 때문에 실질적으로 사람이 살 수 없는 땅이 된 이 도시에서 산다는 것이 얼마나 절망적인지 전혀 알 수 없었습니다. 우리는 더 행복한 지역의 어린이들과 마찬가지로 셈과 쓰기를 배우고 나폴레옹 황제의 흥망성쇠에 대한 이런저런 일화들을 배웠어

* 코르시카섬 남부의 소읍. 이탈리아어로 '옛 항구'라는 뜻이다.

요. 이따금 우리는 창밖으로 시선을 들어 교정의 담을 넘고 저 석호의 하얀 끄트머리를 넘어, 저 멀리 티레니아해 위에서 전율하는 눈부신 빛을 바라보곤 했지요. 아콰비바 부인의 편지는 이렇게 끝난다. 그 밖에는 딱히 기억나는 학창 시절 이야기가 없는데, 그래도 하나 꼽자면 헝가리 경기병 출신이었던 투상 베네데티 선생님이 제 공책을 굽어볼 때마다 이렇게 말했던 것이 생각납니다. "엉망으로 썼구나! 세라핀! 이걸 누가 읽을 수 있다고 생각하니?"

에세이
Essay

* 페터 한트케(Peter Handke, 1942~)는 오스트리아 작가로, 1966년『말벌들』로 데뷔했고, 전후 독일문단을 주도하던 47그룹 모임에서 독일문학을 가차없이 비판하면서 주목을 받았다. 작품으로『카스파르』『관객 모독』『긴 이별을 위한 짧은 편지』『어느 작가의 오후』등이 있다.

1968년에 초연된 〈카스파르Kaspar〉는 카스파르 하우저라는 실존 인물의 언어 습득 과정을 극화한 언어극이다. 카스파르 하우저Kaspar Hauser(1812?~1833)는 19세기 초반 독일뿐만 아니라 유럽에서 큰 스캔들을 일으킨 정체불명의 고아소년이다. 그는 1828년 5월 26일 뉘른베르크 시내에서 발견되었는데, 그때 그는 말을 거의 할 줄 몰랐고 사회화가 전혀 안 된 어린아이에 가까운 상태였다. 사람들은 그를 처음에는 감옥에 가두었다가 나중에는 온갖 교육자와 신학자, 법학자, 의사 들의 검사를 받게 했고 또 기초적인 교육도 시켜주었다. 그는 말을 배운 다음에 자신의 과거에 대해서 얘기했는데, 이에 따르면 자신은 아주 어렸을 때부터 어딘가에 갇혀서 누군가가 주는 빵과 물만 먹으면서 혼자서 살았다고 한다. 그러던 어느 날 갑자기 누군가가 자신의 눈을 가리고 그곳에서 데리고 나가 풀어줬다고 했다. 이런 기이한 이야기는 하우저를 독일뿐 아니라 유럽에서도 유명인으로 만들었고, 그를 구경하러 많은 사람들이 몰려들었다. 하우저는 1829년 10월 17일에 괴한의 습격을 받았고, 1833년 12월 14일에도 또 한 차례 공격을 받아 이때 입은 부상으로 사망했다. 현재까지도 그가 누구였고, 그때 그를 공격한 괴한은 누구이며, 또 그 이유는 무엇이었는지 미스터리로 남아 있다. 이에 대해서는 당연히 많은 추측이 난무한 상태인데 그 가운데 유명한 설을 소개하자면, 하우저가 바덴공국의 왕위 계승 싸움에 휘말려 버려진 황태자고, 그를 죽인 괴한도 이런 정치적 음모와 관련되어 있을 것이라는 설이다. 최근에는 그가 자신을 향한 관심을 되찾기 위해서 자작극을 꾸민 것이라는 가설도 크게 설득력을 얻고 있다.

생소, 통합, 위기

페터 한트케의 연극 〈카스파르〉*에 대하여

> 그러니 우리는 귀를 쫑긋 세우고 저 세계의 웅성거림
> 에 귀기울여야 할 것이고 시문학에 단 한 번도 침전되
> 지 않았던 그 많은 이미지, 단 한 번도 각성상태의 색
> 채를 띠지 못한 그 많은 환상을 지각하도록 노력해야
> 할 것이다. 이것은 의심의 여지 없이 이중의 의미에서
> 불가능한 과제다. 일단은 그 과제가 우리에게 시간을
> 견디지 못하고 사라진 저 구체적인 고통의 티끌을, 저
> 무의미한 말들의 티끌을 재구성하라고 명하기 때문이
> 고, 다음으로는 이런 고통과 말이 무엇보다도 분리의
> 태도를 취할 때만이 존재하기 때문이다.
>
> 미셸 푸코, 『광기와 사회』

카스파르가 잔뜩 겁먹은 손길로 무대 뒤쪽에서 여러 차례
휘장을 열려고 노력한 끝에 가까스로 무대로 나왔을 때 낯
선 공간에서 말없이 얼어붙어버린 그의 모습은 꼭 "경악의
화신"[1] 같다. 아무래도 오래 도망을 다닌 모양인 그는 이제
자신이 모든 출로가 막힌 채 전연 파악할 수 없는 현실에 던
져져 어느 공터에 도달했음을 알아차린다. 그는 우리의 존
재를 모른다. 어쩌면 우리가 그를 보고, 그 화려한 색깔의 웃
옷과 통바지, 테 두른 중절모를 보면서 한때 빈 관객들이 웃
고 즐겼던 순박한 시골 얼간이를 떠올리게 된다는 것도 알
지 못하리라. 그 약삭빠른 시골뜨기들은 도회지 사교계에

어울리는 예절까지는 아니지만 출구도 없고 출로도 없는 무대라는 곳에 어울리는 예절에는 정통해 있었다. 하지만 카스파르는 여기 무대 위가 낯설고 동무도 없다. 그래서 그의 연극은 속도감 있는 전개에 행복한 결말을 맺는 희극적 인물의 모험이 아니라 어느 야생인간의 훈육에 관한 자기폐쇄적인 내면 이야기를 보여준다. 그 결과, 극의 표면적 줄거리가 개별적으로 또 역사적으로 전개되는 과정에서 한결같이 암시됐던 함의가 비판적으로 폭로된다. 그 함의란 바로 저항적인 얼간이극*이 정제된 어릿광대극으로, 일반인의 기준에서 볼 때 문명화되지 않은 한 개인을 시민으로 개조하려는 여러모로 처절한 시도로 변질됐다는 것이다.

카스파르의 과거에 대해서 우리는 추측만 할 수 있을 뿐이다. 야콥 바서만†의 소설에는 "그가 어디서 왔는지 아무도 몰랐다"라고, 또 그가 말을 모르는 까닭에 본인에 대해 말할 수 없었다고 쓰여 있다.[2] 카스파르라는 그 순수하고 무방비한 존재는 자신의 삶으로 사회의 르상티망을 도발한다고 할 수 있다. 이제껏 말을 배우지 못했으며 어떤 교육도 고스란

---

* Hanswurstiade. 민중극의 전통이 뿌리깊게 남아 있던 오스트리아 빈에서 '한스부르스트'라는 얼간이 캐릭터를 발전시킨 익살극. 상스럽고 반항적이며 어리석은 인물을 내세워 정치적 사건들을 논평했다. 이 계보를 잇는 것이 카스퍼를이라는 어릿광대를 중심으로 한 어릿광대극인데, 풍자적 성격은 희미해졌다.

† Jakob Wassermann(1873~1934). 유대계 독일 작가. 1920년대 중반부터 1930년대 초반까지 정신분석과 도스토옙스키의 영향을 받아 내밀한 심리를 분석하는 작법으로 명성을 얻었다. 제발트가 염두에 둔 소설은 『카스파르 하우저―마음의 나태Caspar Hauser oder Die Trägheit des Herzens』(1908)다.

히 비켜간 그 피조물이 천상의 축복을 입은 것은 아니라고 하더라도 자신만의 비밀을 간직하고 있으리라 추측하는 것은 무리가 아니다. 이런 사안에서 혜안을 자랑하는 니체의 설명에 따르면, 이는 "인간이 이해하기 어렵다. ……한번은 [그가] 짐승에게 물었을 것이다. 자넨 어째서 자네의 행복에 대해 말하지 않고 나만 빤히 쳐다보고 있는가. 그 짐승 역시 답하고 싶었고 말하고 싶었다. 그건 내가 말하려 했던 걸 금방 잊어버려서 그렇소. 한데 그 짐승은 그새 이 답을 잊어버렸고 그래서 침묵했다."[3] 카스파르와 그의 언어주입자들*이 놓인 상황도 이와 비슷했다. 그들은 그가 재현하는 백지 같은 삶, 다시 니체식으로 말하면, 절대적으로 또한 "무역사적으로 지각하는"[4] 그의 능력을 질시했다. 동시에 이런 특별한 능력은 카스파르를 낯선 존재로 만드는 근거이기도 하다. 호프만슈탈은 유사한 생각을 선실존†이라는 개념에 연계시켰다. 그것은 트라우마 저편의 고통 없는 상태로서, 거의 감지될 수 없는 행복, 그저 존재한다는 것에서 오는 단순한 행복이 끊이지 않고 유지되는 상태다. 바서만의 소설 또한 이러한 상태를 포로 상태에서 느끼는 박탈감과는 현격히 다른 어떤 것으로서 구제하려 한다. 바서만이 카스파르 하우

---

* 연극 공연 때 관객이 안 보이는 곳에서 배우에게 대사나 동작 등을 일러주는 프롬프터를 뜻하기도 한다.

† Präexistenz. 세계 또는 사회 속에서 살기 위해서 포기해야 하는 신비로운 영혼의 상태를 이르는 호프만슈탈의 개념이다.

저에 대해서 말하기를, "그는 자기 몸에서 어떠한 변화도 느끼지 못했고 지금의 몸과 달라지기를 바라지도 않았다."[5] 카스파르의 잔잔한 삶을 또렷이 보여주는 것이 바로 "그의 고유한 실존이 어스름하게 반영된…… 흰색 장난감 목마"다. "그는 목마를 가지고 놀지도 않았고 그것과 마음속 대화를 나눠본 적도 없으며 그 목마가 바퀴 달린 판자 위에 서 있었는데도 단 한 번도 그것을 이리저리 굴려볼 생각조차 하지 못했다."[6] "아득한 거리에서 나무 썩는 소리를 듣는"[7] 기술이나 "깊은 어둠 속에서 색을 구별하는"[8] 기술 따위를 터득할 수 있는 정적이고 무역사적인 실존에서 석방되어 카스파르는 무대의 빛 속으로 나온다. 그것은 아예 질적으로 새로운 환경으로의 충격적이고 고통스러운 이행으로, 그 과정에서 "근원적인 예정조화"[9]는 상실되고 내면의 균형상태는 손상을 입었다. 인류학에서는 인간이 높은 곳으로의 도피 가능성이 차단된 나무 없는 상태에 처하게 되면 신화소Mythologeme를 지어내게 된다고 추정한다. 인간사회로 끌려온 카프카의 원숭이가 학술원에서 했던 보고는 이와 대단히 유사한 맥락을 설명해준다.* "출구가 그토록 많았던"[10] 원숭이에게 스스로 인간 되기를 강제한 것은 바로 그러한 출구 없는 상태였다. 이제 야생의 카스파르에게 남은 길이란 스

* 카프카의 단편 「학술원에 드리는 보고」를 가리킨다. 아프리카 황금해안에서 잡혀온 원숭이가 빨간 페터라는 이름을 얻고 말을 배우며 교육을 받아 인간이 되는 과정을 학술원 회원들 앞에서 보고하는 내용이다.

스로를 발전시키는 것뿐이다. 다만 한 가지 차이가 있다면 카스파르는 빨간 페터와는 달리 스스로 신화소를 지어내지 않아도 된다는 것이다. 전문적인 언어주입자들이 그의 옆에 있기 때문이다. 그들의 육신 없는 음성은 카스파르 하우저를 해방된 무구한 인간, 그런 자연의 기적으로 길러낼 수 있다고 낙관했던 18세기와 그 이후의 교육학을 가지고는 할 수 있는 것이 없다. 이미 이러한 실험부터가 순진한 이상주의에 젖어 있다고 한다면 카스파르를 위해 마련한 행사들은 그가 현 상황에 완전히 적응했다는 해방의 허상을 일으킬 뿐이다. 자아는 호프만슈탈이 묘사했듯이 마침내 다른 정체성으로 "한 마리 개처럼, 섬뜩하게 말이 없고 낯선 상태로"[11] 진입할 때까지 계속해서 교육된다.

카스파르를 항시 포위하고 있는 매체의 익명적 음성들은 그에게 "타인의 침투에 수동적으로 복종한다는 의미의 소외"[12]를 뜻한다. 카스파르의 내부에서 무언가가 분열이 일어난다. 주위의 영향이 침투하면서 배움이 시작된다. 일단 그는 어릿광대가 되어 자기 주위의 사물들이 얼마나 간교한지, 그가 인간으로서 얼마나 무능한지 몸소 체험한다. 소파의 쿠션 틈에 손이 끼이고, 책상 서랍이 그의 발등 위로 떨어지며, 흔들의자는 넘어진다. 그러면 카스파르는 소스라치게 놀라 도망치는데, 매번의 새로운 배움이 곧 새로운 공포인 까닭이다. 익살꾼에겐 "대상을 배운 대로 진지하게 다루는 것과 일부러 서투르게 다루는 것 사이의 긴장 속에서"[13] 펼치는 세련된 연기에 불과한 일이, 백치 상태인 카스파르에겐 예측 불허의 사고일 뿐이다. 그 일은 사물을 지배하기 위함이 아니라 자기 자신을 훈련하기 위한 것이다. 한트케는 서커스에 대한 어느 글에서 서커스 관객들의 열광이 결코 자유로운 것이 아니라고 했다. "사람들은 언제든 수치와 경악을 맛볼 준비가 되어 있기 때문이고"[14] 인간이 만드는 작품에서 실수는 얼마든지 일어날 수 있기 때문이다. 하지만 익살꾼에게 "서커스 레퍼토리를 통틀어 민망하기 짝이 없는 그 실수는 장기長技의 일부로 계획된 것이다. 그의 실수는 민망한 것이 아니라 익살맞은 것이다. 민망할 때란 도리어 그가 어쩌다 의도치 않게 사물을 능숙하게 다루는 데 성공할 때다. 의자에 걸려 넘어지지 않고 소파에 무사히 앉아버린 익살꾼의 모습…… 민망한 것이다."[15] 그런데 카스파르의 서툰 행동은 의도한 바와 거리가 멀며 그가 당하는 일들은 겉으로 보기에만 익살맞은 우스개다. 그리고 그런 사고를 피하는 법을 그는 금세 터득하게 된다. 하지만 그가 지나치게 광대같이 행동했던지라 극이 진행되면서 제대로 행동하게 되면 되려 우리가 민망해진다. 여기에서 발전처럼 보이는 것은 사실상 훈련 대상자를 점진적으로 굴종시킨 것에 지나지 않는다. 그는 인간적인 평균에 근접해갈수록 미쳐버린 짐승 같아진다. 카스파르의 '감정교육'은 그의 병력사病歷史이기도 하다. 우리는 이를 통해 소유와 교육 사이에 불가피하게 존재하는 병리적 연관성을 통찰하게 된다. 사물들은 그저 우리에게 더 잘 파악되기 위해서 이름을 갖는 것이 아닌가. 마치 우리가 현실에서 뽑아낸 지도의 빈 곳들이 정신의 식민 제국 확대라는 목적하에 사라져야 한다는 듯이 말이다. 〈말을 달려 보덴호를 횡단하다〉*에서 말을 타고 보덴호를 달리는 동안 헨니 포르텐은 "어릴 적 갖고 싶은 게 있으면 일단 사람들이 부르는 그 이름을 말해야 했다"[16]라고 술회한다. 카스파르는 여기에 곧 사물을 지배하는 비밀이 있음을 파악하게 된다. 그는 자신의 작은 권능을 조금이나마 키우기 위해 정보를 탐한다. "지식이 소유욕과 관련될 뿐만 아니라 천박한 비축 충동을 나타내며 거만한 내적 자본주의라는"[17] 무질의 주장은 카스파르가 배움의 의미를 체득한 뒤부터 보여준 발전을 비판하는 말로 적당할 것이다. 카스파르가 순진한 상태와 계몽된 상태를 두고 의식적으로 선택했다는 말은 아니다. 다만 그가 낯선 사물들을 제압하느라 동원한 낯선 말들은 거역할 수 없는 명령과 보류된 협박처럼 그에게 달려든다. 그뿐만 아니라 그는 아직 사회의 목소리들을 아예 다른 것으로, 자신의 바깥에 있는 것으로 인지하지 못한다. 도리어 그 목소리들은 그의 내부에서 그의 일부로 공명하다

---

* Ritt über den Bodensee. 1971년에 발표되어 초연된 페터 한트케의 극작품. 이 작품은 슈바벤 시인파 중 한 명으로 고대 신화와 전설을 널리 알리는 데 기여한 구스타프 슈바프(1792~1850)의 담시 「기수와 보덴호」에서 영감을 얻은 것이다. 이 담시는 한겨울에 보덴호를 급히 건너려 했던 한 기수가 눈과 얼음으로 덮인 호수를 호수인지 모르고 건넜다가 나중에서야 그 사실을 알고 소스라치게 놀라 낙마해 죽는다는 이야기다.

가, 그가 과도하게 밝은 이 새로운 환경에 내던져진 것을 알아차렸을 때 낯설게 된다. 사회적 공준과 성찰은 마치 카스파르 개인의 사적인 광기인 듯 억지로 그를 사로잡는다. 그래서 그는 그 앞에 무릎을 꿇는다.

카스파르가 받는 무자비한 교육은 언어의 법칙을 따른다. 그 연극이 언어고문拷問이라 불리는 것은 카스파르가 이른바 건전한 동물이성을 상실할 때까지 설복당하기 때문만은 아니다. 정확하게 말하면 이 학습 과정에서 온갖 잔혹한 고문 도구의 무기고로 드러나는 것은 언어 자체다. 언어주입자들의 설명에 따르면, 카스파르가 내뱉는 첫 문장은 과연 그가 "시간을 그 문장을 발화하기 전과 후로 나눌 수 있도록"[18] 도와준다. 긴장감이 감돌고, 이에 따라 고문의 전조도 나타난다. 카스파르는 문장을 말할 때 머뭇거리는 법을 배우고, 목소리들은 그에게 어떻게 머뭇거림으로써 부적당한 곳에 고통스러운 절개선을 그어 한 문장을 여러 마디로 나눌 수 있는지 손수 선보인다. "문장은 아직 너에게 고통을 주지 않는다 어떤 낱말도. 너에게 고통을 주지 않는다 모든. 낱말은 너에게 고통을 준다 그러나. 너는 고통을 주는 것이 문장이라는 것을 모른다 문장은. 너에게 고통을 준다 왜냐하면 너는. 그것이 문장이라는 것을. 모르기 때문이다."[19] 화자들이 저 언어에서 보여주는 것은 옮겨질 수 있고, 휴지부가 되고, 현실의 생체실험이 되며, 결국 인간의 생체실험이 된다. 무지몽매라는 흐릿한 고통은 저 언어 속에서 경험이라는 또렷한 고통에 의해 밀려난다. 삶의 활기를 궁구하려는 강박적인 시도에 따라 이미지의 세계는 해부학의 요소로 갈기갈기 찢긴다. 가장 성공한 언어 수술은 그런 성격을 띤다. 언어의 문법이란 유기체와 기구가 합작하여 고문 피해자의 살갗에 결정적인 개념들을 서서히 각인하는 기계적 체계라 할 수 있다. 카프카는 「유형지에서」에서 이런 목적에 필요한 설비장치를 묘사해놓았고, 니체는 『도덕의 계보학』에서 기억술을 다루며 인류의 선사시대에 고통과 기억을 연계하는 기억술만큼 섬뜩한 것도 없다는 견해를 피력한다. 하지만 명확한 언어 표현 능력을 갖춘 도덕적인 인간을 길러내는 지난한 훈육 과정을 통해 개개인으로부터 생생한 실체를 박탈하고 남는 것은 언어기계로 귀속되고, 결국 그 기계 부품들은 기능상 서로 교체 가능하게 된다. 문법기계* 도안을 설계한 라르스 구스타프손은 기계의 상징적 가치가 "우리 자신의 삶도 기계의 삶과 유사한 의미에서 시뮬레이션될 수 있음을 우리에게 상기해준다는 데"[20] 있지 않은가 자문한 바 있다. 따라서 인간이 금속 나사와 태엽으로 이루어진 스팀팔로스의 새† 같은 존재이고, 의사소통의 금속판에 찍힌 흔해빠진 문양이라면, 언어는 통제를 벗어나 저만의 고유한 불길한 생을 살려는 기구다. 카스파르에게 암시적으로 주입되는

---

* 독일에서 엔첸스베르거가 편역한 라르스 구스타프손Lars Gustafsson의 시집
『기계*Die Maschine*』에 실린 시를 염두에 둔 표현이다.
† 그리스 신화 속 상상의 동물로, 부리, 발톱, 날개가 모두 청동인 식인조다.

예문들은 그의 감각기관이 언어학의 주형틀 속에서 당하는 잔인한 고문을 반영한 것이다. "문이 트이다. 살이 트다. 성냥개비가 탄다. 주먹이 탄다. 풀이 떨다. 불안한 자가 떨다. 따귀 때리는 소리가 철썩 하고 나다. 몸 부딪치는 소리가 철썩 하고 나다. 혀가 날름대다. 불길이 날름대다. 톱이 쉿소리를 내다. 고문당하는 자가 쉿소리를 내다. 종달새가 호로로 소리를 내다. 경찰의 호루라기가 호로로 소리를 내다. 피가 멎다. 호흡이 멎다."[21] 언어주입자들 또한 알고 있다. 그들은 2막 초반에 상처입은 카스파르가 간단한 절개를 통해 두 사람의 만족스러운 카스파르로 증식해 있는 상황에서, 이 후보생을 규칙과 획일이 지배하는 사회에 입문시키는 절차를 지지하는 옹호론을 펼친다. "규칙적으로 머리 위에 떨어지는/ 물방울은/ 질서의 결핍에 대해/ 탓할 근거가 결코 못 되고,/ 식초 한 모금 먹이기/ 배 차기/ 또는 콧구멍 속을 막대기로 찌르기/ 그리고 계속해서 구멍 뚫기/ 혹은 그와 유사한 것을/ 더 뾰족하게 갈아서/ 인정사정없이/ 귓속에 찔러넣기/ 온갖 방법을 동원해서 누군가를/ 무엇보다도 먼저/ 방법을 가리지 않고/ 몰아대거나 질서로 인도하기/ 이러한 것들은/ 질서의 결핍에 대해 한마디하지/ 못하는 이유가 결코 되지 않는다."[22]

카스파르는 이런 식으로 체계적인 사회화를 겪는다. 그는 괄목할 만한 발전을 보인다. 그러다 별안간 위기에 빠진다. 그의 자기동일성은 시간이 지나면서 약화된다. "내가 존재할 때 나는 존재했다."[23] 그는 자신이 겪어온 단계의 이동 문제를 혼란스럽기 짝이 없는 변형들로 표현하는데 이때 문법적으로 가능한 것과 불가능한 것, 그의 현실과 착각이 계속해서 마구 뒤섞인다. 마지막으로 그가 "나는 존재하기 때문에 미래에 존재했을 것이다"[24]라고 말할 때 그가 단지 잘못 말한 것인지 절망에 빠진 것인지 알 도리가 없다. 이제 카스파르는 스스로도 불확실해져서 마법의 명제를 세 번 반복한다. "존재하는 내가 나다." 하지만 이 확언과 맞아떨어지는 것이 없다. 그 확언은 추상적이기에 카스파르가 떠올리는 바에 대해 점증하는 회의를 막아줄 충분한 평형추가 되어주지 못한다. 그가 너무도 경악하여 의자를 흔들다 말고 "왜 여기는 온통 이렇게 검은 벌레들이 날아다니는 거지?"라고 소리칠 때도 마찬가지다. 이것은 극도로 으스스한 광경이다. 카스파르는 자칫하면 퇴행할 것만 같다. 무대는 어두워진다. 언어주입자들은 다시 한번 설득해봐야 한다. 무대는 다시 밝아진다. 언어주입자들이 말을 시작한다. "네게는 역경을 헤쳐나갈 수 있는 문장유형들이 있다." 더 환해진다. "너는 배울 수 있다. 그러면 너는 유익한 삶을 살 수 있게 된다."[25] 무대가 환해질수록 카스파르는 더욱 차분해지고, 다시 정신을 찾고 계몽이 되며, 견진성사의 충격과 완전한 정전停電의 시험에 부딪힐 준비가 되었다. 어둠 속에서 언어주입자는 그에게 이렇게 지시한다. "너는 깨부서져서 열렸다."[26] 무대의 이번 어둠은 카스파르에게 속한 두려움이 아니라 그에게 주입하려 하는 두려움이다. 길게 늘어진 순간이 지나고 비로소 어떤 목소리가 어둠을 향해 암시적으로 말한다. "너는 더러운 것에 민감해진다." 다시 환해졌을 때 카스파르의 사회화는 마침내 완료된 것처럼 보인다. 그의 다른 자아alter ego는 빗자루로 바닥을 쓸면서 무대에 들어온다. 카스파르는 이제 자기 자신의 매트릭스로 재생 가능하다. 동료들이 모여드는데 하나같이 개조된 그의 인격을 빼쏜 것들이다. 하지만 바로 이것들 때문에, 반복되는 모든 것 때문에, 종국에는 자기 자신 때문에 카스파르는 몸살을 앓기 시작한다. "나는 내가 이룩한 첫걸음에 긍지를 느껴왔다. 하지만 두번째 걸음을 내디딜 땐 부끄러웠다. ……나는 반복되는 모든 것에 수치를 느낀다."[27] 오직 언어만이 정반대다. 카스파르는 "첫 문장을 내뱉을 땐 수치를 느꼈고 두번째 문장을 말하면서는 더이상 수치를 느끼지 않았다"라고 말하기 때문이다. 다시 말해 언어는 그를 부끄럼을 모르는 사람으로 만들었고 정체성들에 익숙해지도록 인도했다. 이렇게 기억해온 것이 바로 그가 작품 말미에 들려주는 자기 이야기의 시작이 된다. 이 이야기는 그가 아직 완전히 정상이 아니라는 것을 보여주는 또렷한 징조다. 그 이유는 오직 "네가 굳이 이야기를 꾸며내지 않아도 되는 것들만이 정상이기 때문이다."[28] 따라서 카스파르의 교육은 실패한 것 같다. 그의 기억은 지나치게 선명하다. 그는 자기 자신만이 아니라 자신의 출생과 성장, 교화, 절망의 서막까지 속속들이 알고 있다.

카스파르는 자신에게 일어난 변화들을 상대로 반성을 실시함으로써 자신에게 배당된 역할을 파열시킨다. 그의 탐색은 그를 역방향으로, 어떤 지점으로, 즉 그가 숙고라는 문을 통과해 천국에 들어서서 자기 선실존의 순진성을 되찾는 바로 그 지점으로 이끈다. 그는 스스로가 자신의 첫 문장을 어떻게 응용했는지 기억해냈고 그런 회상의 노스탤지어에 잠겨 잃어버린 자아의 무의식적인 완성을 마주하게 된다. "그런 다음 밖을 내다보았다. 그곳은 온통 녹색으로 빛나고 있었다. 그래서 나는 밖에다 대고 '나는 옛날에 다른 사람이었던 그런 사람이 되고 싶다'라고 말했는데, 이 말로 나는 밖에다 대고 왜 내 다리가 이렇게 아픈가, 라고 묻고 싶다."[29] 그런 기억 속에 잠겨 그는 시간을 측정하고, 진작에 모든 비밀을 잃은 자기 삶의 어두운 내면을 탐색한다. 결국 그는 단순히 동화되지 못한 현실이 아니라 자기 자신의 현실과 동일한 사물들을 마주한다. 거기에는 그의 손을 깨물었던 눈雪이 있고, "당시 다채롭게 칠해진 덧창이 자리했던" 풍경이 있으며 "양초와 문장거머리*: 추위와 모기: 말과 고름: 서리와 들쥐: 뱀장어와 튀긴 도넛"[30]의 음울한 유산이 있다. 선실존에서 길어올려 재창조한 이런 이미지들은 카스파르에게 자신의 현존을 증명하는 진짜 증서와 같다. 그 속에서

* 원서에는 'Satzregeln(문장규칙)'이라고 표기되어 있지만 한트케의 작품에는 'Satzegel(문장거머리)'라고 표기되어 있다. 제발트가 잘못 인용했거나 교정상의 실수가 있었던 것으로 보인다.

카스파르의 과거 인생은 『탑Turm』*의 등장인물 지기스문트의 인생과 모종의 친연성을 보인다. 이러한 증서를 기억하고 있기에 그는 이렇게 말할 수 있다. "나는 나 자신을 아직 체험하지 못했다." 그가 받은 교육이 그의 첫 시작을 깡그리 잊게 할 수는 없었다. 그는 아직 교육받기 이전으로 되돌아갈 수 있다. 그런 외도에서 갖고 돌아오는 야생의 은유들은 제각기 이질적이기에, "편집증의 은유"처럼 "다른 것들의 침입에 맞서는 시적인 투쟁"[31]이 된다. 이러한 의식적 거부의 징조가 결집된 지점은 바로 『소망 없는 불행』에 나오듯이 "극심한 소통의 욕구가 지극한 언어 상실과 만나는"[32] 순간들이다. 하지만 이미지들이 저 마비적인 대치상태로부터 달아나는 그때, 이미지들은 불투명한 암호가 되어 반란의 실패를 예시한다. 그 이미지들의 구조는 허구와 현실이 불가분하게 연계된 신화의 구조다. 그 이미지들은 신화처럼 "형상의 긍정적인 힘만이 아니라 정신의 손상에 기인한다. ……[왜냐하면] 모든 기호에는 전달 가능성의 저주가 붙어 있기 때문이다. 말하자면 기호는 현시되려면 숨겨져야 한다. 그렇게 언어의 소리는 객관적이면서 주관적인 사건을, '외부'의 세계만이 아니라 '내면'의 세계 또한 어떤 식으로든 '표출'하고자 한다. 하지만 여기에서 소리가 지켜낼 수 있

* 호프만슈탈의 후기 대표작으로 5막으로 구성된 비극이다. 주인공 지기스문트는 왕좌에 올랐지만 혁명이 일어나면서 탑에 유폐되었다가 끝내 처형당하는 인물이다.

는 것은 삶이나 현존의 개별적 충만함이 아니라 그 삶의 죽은 약호뿐이다."[33] 문학이 이러한 딜레마를 초월할 수 있는 것은 오직 비사회적이고 추방된 언어에 한결같이 충실할 때만, 반란이 좌절된 불투명한 이미지들을 소통수단으로 투입하는 법을 배울 때만 가능하리라.

역사와 자연사 사이
총체적 파괴를 다룬 문학 서술에 대하여

삭제 기법은 모든 전문가의 방어본능이다.

스타니스와프 렘, 『상상의 크기』

해질 무렵, 폐허가 된 쾰른을 운전해 통과했다. 세계
와 인간과 나 자신에 대한 공포를 마음속에 품은 채.

빅터 골란츠, 『암흑의 독일』

이차대전 말 독일 도시들이 파괴된 일은 무슨 이유에서
그 당시에도 그 이후에도 문학의 재현 대상이 되지 못했는
가, 여기에 대해서는 (이것이 외려 상례였음을 확인시켜주
는 몇몇 예외를 제외한다면) 오늘날까지도 충분히 설명되지
않았다. 누구나 인정할 이런 복잡다단한 문제로부터 문학의
기능이 대체 무엇인지 거꾸로 되물어 상당히 유의미한 결론
을 얻어낼 수도 있었을 텐데 말이다. 폭격은 수년간 지극히
계획적으로 실시되었고, 독일 국민 상당수가 직접적인 피해
를 입었으며, 사회적 삶의 형태가 파괴를 당해 급변했기 때
문에, 이 경험에 대해 무엇이라도 기록하고 싶어했으리라 가
정하는 것도 무리가 아니리라. 파괴의 규모와 영향을 그나마
전해줄 법한 문학적 증언이 부족하다는 현실은 이후 세대가
보았을 때 의아하기 짝이 없는데, 정작 직간접적인 당사자

들은 회상의 욕구를 느끼지 않는 것 같다. 이들이 서독문학의 발전에 대한 숱한 논평에서 이른바 폐허문학*을 거론하고 있는 상황을 감안하면 이 현상은 더욱 의아해 보인다. 가령 1952년 하인리히 뵐†은 폐허문학 장르에 대한 신념을 고백한다. "우리는 전쟁에 대해 쓰고 귀환에 대해 쓰며, 우리가 전쟁중에 보았고 귀환하면서 보았던 것에 대해, 즉 폐허에 대해 쓴다."[1] 뵐의 『프랑크푸르트 강의』에는 이런 의견도 실려 있다. "아이히와 첼란, 보르헤르트 또는 노사크, 크로이더, 아이힝거, 슈누레, 리히터, 콜벤호프, 슈뢰르스, 랑게서, 크롤로, 렌츠, 슈미트, 안더쉬, 옌스, 마리 루이제 폰 카슈니츠†가

---

* Trümmerliteratur. 이차대전 이후부터 1950년대 말까지 독일에 나타난 새로운 문학을 이른다. 전쟁과 파국을 체험하고 귀환한 젊은 세대 작가 다수는 독일 사회의 모든 것이 완전히 파괴되어 0시로 돌아갔고 독일문학 역시 완전히 새롭게 시작해야 한다는 신념하에 종전과는 다른 새로운 언어를 추구했다. 제발트가 이 글에서 언급하는 작가들은 '폐허문학 시대'에 활동한 작가들로 대부분 47그룹과 연관을 맺고 있다. 47그룹은 전후부터 1968년도까지 독일문학계를 좌지우지했던 그룹이다. 평론가 한스 베르너 리히터를 중심으로 모인 문인들이 젊은 작가들을 초대해 작품 낭독을 청하고 그 자리에서 비평하는 모임을 일 년에 한두 차례 가진 것이 47그룹으로 발전했다. 전후 서독문학에서 활약한 작가들은 모두 한 번씩은 47그룹을 거쳐갔을 정도로 대단히 중요한 모임이었다.

† Heinrich Böll(1917~1985). 전후 독일의 참상과 현대사회 고유의 문제를 탐구한 독일 작가. 1951년 47그룹에 들어가 두각을 나타냈으며, 1972년 노벨문학상을 수상했다. 대표작은 『아담, 너는 어디에 있었느냐?』 『그리고 아무 말도 하지 않았다』 『카타리나 블룸의 잃어버린 명예』 『천사는 침묵했다』 등이다.

‡ 귄터 아이히Günter Eich(1907~1972)는 47그룹의 초창기 멤버로, 전쟁의 직접적인 체험을 다룬 시들을 발표하여 큰 주목을 받았다. 대표작으로 『변두리 농가』 등이 있다. 볼프강 보르헤르트Wolfgang Borchert(1921~1947)는 독일 전후문학을 대표하는 작가다. 1941년 징집되어 중상을 입고 제대했다. 이때의 경험을 바탕으로 수많은 단편과 희곡을 집필해 전후 세대의 공감을 얻었다. 참전 당시 얻은 병으로 스물여섯에 요절했다. 대표작으로 『문 밖에서』가 있다. 에른스

없었다면 1945년이라는 역사적 순간은 어떻게 되었을까?
당대문학으로 표현되지 않았더라면 1945년에서 1954년까
지의 독일은 진작 사라지고도 남았을 것이다."[2] 우리가 이런

트 크로이더Ernst Kreuder(1903~1972)는 전후 상당한 인기와 명성을 얻은 독
일 작가다. 1953년 게오르크 뷔히너 문학상을 수상했다. 일제 아이힝거Ilse
Aichinger(1921~2016)는 전후 47그룹의 일원으로 활동한 오스트리아 태생 작
가다. 어머니가 유대인이라는 이유로 이차대전중 박해를 당했고, 이때의 경험을
바탕으로 『더 위대한 희망』을 썼다. 볼프디트리히 슈누레Wolfdietrich Schnurre
(1920~1989)는 전후에 활동한 독일 작가로, 47그룹의 초창기 멤버다. 대표작으
로 롬 학살을 다룬 『예뇌는 내 친구였다』 등이 있으며, 1983년 게오르그 뷔히너
문학상을 수상했다. 한스 베르너 리히터Hans Werner Richter(1908~1993)는
독일 작가이자 사회주의자로, 제3제국 시기에 지하활동을 펼쳤다. 종전 직후 반
파시즘을 기치로 내세운 잡지 『루프Ruf』를 창간했다. 이 잡지를 중심으로 중요
한 전후문학 단위인 47그룹이 형성되었다. 리히터는 이 그룹의 수장격인 인물로,
47그룹에 가입하려면 그의 초대가 있어야 할 정도로 영향력이 컸다. 발터 콜벤
호프Walter Kolbenhoff(1908~1993)는 리히터와 47그룹을 결성한 독일 작가
이자 언론인이다. 1920년대에 공산당에 가입해 언론인으로 활동하다가 1933년
나치가 정권을 잡자 덴마크로 망명했다. 이후 징집되어 참전했다가 미군의 포로
수용소에서 종전을 맞은 뒤 전후 독일사회를 목도한 충격을 자전소설 『셸링 거
리 48번지』에 녹여넣었다. 롤프 슈뢰르스Rolf Schroers(1919~1981)는 작품을
통해 제3제국과 이차대전을 실존적으로 논의한 독일 작가이자 자유기고가다.
1950년부터 1958년까지 47그룹의 일원으로 활동했다. 엘리자베스 랑게서
Elisabeth Langgässer(1899~1950)는 남편이 유대인이라는 이유로 출판금지를
당하고 1942년 강제수용소에 끌려가 강제노역을 했으며, 이때 얻은 다발성경화
증으로 종전 오 년 뒤에 사망했다. 기독교 신비주의적 전통을 잇는 작품들을 다
수 발표했다. 카를 크롤로Karl Krolow(1915~1999)는 독일 전후문학을 대표하
는 시인이다. 1934년부터 히틀러 유소년단에서 활동했으며 1937년에 나치당에
가입해 나치 선전지에 작품을 발표했다. 1956년 게오르크 뷔히너 문학상을 수상
했다. 알프레트 안더쉬Alfred Andersch(1914~1980)는 독일 태생의 작가, 방송
인, 출판인으로, 1957년 스위스로 이주했다. 발터 옌스Walter Jens(1923~
2013)는 독일 고전문헌학자이자 작가, 비평가다. 1950년부터 47그룹에서 활동
했다. 마리 루이제 카슈니츠Marie Luise Kaschnitz(1901~1974)는 독일 전후에
활동한 작가다. 1933년에 등단해 전시의 여러 체험과 자전적 체험에 관한 작품
들을 집필했다. 1955년 게오르크 뷔히너 문학상을 수상했다.

주장에 상당히 공감할 수 있다 하더라도, 그가 인용한 문학 이야말로 익히 알려져 있다시피 주인공의 "개인적 관심사"와 사적인 감정을 중시했을 따름이지, 시대의 객관적 현실, 특히 도시의 초토화와 이로 말미암아 나타난 심리적·사회적 행동양식에 대해서는 별반 전해주는 것이 없다는 사실은 여전히 반박되기 어렵다. 희한하게도 1977년 알렉산더 클루게가 할버슈타트의 1945년 4월 8일 공습을 다룬『새로운 역사들』제2권을 발표할 때까지, 문학은 단지 우연이라 보기 어려운 이러한 기억의 공백을 조금도 메우지 못했다. 아울러 총파괴라는 전대미문의 역사적 사건의 문학적 재현을 감행한 사실상 유일한 작가들인 한스 에리히 노사크와 헤르만 카자크가 무려 전쟁중에, 그것도 부분적으로는 실제 사건을 선취하는 방식으로 이 작업을 준비하고 있었다는 사실 또한 특기할 만하다. 노사크는 카자크를 회고하는 자리에서 이렇게 얘기한다. "1942년 말인가 1943년 초인가, 카자크에게 서른 쪽 분량의 산문 원고를 보낸 적이 있다. 그건 종전 후 '네키야Nekyia(죽은 이에게 바치는 제물)'라는 제목으로 발표하게 되는 단편의 초고였다. 원고를 받은 카자크는 내게 산문문학으로 한번 겨뤄보자는 식으로 도전장을 내밀었다. 나는 무슨 말인지 알아듣지 못했고 아주 나중에야 그 말의 의미를 깨달았다. 당시 우리는 같은 주제, 즉 파괴된 도시 또는 죽은 도시라는 주제에 사로잡혀 있었던 것이다. 지금이야 우리 도시들의 파괴를 예견한 일이 대수롭지 않아 보일 것이다. 하지만 두 작가가 그 사건들이 터지기도 전에, 우리가 이후 수년간 살아가야 했고 또 근본적으로는 여전히 살고 있는 지극히 비현실적인 현실을 객관화하고자 한 것, 또 그 현실을 우리에게 주어진 실존방식으로 인정한 것은 아무튼 주목할 만한 일이라 하겠다."[3]

문학이 어떻게 인간 생활 영역의 와해라는 집단 경험을 소화해냈는지, 또는 노사크가 선취한 다큐멘터리 글쓰기 방식의 몇몇 단초가 보여주는 바대로, 그런 서술 방식으로 이 같은 경험을 과연 소화해낼 수 있었는지, 여기에선 우선 카자크의 소설 『강 저편의 도시*Die Stadt hinter dem Strom*』와 1943년 여름에 집필된 노사크의 텍스트 『몰락*Der Untergang*』을 통해서 분명히 보여주고자 한다.

1947년에 출간된 카자크의 소설은 독일 전후문학이 일궈낸 최초의 '결실' 가운데 하나지만,[4] 1940년대 후반 정치적 사회적 복구 과정에서 작가들이 취한 전략에는 영향을 거의 미치지 못했다. 그것은 아마 이 책의 미학적이고 도덕적인 목표가 상당 부분 이른바 '내적 망명'이 발전시킨 표상들에 부응했으며, 그런 만큼 소설에서 선보인 시대 양식이 출판 당시에는 이미 진부해졌기 때문일 것이다. 카자크 작품을 결정짓는 특징은 현재의 완전한 절망 상태, 그리고 휴머니즘적 세계관의 잔재를 부정적이긴 하지만 아무튼 새로운 종합명제로 통합시키려는 시도 사이에 벌어진 모순이다. "삶이 이른바 지하에서 펼쳐지는"[5] 강 저편의 도시 지형은 구체적인 면면에서 파괴의 지형 그 자체다. "주변 길거리에는 외벽만 남은 건물들만 우뚝 서 있었기에, 죽 늘어선 텅 빈 창문들을 비스듬히 바라보면 하늘을 볼 수 있었다."[6] 또한 생사의 중간지대라는 연옥에서 연명하는 주민들의 "삶이 아닌 삶"[7]에 대한 묘사는 1943년에서 1947년 사이의 실제 경제적·사회적 상황으로부터 영감을 받은 것이라 할 수 있다. 어디에도 차량 하나 보이지 않고 행인들은 폐허의 거리를 무심히, "주변의 절망 따위는 이제 느껴지지도 않는다는 듯"[8] 스쳐지나간다. "집의 기능을 상실한 무너진 집터에서 파묻힌 세간의 잔해를 뒤지는 사람들의 모습을 볼 수 있었고, 또 도자기 파편 더미에서 양철 조각이며 전선들을 주워모으는 사람들, 어깨에 둘러맨 식물채집통 같은 자루에 나뭇조각들을 주워담는 사람들의 모습도 여기저기에서 보였다."[9] 지붕이 날아가 천장이 휑한 상가에서는 유행이 지난 변변찮은 물건들을 구색만 겨우 갖춰 내놓았다. "여기에선 겉옷과 바지 몇 벌, 은제 버클이 달린 혁대, 넥타이, 색색의 스카프를, 저기에선 상당히 의심쩍은 품질의 갖가지 구두와 장화를 무더기로 벌여놓았다. 다른 편에는 꾸깃꾸깃한 양복들을 치수별로 옷걸이에 걸어놓았고, 유행이 지난 전통 상의와 농부들 입는 겉옷을 널어놓았는가 하면, 또 그 사이사이에 꿰맨 스타킹과 양말, 셔츠, 모자며 머리그물을 한데 뒤섞어 매물로 내놓았다."[10] 이러한 대목에서 전후 독일의 위축된 생활과 궁핍한 경제 사정이 카자크 소설의 경험적 기반이었다는 점을 읽어낼 수는 있으나, 이것은 경험한 현실 내지는 경험 가능한 현실을 전반적으로 신화의 차원으로 만들어버리는 이 소설에서 중심 요소가 되지 못한다. 카자크가 개발한 픽션 형식의 비판적 잠재력은 집단 재앙의 생존자가 이미 죽음을 겪었다는 착잡한 통찰과 관련된 것인데, 이 잠재력 역시 신화의 차원에 사로잡혀 서사적으로나 담론적으로나 실현되지 못한다. 그 대신 카자크는 냉철한 산문체를 고수하면서도 파괴된 삶을 그럴싸하게 비합리적인 것으로 만들어버린다. 도시를 파괴한 폭격은 되블린적이고 유사서사적인 문체에 실려 현실 초월적인 사건으로 나타난다. "파괴에 있어 그 무자비함이 악마의 힘을 능가하는 인드라가 그들을 독려한 것마냥, 죽음의 사자 군단은 과거 남자들의 살육 전쟁보다 백배는 더 강한 규모로 대도시의 회관들과 집들을 박살내기 위해 묵시적인 투척과 타격을 가하며 날아올랐다."[11] 녹색 탈바가지를 쓴 인물들, 어느 비밀 종파의 회원들은 퀴퀴한 가스 냄새를 피우는데, 이는 아마도 집단수용소에서 살해된 전체 시스템의 희생자들을 상징화하고자 한 것 같다. 그들은 알레고리적 과장 속에서 나타나 권력의 꼭두각시들과 논쟁하는데, 실물보다 크게 부풀려져 신성모독적인 언어로 자신들의 사악한 지배를 선지하던 이 꼭두각시들은 재판관으로 임명된—작가의 분신인—서기가 장엄하고 엄숙한 모습으로 나타나자 사악한 악취와 빈 군복만 남긴 채 사라진다. 거의 지버베르크* 영화를 방불케 하는 이러한 연출은 표현주의적 공상력의 가장 의심쩍은 면에 힘입은 것으로, 소설 종결부에서는 이런 연출에 더하여 무의미에 의미를 부여하려는 시도가 이루어지는바, 존귀한 대법사는 서양철학과 극동 처세론의 통합으로 나아가는 복잡한 입문 과정을 설명한다. "대법사는 입회자 서른세 명이 환생으로 나아가고자 더없이 오래 차단돼 있던 아시아 영역을 열고 확장하는 데 힘을 집중하고 있다고 알려주었다. 그리고 그 힘은 더 강력해져, 정신과 몸의 환생이 이제 서양의 순환까지 포함하는 듯하다고 했다. 지금껏 그저 천천히, 띄엄띄엄 이루어졌던 아시아의 존재고存在庫와 유럽의 존재고 사이의 교환이 잇따른 현상들에서 더욱 두드러지고 있는 것이다."[12]

이어지는 대법사의 설명을 들으면서 카자크의 분신은 수백만의 죽음이 무한정 일어나야 한다는 사실을 깨닫는다. "엄청나게 몰려오는 환생자들에게 자리를 내어주기 위해서, 엄청난 수의 인간들이 때이른 부름을 받았다. 이로써 대기자들은 이제껏 닫혀 있던 삶의 공간에 있다 적시에 씨앗으로, 비공식적인 환생자로 부활할 수 있게 되었다."[13] "차단되어 있던 아시아 영역" "유럽의 존재고" "이제껏 닫혀 있던 삶의 공간Lebensraum" 등에서 드러나는 어휘와 개념 선택은 당

---

* Hans-Jürgen Syberberg(1935~). 뉴저먼 시네마의 기수로 손꼽히는 독일 영화감독. 그의 대표작 〈히틀러: 한 편의 독일영화〉(1977)는 히틀러 집권 당시 파시즘과 독일영화의 관계에 대해 파고든 작품으로, 화려하고 장대하며 신비로운 영상으로 유명하다.

대 양식과 결부된 철학적 사변이 종합을 도출하려는 시도에서조차 어떻게 자신의 선한 의도를 뒤집는지 경악스러우리만치 적나라하게 보여준다. 전체주의 정권하에서 진정한 문학은 비밀언어를 사용했다는 '내적 망명'의 반복되는 주장[14]은 이런 경우 그 암호가 의도한 것은 아니지만 파시스트들의 언어와 일치한다는 점에서 지당한 소리로 판명난다. 헤르만 헤세나 에른스트 윙거도 그렇지만, 카자크가 제시하는 새로운 교육촌의 비전 또한 별반 다를 바가 없다. 그것은 국가를 앞세고 초월해 활약하는 엘리트 학우회가 견지한 귀족적 이상의 왜상일 뿐인바, 그 학우회는 공인된 파시스트 엘리트들을 배출함으로써 부패의 극치를 보여주는 동시에 완성된다. 이제 서기는 자신의 이야기가 끝날 때 "작별을 고한 영혼이 손가락으로 스치고 간 그 자리에 어떤 기호가, 작은 얼룩이, 마지막 운명의 룬문자가 찍힌 것처럼"[15] 느낀다. 이는 카자크의 작품이 시대의 폐허를 역시 폐허가 된 문화의 잡동사니 밑에 다시 한번 파묻음으로써 자신의 서사적 의도에 반하는 경향을 발전시켰음을 보여주는 더할 나위 없는 본보기라 하겠다.

함부르크 파괴에 대해 서술한 한스 에리히 노사크의 산문 『몰락』 또한 집단적 재앙의 실제적인 측면을 훨씬 적확하게 제시하는 작품이지만, 다음에서 볼 수 있듯 몇몇 대목에서는 사실주의가 명을 다한 일차대전 이래 관습화되었다 할 수 있는 기법, 즉 사회적으로 극단적인 상황을 신화화하는 길로 빠지고 만다. 여기에서도 묵시록의 무기고가 동원되어, 평화로운 나무들이 전조등 불빛 속에서 "피 흘리는 그믐달을 향해 탐욕스럽게 뛰어오르는"[16] 까만 늑대로 변신한다든지, 산산조각난 창을 통해 무한성이 거침없이 불어온다든지, 인간의 얼굴이 "영생으로 가는 길 위에서"[17] 성스럽게 여겨진다든지 따위의 수사들이 사용된다. 이러한 운명론적 수사가 파괴의 기술적 실행을 바라보는 시각을 왜곡시키기는 하지만, 노사크가 작가로서 이데올로기적으로 타협하는 지점으로까지 퇴보하는 구절은 발견되지 않는다. 노사크가 여러모로 비상한 이 작품을 구상하고 집필하면서 당대 문체에 상당히 저항했다는 점은 부인할 수 없는 성과다. 그가 우리 눈앞에 제시하는 죽음의 도시 전망 또한 카자크의 소설에서 묘사된 것과 견주어볼 때 훨씬 더 현실에 가까우며, 그 위상이 질적으로 다르다. "나는 사람들과 함께 널따란 주도로를 따라 베델 지구에서 엘베교橋까지 가면서 동승객들의 얼굴을 바라보았다. 우리는 꼭 한 무리의 여행객 같았다. 확성기와 여행 가이드의 수다스러운 설명만이 빠졌을 뿐이다. 모두가 정신이 나가 있었고 이 낯선 광경을 도무지 이해할 수가 없었다. 예전에는 건물들의 벽이 보이던 곳에 고요한 평원이 끝없이 펼쳐져 있었다. 저건 공동묘지일까? 대체 어떤 존재가 그곳에 죽은 자들을 매장하고 그 묘지에 굴뚝을 세워주었을까? 굴뚝들은 마치 묘비처럼, 고분처럼, 아니 경고하는 손가락처럼 땅에서 덩그러니 솟아 있었다. 그 아래 누운 자들은 굴뚝을 통해서 푸른 천공天空을 들이마시는 것일 까? 그리고 이 기괴한 굴뚝숲 사이로 전면만 남은 건물이 개 선문처럼 허공에 매달린 저쪽에는 그들의 제후나 영웅이 잠 들어 있는 것일까? 아니면 이것은 고대 로마인들의 도시에 있는 것처럼 수도관의 잔해일까? 혹은 이 모든 것이 그저 환 상적인 오페라 무대 세트에 불과한 것일까?"[18]

　여기 차창 안 구경꾼들에게 폐허의 도시가 선보인 장엄한 연극적인 광경은 훗날 엘리아스 카네티가 알베르트 슈페어* 의 건축 설계를 두고 지적했던 특성을 일부 되비쳐준다. 카 네티에 따르면 그 설계는 영원성과 장대함을 갖추고 있으 나, 애초에 그 건축물이 파괴됐을 때에서야 비로소 원래 의 도했던 웅대함이 완연히 드러나도록 구상되었다. 노사크가 고향 도시의 전멸 지역을 바라볼 때면 압도당하는 듯 밀려 왔던 기이한 고양감은 이런 사실관계와 잘 맞아떨어진다. 이 폐허를 눈앞에 두고 나서야 미래를 찬탈한 천년왕국의 종말이 보이는 듯하다. 가망 없는 상황에서 개인적으로 해 방됐다는 느낌이 전멸이라는 현실과 맞물리면서 발생한 감 정적 갈등은 노사크가 화해시킬 수 있는 성질의 것이 아니 었다. 파국의 완성을 목도하면서도 "죽은 도시를 향해" 달리

---

* Berthold Konrad Hermann Albert Speer(1905~1981). 독일의 건축가. 제 3제국 시절 건축과 전시경제 방면에서 지도적인 역할을 담당했다. 베를린올림픽 주경기장을 설계했으며, 히틀러 수상 관저 건축을 주도했다. 종전 뒤 뉘른베르크 전범재판에 회부되어 징역 이십 년을 선고받았다.

며 느꼈던 "행복감", 그리고 "이제 진짜 삶이 시작되는 거야, 하고 환호성을 지르고 싶은 욕망"[19]은 고스란히 남는다. 그것은 노사크가 공동의 죄의식과 책임의식을 배양함으로써만 다시 균형을 맞출 수 있었던 불쾌한 사실이었다. 이런 상황에서 파괴를 일으킨 요원들에 대해 숙고해보는 것도 마찬가지로 가능하지 않았다. 노사크는 "이 모든 일을 일으켰을 어떤 적에 대해 떠올리는 것"을 금하는 한층 심오한 통찰에 대해서 이렇게 말한다. "그 적 또한 기껏해야 우릴 말살하길 원했던 알 수 없는 권력의 도구였을 뿐이다."[20] 제레누스 차이트블롬*이 프라이징의 자기 방에서 느꼈던 대로, 노사크 또한 연합군 폭격부대의 전략을 신적 정의의 본보기적 징벌로 여겼다. 이런 보복 과정은 파시스트 정권의 책임을 짊어진 한 민족에게 닥친 시련이기도 했지만 개개인의 속죄 욕망이기도 했으며, 특히 여기서는 도시의 파괴를 오래전부터 갈망해왔던 작가의 속죄 욕망이기도 하다. "공습이 있을 때마다 나는 분명한 소원을 빌었다. 아주 제대로 파괴해주세요! 이 소원은 너무 분명했던 나머지 하늘에 대고 큰소리로 외치고 싶을 정도였다. 내가 지하실로 피하지 않고 테라스에 꼼짝 않고 서 있었던 이유도 용감해서가 아니라 내 소망이 정말로 이루어졌는지 궁금해서였다."[21] 노사크는 다른 지면에서 이렇게 썼다. "만에 하나 내가 나 자신의 운명을 결

* 토마스 만의 『파우스트 박사』에 등장하는 관찰자적 서술자.

단내기 위해서 억지로 이 도시의 운명을 불러들인 것이라면, 나는 도시의 몰락에 죄가 있다고 일어나서 자백해야 할 것이다."[22] 이런 식의 양심 탐구는 생존자가 느끼는 양심의 가책, 즉 자신이 "희생자들에 속하지 않는다는"[23] 부끄러움에서 비롯된바, 이는 이후 서독문학의 도덕적 차원의 근간이 될 것이었다. 그중 가장 설득력 있는 것은 아마도 엘리아스 카네티, 페터 바이스, 볼프강 힐데스하이머가 표명한 살아남았다는 죄책감에 대한 성찰이리라.[24] 이는 이른바 '과거 극복'이라 하는 것이 유대계 작가들의 기여 없이는 크게 진전될 수 없었으리라는 암시이기도 하다. 이러한 형편은 노사크가 표명한 죄책감이 제3제국 붕괴 이후 몇 년간 운명론적인 실존철학으로 전환되어 나타났다는 사실에서도 드러난다. 그 실존철학은 "무無에 의연한 자세로 맞서려고"[25] 노력하는 것이었으며, 노사크도 그 안에서 "우리에게 적합한 죽음의 방식"[26]으로 보았던 개인적 실패의 범주에 의미를 부여하는 것이었다. 문제는 파괴 경험과 해방 경험의 모순을 해소하려면 죽음의 약속을 들어주어야 한다는 데 있다. 그 죽음은 노사크의 텍스트 말미에 "매일 오후 옛 홍예문을 지나"[27] 알레고리적 형상으로 나타나, 재미있는 놀이를 하자며 아이들을 유혹한다. 죽음 심상은 작가적 상상의 협력자인바, 알렉산더 미처리히와 마가레테 미처리히가 저명한 논문에서 재앙 이후 독일 민족이 갖게 된 심리적 기질에 관해 상술했던, 국민 전체가 실패한 집단 애도에 대한 은유다. 실패한 이유는 다음과 같다. "어머니는 아직 할일이 많다. 빨래와 요리를 해야 하고, 틈틈이 석탄을 가지러 지하실로 내려가야 한다."[28] 여기에서 서술자 노사크의 멜랑콜리를 보완하는 무심한 반어적 태도는 카자크 소설에서처럼 죽음의 의미를 모든 것의 우위에 두면서 절대적으로 옳다고 강변하는 일이 없도록 막아주었고, 생존할 수 있었던 자들에게 생존을 범속하게 유지할 권리를 두고 시비를 걸지 않을 수 있었다.

몇몇 세목에서 사건이 단순한 사실 차원을 넘어서 사적인 고백과 신화적·알레고리적 구조로 전환되기는 하지만, 전반적으로 노사크의 글은 모든 예술적 상상력을 넘어서는 경험을 최대한 중립적으로 기록하기 위한 의식적인 시도로 수용될 수 있다. 1961년 에세이에서 노사크는 자신의 작업에 결정적인 영향을 준 것들을 거론하면서, 스탕달을 읽은 뒤부터 "가능한 한 단순하게 표현하기, 기교 어린 형용사, 현란한 심상, 과장을 배제하고 가급적 편지글에 어울리는 일상어 사용하기"[29]를 중요한 원칙으로 삼았다고 썼다. 이러한 문체상의 원칙은 파괴된 도시를 재현하는 작업에서 정당성을 확보했다. 여기에서 집단적 재앙과 개인적 재앙을 동질적인 것으로 만들어버리는 전통적인 문학 작법—소설 『파우스트 박사』가 정립한 당대 패러다임—은 고려 대상이 아니었기 때문이다. 노사크는 전통적인 소설 구성과는 정반대 위치에서, 소설 문화의 영역을 폭파하는 역사적 우발성의 자리를 마련하기 위해 보고, 기록, 조사라는 산문 장르를 실험한다. 강 저편의 도시를 다룬 카자크의 소설이 처음에는 보고문의 중립성을 지키려고 노력하기는 하지만 소설적 성격으로 금세 이탈해버리는 데 반해서, 노사크는 꽤 긴 구간 동안 훗날 서독문학의 발전에 모범이 될 만한 다큐멘터리적 어조를 지켜내는 데 성공한다. 지금껏 소설 창작 및 수용 단계에서 전제되었던 결정적인 조건이 사회적·문화적 상황에 대한 친근성이었다면, 이제 보고에만 주력하는 최종심급의 태도를 결정하는 것은 낯선 시점에서 바라본 현실이다. 이는 이 글의 주제와 연관된 노사크의 산문 『인간에 대한 어느 낯선 생명체의 보고*Bericht eines fremden Wesens über die Menschen*』에서도 드러난다. 제목에 나오는 '낯섦'은 서술자를 염두에 둔 것이지만, 이 산문은 저자를 시대에 어긋난 인물로 만들어버린 변이된 인류가 실은 그런 낯섦의 원인이 아니겠느냐고 독자에게 되려 질문을 던진다. 주체와 서술 대상 간의 아득한 거리는 일종의 자연사적인 관점을 함의한다. 이러한 관점에서 보면, 파괴와 그로 인한 새 삶의 임시 형태는 "자신의 형태를 파괴하고 인간이란 이름을 벗어던지는"[30] 것이 목적인 생물종의 생체실험처럼 보인다. 보고서 『몰락』의 첫 문장에서 알 수 있듯이 노사크는 함부르크의 몰락을 관객 입장에서 체험한다. 그는 1943년 7월 21일 함부르크에 폭격이 가해지기 직전, 시 외곽에서 남쪽으로 15킬로미터 떨어진 하이데도르프에 가서 며칠 머무르고 있었다. 그 풍경의 무시간성은 그에게 "우리가 동화에서 태어났으며 다시 동화가 되고 있음"[31]을 상기시킨다. 이런 점에서 그 풍경은 헤르만 뢴스*풍의 전원 풍경보다는 국가 전체를 일순간에 수렵 단계로 되돌려놓을 위력을 지닌 기술 문명의 문제적 성과들을 환기한다. 초원에 서서 지켜본 도시의 초토화 과정은 자연의 스펙터클처럼 보인다. 사이렌 소리가 "먼 마을 어딘가에서 고양이떼 울듯" 서로 뒤엉키며 울부짖고, 날아가는 폭격기 편대 소리는 "선명한 별자리들과 어두운 지상 사이에서" 부유하며, 저 위에서 "전나무들"이 쓰러지면서 도시 위로 "작열하는 금속 폭우처럼 쏟아졌다가," "불이 붙으며…… 밑에서부터 불그스레하게 빛을 내뿜는"[32] 연기구름 속으로 사라져갔다. 이렇게 여전히 유미적 요소들로 점철된 장면만 보아도 재앙 '묘사'가 재앙의 한복판보다는 재앙의 가장자리에서 출발해야 가능하다는 점을 알게 된다. 이런 대목이 기껏해야 지옥의 반조返照만을 전해준다고 한다면, 이 글의 진짜 증언은 공격이 다 끝나고 파괴의 규모가 서서히 드러날 때 비로소 시작된다. 그는 함부르크로 돌아가기 전부터 이웃 도시에서 구조 요청을 받고 달려온 소방차들의 "쉴새없는 행렬들"을 보며 입을 다물지 못한다. 차량 행렬은 "주변 모든 도로에서…… 밤낮을 가리지 않고" 계속 이어진다. "함부르크에서 시작된 도피 행렬, 이들은 어디

* Hermann Löns(1866~1914). 독일에서 사랑받았던 향토작가. 일명 '황야의 시인.'

로 가야 할지 알지 못한다. 잠들 곳을 찾지 못하는 물줄기였다. 물줄기는 소리도 없이, 하지만 모든 것을 거침없이 휩쓸어버렸다. 그리고 불안은 자잘한 실개천을 지나 아주 외진 동네까지 흘러들어갔다. 피난민들은 때때로 나뭇가지를 깔고 앉아서 쉴 수도 있었고 물가로 올라왔다고도 생각했지만, 그것은 그저 며칠, 몇 시간일 따름이었고, 그들은 다시 강물로 뛰어들어 휩쓸려갔다. 강물이 불안을 전염병처럼 싣고 다닌다는 사실을 아무도 몰랐다. 그 모든 것이 강물에 닿기만 해도 단단함을 잃었다.”[33] 훗날 노사크는 무수한 인파가 매일같이 길을 떠나기는 했지만 그게 꼭 “무언가를 구하거나 친지의 생사를 확인하기 위해” 그랬던 것은 아니라는 인상을 받았다고 덧붙인다. “나는 단지 호기심 때문이었다고 주장하고 싶은 것도 아니다. 사람들은 그저 구심점이 없었을 뿐이며…… 모두가 무언가를 놓칠까봐 공포에 잔뜩 질려 있었다.”[34] 노사크가 전하는, 당시 방향을 잃은 국민들이 당혹스러움에 취해 보여준 행동들은 사회적 규준에 전혀 맞지 않기에 오직 생물학적인 충격 반응으로서만 이해 가능하다. 빅터 골란츠는 1945년 가을에 영국 점령지 중―함부르크를 포함한―몇몇 도시를 방문해 영국 여론을 상대로 현장보도를 함으로써 인도주의적인 원조의 필요성을 설득하고자 했는데, 그 역시 동일한 현상을 기록하고 있다. 그는 얀 체육관에서 본 것을 다음과 같이 묘사한다. “그곳에는 어머니들과 아이들이 밤을 보내고 있었다. 그들은 ‘친지들을 찾아' 독일 어디든 가겠다고 나선 집 없는 인파였다. 사실 그들은 한곳에 가만히 있을 수 없을 만큼 불안해서 집을 나섰노라고 했다."[35] 이렇게 목도된 극도의 동요 상태와 유랑 상태는 자연사 차원에서 보면 자신들 앞에 놓여 있던 탈주로가 끊기는 것을 목도한 자연종이 보이는 반응이었고, 이는 전의식적인 경험으로 남아, 이때의 당혹감에서 발전되어 나온 새로운 사회의 역동성에 적잖이 영향을 미쳤다. 일찍이 하인리히 뵐은 전쟁으로 말미암아 발생한 이런 영원한 유랑 상태가 인간이 겪는 불행의 아주 특수한 측면이며, 평화로이 정주해 살던 사람들이 다시 유목민으로 돌아간 것임을 알아보았다. 그는 해마다 거대한 인파가 해외로 나가는 서독의 조급증과 여행 충동이, 사회 집단 전체가 생존의 마지막 안식처, 살아왔던 자리를 빼앗겼던 역사적 시간을 경험한 데서 연유했다고 본다.[36] 그런데 이렇게 갑작스레 출현한 선사시대적 행동양식에 대해 문학은 아는 바가 별로 없다. 적어도 노사크는 "문명을 일상적으로 감싸고 있던 천"이 알아서 떨어지더니 "탐욕과 공포가 뻔뻔스러우리만치 적나라하게 노출됐다"[37]라고 지적하기는 했다. "이 국가의 시초에는 쓰레기를 뒤지는 민족이 있었다"[38]라고 훗날 뵐이 상기시켜준 대로 그렇게 시작된 인간 삶의 원시화는, 집단적 파국이 하마터면 역사에서 자연사로 퇴락할 뻔한 사건이었음을 보여주는 징조다. 살아남은 사람들이 달라진 시대를 다시 시작하기 위해 폐허가 된 문명의 한복판으로 모여든다. 노사크는 "흡사 원시림에 사는 것처럼 야외에서 벽돌을 모아 작은 불을 피우고 음식을 하거나 빨래를 삶는"[39] 일이 그다지 이상해 보이지 않았다고 기록한다. 돌무지로 변신한 도시에서 금방 새로운 삶이 다시 꿈틀대는 가운데, 사람들의 발길을 따라 돌무더기가 뚫리고 길이 나면서 클루게의 말마따나 "희미하게나마 원래의 길들과 연결되기 시작했다."[40] 노사크가 기록한 이런 사실이 그렇게 신통한 것은 아니지만, 그래도 당시에는 이런 진화의 퇴보 단계에서 지배종으로 출현하게 될 존재가 살아남은 나머지 주민들일지, 도시를 군림하던 들쥐와 파리일지 아직 가늠하기 어려웠다. 노사크의 이 글에서 가장 무시무시한 대목 중 하나는 이 '새로운 생명', 모든 문명의 악몽을 구성하는, "문명의 반석 아래 우글대는 소름끼치는 존재"[41]에게 느끼는 혐오를 묘사한 대목인데, 이 혐오와 짝을 이루는 것은 바로 생명이 불폭풍에 무기적인 방식으로 파괴되고 난 뒤—유혈 폭력과 무혈 폭력을 나누는 벤야민식 구분에 따르면 이 불폭풍은 차라리 신적 정의의 이념과 가까워 보일 수도 있다—파리떼와 쥐떼에게 먹혀 유기물로 분해될 것이라는 공포다. 카자크의 책에서 삶과 죽음을 가르는 강물도 이 파리떼와 쥐떼 앞에선 "전혀 경계선이 되지 못한다."[42] 그와 같은 극한 상황에서 탄생한 글쓰기는 작가의 도덕적 입장을 재정의할 것을 요청한다. 노사크에게 이러한 입장은 오직 결산서를 급히 들이밀어야 하는 작업, 또는 카자크가 말한 대로 "특정한 사건들과 현상들을 망각이 덮치기 전에 기록하는"[43] 작업으로만 정당성을 얻을 수 있다. 이러한 전제하에서 글쓰기는 정언명령적인 행위가 된다. 그것은 진리를 위해 기교를 포기하고 "말투를 무미건조하게" 바꿔 무심한 태도로 "선사시대에 발생한 참혹한 사건들에 대해"[44] 보고하는 작업이다. 엘리아스 카네티는 히로시마의 피폭자 하치야 박사의 일기에 헌정한 자신의 에세이에서 그런 규모의 재앙에서 살아남는다는 것이 무엇을 의미하는지 질문하면서, 이는 오로지 하치야의 일기같이 정확성과 책임감이 두드러지는 기록을 통해서만 답을 구할 수 있으리라고 말했다. 카네티는 "오늘날 어떤 형식의 문학이 필요한지, 알고자 하는 사람과 보고자 하는 사람에게 어떤 형식의 문학이 필요한지 숙고하는 일은, 바로 이런 문학을 통해 의미를 갖게 되었다"[45]라고 썼다. 전적으로 소박한 보고 형식에 담긴 진실이라는 이상이야말로 모든 문학적 노력의 확고한 토대로 증명된다. 그 노력에는 삶을 지속하는 데 방해가 되는 기억이라면 어떤 것이든 억압해버리는 인간의 능력에 대한 항거가 응축되어 있다. 노사크가 말한 바대로 추방된 인간은 "뒤돌아볼 용기가 없다. 그의 뒤에는 화염밖에 없기 때문이다."[46] 그러므로 기억과 더불어 그 안에 간직된 객관적 정보를 전수하는 임무는 기억의 위험부담을 안고 살아갈 각오가 된 사람들에게 위임될 수밖에 없다. 기억이 위험한 이유는 기억을 고집하며 사는 사람은 망각을 통해서만 살아갈 수 있는 다른 사람들의 분노를 사게 되기 때문이다. 이것은 노사크의 우화에서 예증된다. 생존자들이 모닥불 주위에 둘러앉은 어느 밤이었다. "문득 한 사람이 잠꼬대를 했다. 아무도 그가 뭐라고 하는지 알아듣지 못했다. 그런데도 사람들은 모두 불안해져서 불가에서 일어나 떠났다. 그러고는 겁을 먹은 채 차디찬 어둠에 귀를 기울였다. 그들은 그 꿈꾸는 자에게 발길질을 했다. 그때 그 자가 깨어났다. '꿈을 꿨습니다. 내가 무슨 꿈을 꿨는지 털어놔야겠어요. 난 우리 뒤에 있는 저기 저 속에 있었어요.' 그는 노래를 불렀다. 불길이 사그라들었다. 여자들이 흐느끼기 시작했다. '나는 말해야겠어요, 우리는 인간이었습니다!' 그러자 남자들이 모여 숙덕댔다. '그가 꿈꾼 대로 된다면 우린 얼어죽을 거요. 저자를 때려죽입시다!' 그들은 그자를 때려죽였다. 그때 불이 다시 살아났고 모든 것이 만족스러웠다."[47]

기억을 살해하는 이유는―노사크가 다른 곳에서 상술했듯이[48]―에우리디케를 향한 사랑이 죽음의 여신에 대한 정념으로 반전될 수도 있다는 두려움 때문이다. 죽음의 여신은 멜랑콜리의 긍정적인 잠재성을 알지 못한다. 하지만 "비애의 상태에서 위안으로 빠져나오는 발걸음은 최대의 발걸음이 아니라 최소의 발걸음"[49]이라는 말이 맞는다면, 이 말은 노사크가 말 그대로 지옥불에 타죽은 사람들 한 무리에 대해 증언한 대목에서 모범적으로 증명된다. 방공호에 있던 사람들은 문이란 문은 모조리 열리지 않은 상태에서 옆방에 비축된 석탄에 불이 붙으면서 푹 물크러지고 말았다. "그들은 모두 뜨거운 벽에서 떨어져 지하실 한가운데로 피한 채였다. 우리는 한데 뭉쳐 있는 그들을 발견했다. 그들은 열기로 부풀어올라 있었다."[50] 이 간결한 논평은 교수형에 처한 자의 운명을 읊은 호메로스의 시를 떠올리게 한다. "그들의 목은 일렬로 묶여 있었고, / 목에는 모두 줄이 감겨 있어, 비참한 죽음을 맞이한다, / 발이 잠깐 움찔하더니, 오래가지 않더라."[51] 연민에서 우러나온 위로의 말과 함께 노사크의 독자는 석탄 방공호의 아주 구체적인 공포의 순간에서 곧바로 수도원 정원에 있는 콘서트홀로 인도된다. "4월에 우리는 그곳에서 〈브란덴부르크 콘체르토〉를 들었다. 앞을 보지 못하는 여가수가 노래를 불렀다. '고통스러운 수난기가 또다시 시작되노라.' 단정하고 확고하게 쳄발로에 기대어선 그녀는, 보지 못하는 두 눈으로 우리가 이미 당시 감지하고 있던 공허함 너머, 저 먼 곳, 아마도 우리가 지금 있는 이곳을 응시하고 있었던 듯하다. 이제 우리 주위를 감싸고 있는 것은 돌무덤뿐이다."[52] 여기에서도 의미의—형이상학적인—구축이 중요하게 다뤄진다. 하지만 노사크가 자신의 희망을 진리를 향한 의지에 단단히 붙들어매고 냉정한 말투로 이 양극 사이의 긴장을 극복한 방식은 그런 사변을 정당화해주리라.

카자크의 소설을 노사크의 산문과 비교한 결과, 집단 재앙을 문학적으로 기술하려는 시도는 그 유효성이 입증된 곳이라면 어디서나 시민적 세계상에 봉사하는 소설적 픽션의 형식을 필연적으로 파괴한다는 것을 알 수 있다. 이것이 글쓰기 기법에 시사하는 바가 무엇인지는 이 작품이 태어났을 당시만 해도 아직 가늠하기 어려웠지만, 서독문학이 최근 십 년간의 역사를 되돌아봄에 따라 점차 분명하게 평가되고 있다. 1977년에 나온 대단히 복합적이고 일견 혼종적인 알렉산더 클루게의 책『새로운 역사들. 1~18권 '시대의 섬뜩함'*Neue Geschichten. Hefte 1 - 18 >Unheimlichkeit der Zeit<*』은 전통적인 문학 형식들이 정착시킨 통합의 경향에 맞서고 있다. 작가는 자신의 작업노트에 역사적인 또는 허구적인 텍스트 자료들과 이미지 자료들을 예비교육의 목적으로 과감하게 수집·배치하는 방식을 활용한다. 이때 클루게는 이 텍스트 묶음을 작품으로 주장하기보다는 문학적 작업의 한 가지 사례로서 보여주고자 한다. 이러한 기법으로 인해 드넓은 현실 영역 안의 모순들을 정리해 하나의 모상으로 배열하는 창조적 주체에 대한 전통적인 관념은 약화된다. 하지만 그렇다고 하여 이것이 상상력이 기울이는 모든 노력의 출발점과 주체의 당혹감, 주체의 사회참여 모두에 무효를 선언하는 것은 아니다. 오히려 1945년 4월 8일의 할버슈타트 공습을 다룬『새로운 역사들』제2권은 바로 이런 점에서 모범이 될 만한 습작의 성격을 지닌다. 그 습작은—노사크에게만 해도 결정적인 측면이었던—집단적 경험에 뒤얽혀 들어간 개인적 경험이란 것은, 분석적인 역사적 조사방법에

의거할 때 또 사건의 전후 발단과 오늘날의 현재와 있을 법한 미래의 전망까지 연관시킬 때 비로소 역사적 단서를 제공하는 유의미한 이해로 나아간다는 점을 가르쳐준다. 할버슈타트에서 성장한 클루게는 폭격이 가해졌을 당시 열세 살이었다. 그는 『새로운 역사들』 서문에서 다음과 같이 쓰고 있다. "폭탄이 떨어진 일은 기억에 선하다. 나는 1945년 4월 8일, 10여 미터 거리에 뭔가가 떨어졌을 때 그 현장에 있었다."[53] 이 부분을 제외하면 작가가 본인과 관련해 말하는 부분은 없다. 그가 고향 도시의 파괴를 서술하며 보여주는 태도는 잃어버린 시간을 찾아서 떠나는 자의 태도다. 이런 과거 조사 덕분에, 그 사건의 당사자들이 복잡한 억압 과정을 거쳐 망각하게 된 트라우마적이고 충격적인 경험들은 매몰된 역사의 토대 위에서 현재의 현실로 성립되어 떠오른다. 사건의 경과를 회고적으로 수사하는 과정은 노사크처럼 작가가 두 눈으로 똑똑히 보았고 아직도 그 사건을 생각하면 떠오르는 부분에 기대는 대신, 당시와 현재 작가의 삶 주변에서 일어난 일들에 초점이 맞춰져 있다. 다만 이 텍스트의 전반적인 지향점은 더 설명돼야 하겠지만, 진정한 의미에서의 경험이란 파괴의 압도적인 속도와 총체성 때문에 그 자체로는 존재할 수 없고, 오직 훗날의 깨달음이라는 에움길을 통해서만 구성될 수 있다는 통찰에 바탕을 둔다.

할버슈타트 공습에 대한 문학적 기록은 또다른 객관적 시점에서 보아도 모범적이다. 도시들 전체를 계획적으로 파괴하는 것의 '의미'를 질문하는 부분에서 특히 그러하다. 카자크나 노사크 같은 작가들은 정보 부족 때문만이 아니라 개인적인 죄책감 때문에 이런 문제를 아예 빼버리거나 신의 심판 내지 진작부터 예고된 징벌 등으로 신비화해버리고 말았다. 가능한 한 많은 독일 도시들을 융단폭격하겠다는 연합군측 공군의 전략이 군사적 목적을 따랐다 하더라도 정당하지 않았음은 오늘날에는 이론의 여지가 없지만, 클루게의 텍스트가 보여주듯이 전시경제적 맥락에서나 전략적인 의미에서 중요성이 전혀 없는 중소도시를 처참하게 초토화한 특수한 경우를 보면, 과학기술에 의한 전쟁 수행의 역학을 결정하는 요소들이 더없이 미심쩍은 것으로 드러난다. 클루게의 보고문에는 일간지 『노이에 취리허 차이퉁』 통신원이 영관급 고위 장교와 인터뷰한 내용이 담겨 있다. 두 대담자는 함께 비행기를 타고 공습을 참관한다. 클루게가 인용한 인터뷰 부분은 우선 '사기 저하 폭격'에 관해 다루는데, 윌리엄스 소대장은 폭격 의도를 공습의 공식 지침에 입각해서 설명한다. "도의적인 이유로aus Moral 폭탄을 떨어뜨린 건가요, 사기moral 자체에 폭탄을 떨어뜨린 건가요?"라는 질문에 그는 이렇게 답한다. "우리는 사기 자체에 폭탄을 떨어뜨리는 겁니다. 도시를 파괴해서 거기 살고 있는 주민들이 저항할 생각을 아예 못하게 하는 거죠." 하지만 그는 계속되는 반문에 그 폭탄들이 이런 사기를 꺾을 수 있다고 보지는 않는다고 인정한다. "분명 사기는 사람들의 머릿속이나 (자신의 명치를 가리키며) 여기에 있는 것이 아니라, 사람들 사이나 여러 도시의 주민들 사이에 숨어 있을 겁니다. 이건 조사가 끝난 사실이고 요원들도 알고 있는데요…… 마음속이나 머릿속에 들어 있지 않다는 건 분명해 보입니다. 사실 그게 앞뒤가 맞는 얘기죠. 몰살당한 자들은 생각하고 느낄 수가 없잖아요. 그리고 우리가 온갖 수단을 다 썼는데도 공습에서 살아남은 사람들은 재난이 남긴 인상을 끌어안고 사는 것 같지는 않습니다. 그들은 가져갈 수 있는 짐이란 짐은 다 가지고 갔지만 공습 당시의 순간에 대한 인상은 거기에 두고 온 것 같거든요."[54] 노사크가 파괴 행위를 일으킨 그럴듯한 근거와 동기를 밝혀줄 단서를 전혀 제공하지 않는 데 비해, 클루게는 앞서 든 사례로는 물론 스탈린그라드에 관한 책*에서도 그런 재앙이 어떻게 조직적으로 구축되었는지 우리를 이해시키려고 애쓴다. 그리고 우리가 사태를 보다 잘 통찰하게 됐는데도 윤리적 책임에 대한 문제적인 질문은 전혀 던지지 않는 동안 재앙이 어떻게 단지 행정적인 관성 때문에 계속 진행될 수 있었는지도 보여준다.

클루게의 텍스트는 돌이킬 수 없는 대재앙이 벌어지고 있는데도 사회적으로 주입된 행동양식을 고수하는 태도가 얼

---

* 몽타주소설 『전투기록 Schlachtenbeschreibung』(1964)을 가리킨다. 스탈린그라드는 볼고그라드의 옛 이름이다.

마나 부적절한지 묘사하면서 시작한다. 카피톨 영화관의 경력 직원 슈라더 부인은 몇 년간 꾸준히 지속된 일요 상영 프로그램이—베셀리, 페테르젠, 회어비거가 출연하는 우키키* 감독의 영화가 이날 4월 8일에 상영될 예정이었다—파괴라는 상급의 프로그램으로 말미암아 엉망이 되어버린 것을 목도한다. 부인은 공황 상태에 빠져 오후 2시 상영 전까지 어떻게든 이 아수라장을 정리해 정상화하고자 애쓰는데, 재앙이 닥쳤을 때 수동적 행동범위와 능동적 행동범위 사이에 벌어진 이 극단적인 간극은 보고자뿐만 아니라 독자에게도 가히 우스꽝스러운 통찰을 가져다준다. 그것은 "극장 우측이 입은 피해는…… 상영될 영화와 그 어떤 의미 있는 맥락이나 연출적인 맥락도 닿아 있지 않다"[55]는 통찰이었다. 이와 유사하게 비이성적으로 여겨지는 일은 어느 독일군 중대 병력 하나가 "지면에 널브러져 있거나 식별 가능한 깊이에 박힌, 손상이 심한 시신 100구"[56]를 파내고 분류하는 작업에 투입된 일이었는데, 그때 그들은 당시 맞닥뜨린 상황에서 "이 작업"이 대체 무슨 목적을 띤 일인지 알 수 없었다. 어느 무명의 사진사는 군정찰대의 제지를 받자 "불타는 도시, 불행에 빠진 자신의 고향 도시를 포착하려 했을 뿐"[57]이라고 대꾸했다. 그때 그 사진사도 슈라더 부인처럼 직업적

* Gustav Ucicky(1899~1961). 나치 시대에 활발하게 활동했던 오스트리아 영화감독. 유명한 화가 구스타프 말러의 혼외 자녀로 알려져 있다. 여기서 언급된 영화는 나치 프로파간다 영화 〈귀향〉이다.

본능을 따랐던 것이었겠지만, 종말을 기록해보겠다는 그 의도가 그렇게 어처구니없는 것도 아니었던 듯하다. 그것은 당시 상황에서는 거의 기대할 수 없었던 일이 일어난 덕분인데, 즉 그 사진들이 클루게의 텍스트에 1~6번 사진으로 실려 우리에게 전해졌기 때문이다. 망루에서 접이식 의자, 손전등, 보온병, 샌드위치 도시락, 망원경, 무전기 등을 갖춰놓고 감시 업무를 수행하던 아르놀트 부인과 차케 부인은 망루가 흔들리기 시작했는데도 여전히 규율대로 보고사항을 속삭이다가, 발밑에서 널빤지가 불타기 시작하자 그제야 초소를 버리고 도망쳤다. 아르놀트 부인은 종鐘 하나가 없어진 건물 잔해와 돌더미 밑에서 생을 마감했고, 차케 부인은 허벅다리가 부러져 몇 시간이나 쓰러져 있다가 마르티니플란 광장 근처의 집에서 피난나온 사람들에게 구조되었다. '춤 로스' 레스토랑의 어느 결혼식 하객들은 경계경보가 울린 지 십이 분 만에 사회적 지위고하를 막론하고―신랑은 "쾰른의 유산계급 출신"이고 신부는 할버슈타트의 "하층 출신"[58]이었다―같이 매몰돼버렸다. 이외에도 클루게의 텍스트를 구성하는 이런 수두룩한 사례들은 재앙에 직면했을 때 그 위협의 규모를 가늠할 줄 몰랐던 개인과 집단이 얼마나 많았는지, 또 사람들이 얼마나 사회적 역할 규범에서 벗어날 줄 몰랐는지 보여준다. 클루게가 강조하듯, 재난중에는 "시간의 감각적 지각"이 표준시와 어긋나게 마련이므로 당사자들이 "십오 분 만에 실질적인 위기대응 조치를 생각해

내려면" "미래의 두뇌는 갖추고 있어야"[59] 할 터였다. '미래의 두뇌'로도 메워지지 않을 이러한 간극은 브레히트의 격언이 진리임을 입증한다. 브레히트에 따르면 인간이 재앙을 겪음으로써 배우는 양은 실험용 토끼가 생물학에 대해 배우는 양에 불과하다.[60] 말하자면 인간이 야기한 실제적인 파괴 혹은 잠정적인 파괴에 인간 자신이 직면할 때 발휘되는 자율성 수준은 종의 역사적 관점에서 보면 실험자의 우리에 갇힌 설치류의 자율성보다 높다고 말하기 어렵다. 이 구도는 스타니스와프 렘 소설의 다음과 같은 장면을 납득시켜준다―어째서 언어기계와 사고기계가 인간이 실제로 사고할 수 있는지, 아니면 인간이 자기이해의 근거로 삼는 사고능력을 그저 가장假裝하는 것뿐인지 자문하게 되는지.[61]

인간이란 종의 경험 가공능력이 사회적이고 자연사적으로 결정되어 있는 까닭에 인간이 스스로 초래한 재앙에서 우연에 기대지 않고서는 결코 빠져나올 수 없다고 하더라도, 과거를 추적하여 파괴가 일어난 조건들을 검토하는 작업이 무용하다고 치부할 수는 없다. 뒤늦게 이루어지는 학습 과정은 사람들 내부에 꿈틀대는 소망의 생각들을, 억압된 경험이 낳은 두려움에 아직 점령되지 않은 어떤 미래의 선취로 돌릴 유일한 가능성이 된다. 이것이 클루게가 사건 발발 삼십 년 뒤에야 구성해낸 텍스트의 존재이유다. 클루게의 텍스트에 등장하는 초등학교 교사 게르다 바에테도 같은 생각을 떠올렸다. 다만 클루게는 게르다의 생각대로 "아래로부터의 전략"을 실현하려면, "일차대전에 참전했던 모든 국가에서 그이처럼 결심한 칠만 명의 교사가 1918년부터 이십 년간 열심히 가르쳤어야 했을 것"[62]이라고 논평한다. 상황에 따라서는 달라질 수도 있었던 역사의 흐름에 대한 열린 시각은, 그 반어적 어감에도 불구하고 역사적 개연성에 맞서 만들어나가야 하는 미래가 있다는 진지한 호소로 다가온다. 늘 잠재되어 있어 언제라도 발동될 수 있는 역사의 오류들로 설계된 불행의 사회체제에 대해 상세히 기술하는 클루게의 작업은, 우리가 자초한 재앙을 제대로 이해하는 것이 곧 행복의 사회체제를 만들기 위한 제1의 전제가 된다는 암묵적인 희망을 내포한다. 하지만 산업생산관계의 발전으로부터 체계적인 파괴 계획을 역사적으로 도출하는 클루게의 작업을 보면, 추상적인 희망의 원칙이 정당성을 잃고 공허해 보인다는 것도 반박하기 쉽지 않은 사실이다. 공중전의 전략은 가공할 만한 복잡성 속에서 형성된 것으로, 폭격기 전투원들을 "공중전의 훈련된 공무원"으로 전문화하는 문제, 공무원들에게 이따금 드러나는 사적인 시각, 가령 "아래 논밭을 질서정연하다고 본다든가 늘어선 주택과 방진方陣과 정비된 도시구역 들을 고향 같다고 착각할"[63] 가능성을 미연에 필히 차단하는 문제, 전투원들이 임무의 추상성에도 불구하고 임무에 대한 관심을 유지할 수 있도록 심리적 난조를 극복하게끔 하는 문제이며, "중

형 산업장비 200대"[64]가 도시 하나를 향해 날아가는 작전이 일정한 주기로 진행될 수 있도록 보증하는 문제, 대규모 화재와 화염폭풍을 일으키는 방식으로 폭탄을 투하하는 기술의 문제이기도 하다. 클루게가 작전 수립자의 관점에서 주목한 이 모든 측면은, 이 파괴 계획에 엄청나게 많은 두뇌와 노동력과 자본이 투입되었으며 그만큼 축적된 잠재력의 압박하에서 계획은 결국 반드시 완수될 **수밖에 없었음**을 보여준다. 이와 관련해 클루게가 부연한 바의 핵심은 1952년도로 기록된 어느 인터뷰에서 발견된다. 텍스트 중간에 삽입된 이 인터뷰는 영국군을 따라 1945년 서쪽으로 피난을 갔던 할버슈타트 출신 기자 쿤체르트와 미국 제8공격군 폭격수였던 프레더릭 L. 앤더슨 사이에 이루어진 것으로, 여기에서 앤더슨은 성 마르티니 교회 탑에 침대보 여섯 벌로 만든 백기를 제때 게양하기만 했어도 도시에 가해질 공격을 미리 막을 수 있지 않았을까 하는, 군사 전문가의 관점에서 볼 때 순진하기 짝이 없는 질문에 상당한 인내심을 발휘해 답해준다. 어째서 그런 행동이 하등 의미가 없는지를 설명하는 앤더슨의 말은 군사적 논리 영역에서 한치도 벗어남이 없는데, 이는 모든 합리주의적 논거의 악명 높은 비합리성의 첨단을 방증하는 진술에서 정점에 달한다. 그는 자신들이 싣고 간 폭탄이 결국은 "값비싼 재화"라는 사실을 상기시킨다. "조국에서 그렇게 많은 노동력을 투입해 폭탄을 생산했는데, 그걸 산이나 벌판에 던져버리기란 실질적으로 불가능한 노릇이었습니다."[65] 이런 설명에서 알 수 있듯이 책임감 있는 개인과 집단 모두가—설령 아무리 선의를 가지고 있었다 해도!—피해갈 수 없었던 더 상위의 생산 압박이 초래한 것은, 클루게의 책 102쪽과 103쪽에 실린 사진이 우리 앞에 펼쳐 보이는 바와 같이 초토화된 도시다. 이 사진은 다음과 같은 마르크스의 인용구를 달고 있다. "**산업**의 역사와 산업의 **객관화된** 현존이 어떻게 **인간 의식 작용**의 펼쳐진 책이 되고 감각적으로 현존하는 **인간 심리**가 되는지 알 수 있다." (강조는 클루게.)

이렇게 여기에서 약술한 바보다 훨씬 소상하게 재앙을 재구성해낸 클루게의 결과물은 수백만의 사람들이 운명의 비합리적인 강타처럼 맞닥뜨린 사태의 합리적인 구조를 폭로하는 작업이라 할 수 있다. 이것은 흡사 노사크의 『죽음과의 인터뷰*Interview mit dem Tode*』에서 죽음의 알레고리적 인물이 대담자에게 던진 도발에 클루게가 응한 것처럼 보인다. "원하신다면 제가 어떻게 작동하는지 지켜보실 수 있겠지요. 거기엔 어떤 비밀도 없어요. 바로 아무런 비밀이 없다는 것, 그게 바로 비밀이죠. 이해하시겠어요?"[66] 이 텍스트에서 세련된 사업가로 소개되는 죽음은 방금과 같이 냉소적인 내심을 보이며(이는 폭격수 앤더슨에게서도 두드러졌던 태도다), 모든 것은 본디 단순히 구조 문제라고 인터뷰어에게 설명한다. 부언하자면 그 구조는 집단적 파국에서만이 아니라 일상생활의 전 영역에서 나타나는 것인 까닭에, 우리가 그 비밀을 캐고자 하면 사실 재무부나 매표창구를 견학하는 것으로 충분하다는 것이다. 인간이 '생산한' 전대미문의 파괴의 규모와 매일같이 경험 가능한 현실 사이를 잇는 이러한 연결고리야말로 클루게의 작품에서도 나타나는 작가의 교육적 지향의 핵심이다. 클루게는 자신의 복잡다단한 언어 몽타주의 세부 뉘앙스에 이르기까지 치밀하고 끈질기게, 현재와 과거의 비판적인 변증법을 견지하는 작업만이 처음부터 '치명적인 결말'로 끝나지 않을 학습 과정을 이끌어낼 수 있으리라고 환기한다. 앤드루 보위*가 강조했듯이[67] 클루게가 이런 목적으로 만들어낸 텍스트들은 회고적인 역사 서술의 모형에도, 소설적인 이야기에도 들어맞지 않으며, 그렇다고 역사철학을 전개하는 것도 아니다. 외려 그 텍스트들은 우리의 이러한 세계 이해 양태들에 대한 반성의 형식이다. 클루게의 예술은, 예술이란 개념을 여기에선 다르게 적용해본다면, 지금까지의 역사가 보인 치명적인 경향의 거대한 흐름을 **세부적으로** 전달하는 작업이다. 이는 할버슈타트 시립공원의 쓰러진 여러 나무를 두고, "나무들을 심었던 18세기만 해도 그 나무에는 누에가 서식했다"[68]라고 말하는 부분에서 드러난다. 다음과 같은 대목도 마찬가지다. "[돔강 9번지] 공습 직후 창턱에는 주석 병정 선발대가 쓰러져 있

---

* Andrew Bowie(1952~). 영국의 독일철학 연구자, 런던 대학(로열홀러웨이) 독문과 및 철학과 교수. 박사 과정중에 제발트의 강의를 수강한 인연이 있다.

었다. 나머지 병정들은 상자에 포장된 채 찬장에 있었는데, 다 합치면 무려 일만 이천사백 병정에 달하는 네Ney 원수 휘하의 제3군단으로, 프랑스 대군大軍 중 낙오한 군사들을 향해 러시아의 혹한을 뚫고 절망에 차서 동쪽으로 전진한 군단이다. 이 군단은 일 년에 한 번 성탄절이 오면 진열되었다. 이 군단을 올바른 순서로 세워놓을 수 있는 사람은 그라메르트 씨뿐이었다. 그는 공포에 질려서 이 애장품을 놓고 도망쳤으나 불길에 갇혀 불붙어 떨어진 대들보에 머리를 맞고 의식을 차리지 못했다. 그라메르트 씨의 사적인 취향으로 꾸며진 돔강 9번지 집은 그후 두 시간 동안 무사평온했다. 기껏해야 오후 내내 열기가 더해졌을 뿐이다. 그러다 오후 5시가 되자 그 집은 한 덩이로 녹아버린 상자 속 주석 인형들처럼 전소되었다."[69]

이보다 더 간결한 교훈극도 없을 것이다. 클루게가 특유의 제시 형식을 통해 자신의 다큐멘터리적 자료들에 벡터를 더해주면 인용된 사례들은 우리 현재의 맥락으로 번역된다. 앤드루 보위의 말마따나 클루게는 "자료를 과거 재앙을 설명하는 한갓 수단으로 내버려두지 않는다. 한 번도 매개된 바 없던 자료는…… 텍스트가 마련한 반성 과정을 거쳐그 비매개적인 성격을 상실하게 된다. 역사는 이제 과거가아니라 독자가 행동해야 하는 현재다."[70] 구체적으로 실재했고 지금도 영향을 발휘하는 우리 실존의 처지와 아울러 우리 미래의 가능한 전망에 대해서 독자가 배우는 것, 이것이 클루게의 글쓰기 방식이 추구하는 바다. 그것이 클루게가 종말을 향해가는 문명의 극단에서 작업하는 작가임을, 또한 "이야기하려는 욕망을 타고난 것이 분명한데도 도시의 초토화된 구역 크기만큼 기억하는 심리적 힘을 상실해버린"[71] 동시대인들의 집단적 기억을 재생하고자 노력하는 작가임을 증명한다. 클루게의 텍스트에 자주 사용되는, 일찌감치 결론을 예상케 하는 사이언스픽션적 요소가 보여주듯이, 그가 근래의 역사적 전개를 순전히 자연사적으로 해석하려는 욕망에 굴하지 않고, 예컨대 스타니스와프 렘의 소설에서처럼 역사를 인간 생리학의 유난한 복잡함, 지성의 과도한 발달, 기술적 생산수단의 발달에서부터 조짐이 드러났던, 시작부터 진화적 오판에 근거했던 인류 발생의 파국적 결과라고 해석할 수 있었던 것은, 아마도 이러한 교육적 작업에 전적으로 매달린 덕분이 아닐까.

* Günter Grass(1927~2015). 폴란드 자유도시 단치히 출신의 독일 작가. 이차 대전 후 독일에서 조각을 공부했고 여러 직업을 전전하다 1954년 시로 등단했다. 1958년부터 47그룹에서 활동했고 1965년에 뷔히너 문학상을, 1999년에 노벨문학상을 수상했다. 대표작으로『양철북』『고양이와 쥐』『개들의 세월』로 이어지는 단치히 3부작이 있다.

† Wolfgang Hildesheimer(1916~1991). 독일 출신 유대계 작가, 번역가, 화가. 1934년 팔레스타인으로 이주했다 종전 후 독일로 돌아왔고, 이후 평생 스위스와 이탈리아에서 지냈다. 47그룹의 일원으로 활동했으며, 산문소설『틴세트』로 1966년 뷔히너 문학상과 브레멘 문학상을 수상했다. 그 외의 대표작으로『모차르트』『마르보』등이 있다.

애도의 구축
귄터 그라스˚와 볼프강 힐데스하이머†

1. 애도 불능. 전후문학의 결핍에 대하여

> 이삭이라는 짐이 번제를 바치기에 충분했다면, 우리
> 는 저마다 자신의 장작더미를 짊어지고 있는 것이
> 리라.
>
> 토머스 브라운 경, 〈호장론, 최근 노퍽에서 발굴된
> 유골 단지를 간략히 논함〉, 런던 1658.

알렉산더 미처리히Alexander Mitscherlich와 마가레테 미처
리히Magarete Mitscherlich 부부가 1967년에 처음 개념화한 '애
도 불능'이라는 테제[1]는—통계적으로 입증하기는 어렵
만—드러난 바와 같이 전후 서독사회의 내적 기질에 대한
가장 명쾌한 설명 가운데 하나다. "최대 규모의 국민적 재앙
을 겪고도 애도 반응"이 부재했다는 사실, "수용소의 시체더

미와 포로로 붙잡혀 사라진 독일군, 수백만의 유대인, 폴란드인, 러시아인 학살 및 자국의 정적 살해를 알리는 뉴스들에 대해서 유달리 무감각"하게 반응했다는 사실은 새로운 독일 사회의 내면생활에 부정적인 흔적을 남겼다. 그것이 어디까지 영향을 미쳤는지는, 가령 파스빈더나 클루게의 영화에서처럼 이제 좀더 시간적 간격을 두고 과거를 돌아봄으로써 겨우 제대로 파악해볼 수 있다.

형성 일로에 있던 서독 사회가 내적으로 그릇된 태도를 견지하고 있었다는 테제는, 특히 집단적 애도를 제도화하려는 움직임들이—그 점을 미처리히 부부는 언급하지는 않았는데—어떤 형태로든 존재했다는 점에 기초한다. 불행히도 국민 애도의 날과 독일 통일의 날*을 국가가 지정하여 냉전 시대 저 동쪽에 있는 형제자매들을 위해 촛불을 창가에 세워두도록 했던 것은, 응당 나와야 했던 자연스러운 애도 반응이 없었기에 어느 정도는 국가 차원에서 이를 지시해야 했다는 사실을 방증하는 삐딱한 징조다. 이제는 온전한 국가기념일 하나 누릴 수 없게 된 한 민족에 대한 애도를 명한 것은 그들이 집단적 우울증의 국면(모겐소계획이 이 단계의 객관적 상관물을 구상했다[2])을 용케도 피해 자신들의 정신적 에너지를 "우울증을 야기하는 자아의 빈곤화 경험을 방

---

* 1990년까지 서독에서 매년 6월 17일에 동독에서의 1953년 민중 봉기를 추모하고 통일을 기원하기 위해 만든 기념일. 이날은 훗날 독일이 통일된 뒤에 지정된 통일기념일(10월 3일)과는 명칭이 같지만 다른 기념일이다.

어하는 데"³ 쏟았다는 최초의 징후다.

미처리히 부부는 다음과 같이 지적한다. "우리의 이념적 목표에 희생된 자들을 공동으로 애도해야 한다는 도덕적 의무…… 우리에게 일단은 정신적으로 피상적인 사건으로 남을 수밖에 없었다." 그것은 심리학 연구 결과가 보여주듯이 이런 상황에서 응당 발생하게 마련인 감정의 붕괴가 "생물학적 생존 보호와 정확하게 대응하지는 않아도 이에 아주 근접한" 기제와 전략의 간섭을 받기 때문이다. 어떤 식이든 가시적인 형태로의 민족의 존속을 외부에서 문제삼는 상황에서, 또 실질적인 궁핍 탓에 국민들이 자신들의 죄에 감정적으로 집중할 여유 자체가 없는 상황에서, 안정적인 사회적 배경을 일정 정도 갖추어야만 가능할 애도와 우울증은 억압될 수밖에 없었다. 그렇기에 미처리히 부부도 종전 직후 수년 동안 애도가 없었던 것을 두고 심리적으로 부적절한 반응이었다고 비난하려는 것은 아니다. 이들이 문제적이라고 보는 것은 "우리가 벌인 일 때문에 살해된 많은 사람들을 적절하게 애도하는 작업이 그후에도 없었다는" 사실이다. 여기에서 대두된 이러한 공백은 1948년 화폐개혁이 단행된 뒤 십 년이나 십이 년 안팎에 쓰인 문학에서 가장 잘 읽어낼 수 있다. 작품들은 집단적 죄의 맥락도 파악하지 못하고 있을 뿐만 아니라 우리가 일으킨 재앙을 서술해야 한다는 의무도 자각하지 못하고 있다. 예컨대 많은 1950년대 소설에는 우리 중 누군가는 경험했던 그 문제에 대한 탐구

대신에 자아 중심적인 신파적 경향과 새로운 사회를 향한 근시안적이라 할 만한 비판이 두드러진다. 따라서 새로운 사회의 양심을 대변할 숙명을 타고난 1950년대 작가들이 그 사회 자체만큼이나 귀를 막고 있었다는 비판은 정당하다고 하겠다.

노사크라는 예외

과거 사건에 양심의 가책을 느끼고 오늘날까지도 유효한 형식으로 그 양심을 표현할 능력을 보인 몇 안 되는 전후 작가 중 하나가 한스 에리히 노사크다. 그의 시대 노트를 보면 살아남은 자들이 동생에게 느끼는 책임감, 희생자와 함께하지 못했다는 부끄러움, 불면의 밤들, 사태를 철두철미하게 생각해야 할 필요성, 실패야말로 우리에게 어울리는 죽음의 방식이라는 언급이 숱하게 등장한다.[4] 노사크는 비애의 범주를 그리스 비극의 전례에 따라 이해하려고 했기에, 이런 종류의 사회가 그나마 남은 기력을 끌어모으기 위해 어떻게 하는지 익히 알고 있었다—죄책감에서 비롯된 공황 불안에 시달리며 과거를 돌아보는 시선을 금해야 했던 사회에서 "우리가 겪은 것들"을 입에 올리는 자는 일반 대중의 저주를 받을 운명이라는 것을.[5] 노사크는 전쟁을 겪은 뒤 글쓰기를 유독 어렵게 만드는 것이 무엇인지 그 누구보다도 먼저 파악했다. 그것은 바로 기억 자체가 하나의 추문이라는 점, 햄

처럼 과거 속에서 허우적대는 자는 새로운 권력자의 경고
귀기울여야 한다는 점이었다.

> 언제까지나 그렇게 눈꺼풀을 내리깔고
> 흙속에 묻힌 고귀한 아버지를 찾지만 말고.
> 너는 생자필멸이 인간지상사임을 알고 있으렷다.
> 사람은 태어나 살다가 영원으로 간다.[6]

아들을 염려하는 마음과 아들에게 발각될까 두려운 마음
이 팽팽히 맞서는 왕비는 햄릿에게 책략에 가까운 언사를
쓴다. 이는 완고하게 비탄 속에 잠겨 있는 것이 불경스러운
고집을 피우는 행동이라는 새 군주의 강력한 경고를 따르고
있다. 바로 여기에서, 어두운 과거가 있는 정치 공동체에서
그 공동체 건립에 선행한 희생자들을 추모하려는 의지는 새
로운 질서의 정당성을 의심하는 것과 다름없다는 점이 드러
난다. 그 질서의 존립 여부는 과거를 현실이 아닌 것으로 부
정하고 승자와 동일시하느냐 아니냐에 달려 있는 것이다.

희생 인물

도사크가 햄릿을 모범으로 삼아 대중 일반의 합의에 맞
서는 심오한 회의론을 내세우려 한 반면, 신생 공화국을 대
표하는 대다수의 작가들(예컨대 리히터, 안더쉬, 뵐)은 선량

한 독일인의 신화를 선전하는 데 급급했다. 그 신화란 바로 선량한 독일인들에게는 모든 것이 지나갈 때까지 견디는 것 말고 다른 선택지가 없었다는 믿음이다. 이렇게 유포된 옹호론의 핵심에는 수동적 저항과 수동적 협력 사이에 어떤 식으로든 의미 있는 차이가 있다는 허구가 놓여 있다.

그 결과 착한 독일 남자가 폴란드 여자 또는 유대인 여자와 '만나는' 연애담으로 포장된 수많은 1950년대 문학에서 부담스러운 과거는 대부분 감정적이라기보다 감상적으로 '청산됐으며' 동시에—미처리히가 논문에서 어느 환자의 사례를 들며 논평한 대로—파시즘 체제의 희생자에 대한 자세한 조사를 회피하고자 절박하게 노력했고 결국 성공했다.[7] 이런 식의 태도가 개인심리학적인 사례에서는 "가족 내 역할 구도에서 어차피 미약했던 애정 표현을 계속하게"[8] 해준다면, 문학에서는 실제 피해자들과의 동일시를 통해 애도하려는 진정성 있는 시도를 전달하지 못하는 전통적인 서술 형식을 고수하게 한다.

미처리히의 온당한 불만처럼, 우리 독자들은 분명 생존자들이 겪었던 갈등을 있는 그대로 더 많이 듣고 싶었지만 조악하게 그려진 무고한 희망 인물을 보는 것으로 만족해야 했다. 그 희망 인물이란 아무런 의무에 매이지 않고 완전히 사적인 삶으로 퇴거해 달관한 고독한 은자들로, 기회주의적인 동족들 속에서 삶을 견뎌낼 수 있는 자들이다. 우리는 물론 그런 고상한 영웅이 대개는 존재하지도 않았다는 사실을 알고 있다.[9] "우리나라에서 문학과 정치 사이에 벌어진 간극은 아직도 여전하다." 미처리히는 1960년대 중반에 다음과 같은 결론을 내린다. "우리 작가들 중에서 자기 작품으로 우리 독일연방공화국의 정치의식과 사회문화에 영향력을 행사한 사람은 지금껏 단 한 명도 없다."[10]

독일 전후문학의 선천적 결함에 대한 미처리히의 진단은 당시로선 대단히 정확했다. 물론 그는 1960년대 초반부터, 적어도 롤프 호흐후트*의 여러모로 파괴적인 극 『대리인』을 시작으로, 일련의 작가들이 뒤늦게 독일이 지은 죄의 대차대조표를 맞춰나갔다는 사실은 고려하지 않는다. 이런 작업이 이렇게 지체된 것은 애초에 집단범죄의 전말을 사법적으로 복기하는 작업 자체가 뒤늦게 이뤄졌다는 사실 때문이리라. 사실 조사 작업에 미숙한 문인들은 이런 사법적 복기를 계기로 자기 민족이 일으킨 집단학살의 실제적 차원에 비로소 눈뜨게 되었다. 프랑크푸르트에서 열린 아우슈비츠 전범재판에서 정점에 달한 사법적 절차는 "정밀하게 통제된 인간 말살 기구"[11]가 지닌 기능주의를 들여다보게 해주었고, 이에 따라 서독문학의 향후 발전에 결정적인 역할을 했던 작가들이 점차 정치의식을 갖게 되었다. 페터 바이스의 『수

---

* Rolf Hochhuth (1931~). 1961년 정치극 「대리인Stellvertreter」으로 데뷔해 독일의 나치 과거를 신랄하게 비판하면서 정치적 영향력을 발휘한 독일 작가. 홀로코스트에 대한 교황청의 침묵을 폭로한 〈대리인〉은 1963년 에르빈 피스카토르Erwin Piscator의 연출로 초연된 뒤 격렬한 논쟁을 불러일으켰다. 이 작품을 시작으로 독일문학은 1960년대부터 나치 과거를 적극적으로 다루기 시작했다.

사』와 1960년대 중반에 열렸던 하인리히 뵐의 〈프랑크푸르트 강의〉는 이를 보여주는 하나의 지표다. 그 강의에서 뵐은 독일과 독일인에 대해서 작가의 전작에서 읽어낼 수 있는 것보다 더 많이, 더 명료하게 말하고 있다.

이 자리에서 처음으로 뵐은 그간 그의 두드러진 특징으로 자리잡은 솔직하고 직접적인 어투로 "범죄를 입증할 길이 전혀 없는 살인자들이 너무도 많이 버젓이 자유롭게" 돌아다니는 이 나라에서 지체된 인식 과정과 해방 과정을 언급했다. 그는 이렇게 말을 이어간다. "죄, 후회, 참회, 성찰은 정치적 범주는커녕 사회적 범주도 되지 못했다."[12] 하지만 이때 그는 문학 역시 능히 가능했을 성찰을 스스로에게 불리할 정도로 오랫동안 유보했다는 사실, 그리고 미처리히가 "기억을 고집스럽게 거부하는 행동"[13]과 직접적으로 연관시켰던 정치적이고 사회적인 완고함과 편협성이 문학의 완고함과 편협성에 그대로 반영됐다는 사실은 말하지 않았다.

한 민족 전체가 "파괴된 것을 재건하고 부엌 설비 작업에 이르기까지 우리의 산업적 잠재력을 확장하고 근대화하는 데"[14] 에너지와 진취성을 전부 쏟아붓는 동안, 1950년대 문학은 진실 조사의 의지를 보여주는 대신 경제 부문에서 성취한 기적을 상대로 모종의 원한을 드러냄으로써 평행선을 달리는 행태를 보여주었다. 이는 미처리히가 자신의 글에서 "소비 영역에서의 과도한 감정적 고무가 무감각과 공존"[15]한다고 진단한 구도다.

말라키아의 부당한 기적*을 푸념하는 일 대신 이런 정치적 무감각을 의식적으로 고발하는 일은 1960년대를 거치면서 서독 문인들의 우선적인 과제가 되었다. 그들은 이 과제를 수행함으로써 전업작가로서 진정한 '감정교육'을 이수한다. 그리고 이 수업시대는 수많은 작가들이 결연히 가담한 1969년 선거운동에서 강령적인 정치 형태로 나타난다.

이러한 정치적 가담은 독일 민주주의의 진정성을 묻는 질문에 공개적으로 직면하였다. 이 나라에서 스스로를 개혁하려는 지나치게 성급하고 열성적인 태도는—뵐이 자주 상기했듯이—그 정치의 진짜 실체에 대한 의구심을 불러일으키기 때문이다. 1969년 선거전에 하인리히 뵐과 귄터 그라스가 참여하게 된 것은 무엇보다도 기독교민주연합당이 과연 앞으로도 독일인들을 만족시킬 수 있을 것인가 회의했기 때문이고, 그 결과 향후 독일 민주주의의 발전에 있어서 사회민주당으로의 정권 교체가 대단히 중요할 것이라는 결론을 내렸기 때문이다.

* 〈말라키아의 기적Das Wunder des Malachias〉(1961)은 베른하르트 비키 Bern hard Wicki 감독이 스코틀랜드 작가 브루스 마샬Bruce Marschall의 소설을 영화화한 작품이다. 말라키아 신부는 성당 옆의 술집이 죄와 타락의 온상이라고 생각하고 이 술집을 눈앞에서 사라지게 해달라고 기도한다. 그런데 정말로 그 기도가 효험을 발휘하여 술집이 멀리 북해의 섬으로 옮겨지는 기적이 일어난다.

2. 귄터 그라스의 『달팽이의 일기』

1969년의 선거운동을 다룬 연대기 『달팽이의 일기』는 간발의 차로 승리를 거머쥔 사민당원들의 기쁨에 취해 있다. 이 연대기는 서독 민주주의의 진정한 노선을 사민당원들의 기나긴 행군, 특히 이 고난의 횡단 마지막 구간에서 문학적 선구자들이 수행한 역할과 거듭해서 동일선상에 놓는다. 이러한 경험에서 나온 한 가지 결론은 민주주의가 건실한 경제의 문제 그 이상을 바라보고 있다는 더욱 강고해진 인식이다. 그라스는 『달팽이의 일기』에서 이런 결론을 역설한다. 이를 위해 그는 경제적 성공에 토대를 둔 새 독일 국가의 자부심을 과시하는 상투적인 문구를 인용 형식으로 덧붙인다. "······이제 이십오 년이 지났다. 우리는 고철더미와 잿더미에서 해냈다. 무에서 일궈냈다. 그리고 오늘 우리는 다시 일어섰다. 겸손 떨지 말자. 세계 전역에서. 그 누구도 기대치 않았다. 자랑할 만하다······"

"과연. 사층짜리 건물이 서 있다. 많은 돈이 들었다. 할 수 있는 한 많은 돈을 채워넣었다. 모든 것이 굴러가고 흘러가고 운반되고 기름칠된다. 어제의 승자는 물론 하느님마저 돈을 빌리러 온다. 우리가 돌아왔다. 우리는 다시 일어섰다. 우리가 다시······"[16]

이런 전방위적 조롱에서 울리는 의문은 민족의 내적 정체성을 겨냥하고 있으며, 『달팽이의 일기』 처음 몇 장이 콜라주 기법으로 분명히 보여주듯이 현재의 성공담과 아직 제대로 청산하지 못한 우리 과거의 부채를 함께 재현하는 방식으로만 해소될 수 있다.

독일 선거운동에 대한 정치문학적인 이 여행기는 이로써 단치히* 유대인들의 탈출 보고문인 동시에 단치히에 바치는 그라스 작품의 지도에서 유달리 공백으로 남아 있던 부분을 채우는 글이 되었다. 박해당한 소수자의 운명을 묘사한 부분이 없었다면 『달팽이의 일기』는 분명 일면적인 작품으로 남았을 것이다. 구체적인 기억†의 차원이 들어감으로써 츠바이펠이라는 교사의 삶에 대한 중심 이야기는 또다른 층위에서 전개되는 멜랑콜리적 성찰과 함께 실체성을 얻게 된 것이다. 또한 이야기를 지역사와 엮어 구체적으로 풀어간 덕분에 민족 학살에 관한 그렇고 그런 글처럼 '유대인들'을 경악할 정도로 추상적으로 다루지 않을 수 있었고, 작가는 물론이고 독자 또한 단치히, 아우크스부르크, 밤베르크의 유대인들이 단지 막연한 집단으로 존재했던 것이 아니라 동료 시민이자 이웃으로 존재했다는 사실을 자각하게 된다.

---

* 폴란드 항구도시 그단스크의 독일어 이름.
† Eingedanken. 과거를 완결된 것이 아니라 현재와 미래에 여전히 열려 있는 것으로 바라보는 역사의식과 그에 따른 기억방법. 벤야민, 블로흐, 아도르노 등이 유대교의 기억개념을 적극적으로 전유해 역사철학의 중심개념으로 제시했다.

단치히 유대인의 운명

그라스가 우리에게 술회하는 단치히 유대인의 역사는 일
차적으로는—다른 사안에 관해서라면 단치히의 이모저모에
대단히 정통한 작가 본인의 연구가 아니라—유대인 역사가
에르빈 리히텐슈타인의 연구에 빚지고 있다. 그렇다보니 우
리가 작가의 텍스트를 제대로 이해했다면, 우리로서는 그가
이 이야기를 어느 정도는 거저 얻은 것이 아닌가 하는 의구
심이 들 법도 하다. 그라스는 『달팽이의 일기』에 다음과 같은
문장을 괄호 안에 적어넣었다. "우리가 1971년 11월 5일부
터 18일까지 이스라엘에 머물 때 만난 에르빈 리히텐슈타인
은 자신의 기록자료 『유대인, 자유도시 단치히를 탈출하다
Der Auszug der Juden aus der Freien Stadt Danzig』가 얼마 안 있
으면 튀빙겐 모르 출판사에서 나온다고 했다."[17] 실제로 단
치히 유대인들이 망명을 떠난 과정과 망명지에서 고향으로
돌아오는 여정에 진정성을 부여하는 대단히 인상적이고 사
실적인 세부묘사는 대부분 리히텐슈타인의 자료 조사에 의
존하고 있다.

그라스가 어느 구상 단계에서 단치히 유대인 교구의 퇴거
사를 들여왔는가는 더 따져볼 일이다. 다만 분명한 것은 이
어둡고 복잡한 역사의 한 장章이 궁극적으로는 그라스 혼자
집필할 수 없는 것이었다는 점이다. 『고양이와 쥐*Katze und
Maus*』의 서술자는 이를 두고 자신이 쓸 수 있는 것도 아니

고 "말케*와 연관해서 쓸 수 있는 것도 결코 아니다"[18]라고 말한다. 독일 문인들은 박해당한 유대인의 실제 운명에 관해서 예나 지금이나 아는 바가 거의 없기 때문이다. 하지만 카네티의 비유를 빌리자면 그들은 여느 작가들처럼 자기 코를 시대의 심연에 처박고 살아왔다.[19] 그리고 이제 그라스가 표현하듯이 "다음과 같은 사실을 후각적으로 통찰하면서" 귀환했다. "사방에서 냄새가 난다. 아담한 단독주택에서만 나는 것이 아니다. 때로는 직접 톡 쏘기도 하고, 때로는 라벤더 향에 섞여서 들척지근하게 나기도 하다. 사방에서, 여기선 식어서 시큼한 냄새가, 저기선 곰팡이로 뒤덮여 은근하게, 바로 옆에선 이름 모를 것들이 뿜어내는 냄새가 난다. 여기저기 가까이 지하실에서 시체가 나뒹굴고 있기 때문이다."[20]

진실 탐색 작업은—발터 벤야민이 멜랑콜리의 문장紋章 동물로 묘사하기도 했던—개의 일로 드러난다. 우리는 이 개라는 동물에서—카프카도 보았다시피—"지칠 줄 모르는 탐구자와 사색인의 이미지를 얻는다."[21]

그라스는 자신의 직업을 멜랑콜리적으로 성찰하면서 이렇게 말했다. "아이들아, 작가는 악취를 좋아하는 자란다. 그래서 그 악취에 이름을 붙일 수 있는 자이지. 또한 그렇게

---

* 『고양이와 쥐』의 주인공 요아힘 말케를 가리킨다. 작중 일인칭 서술자 필렌츠는 학창 시절 친구 말케가 유난히 큰 울대뼈를 감추기 위해 영웅주의에 빠져들었다가 이후 파멸하기까지의 과정을 들려준다. 말케의 인생은 독일 소시민의 추악한 영웅주의와 파시즘적 경향을 보여준다.

함으로써 그 악취로 먹고사는 자다. 코에 굳은살이 박이는 것이 실존의 조건인 셈이란다."[22] 어떻게 보면 거의 기질적으로 타고났다 할 수 있을 문인들의 이런 격한 탐구 충동에도 불구하고 "그때 우리가 우리를 지배하는 인종에게 제물로 바칠 예정이었던 실제 인간들은" 미처리히가 지적했듯이 "우리의 감각적 지각에 아직 포착되지 않았다."[23] 그라스가 『달팽이의 일기』에서 부족한 부분을 어느 정도 메우는 데 성공했다면 그것은 일차적으로는 텔아비브에 사는 역사가의 노고 덕분이고, 이는 오늘날의 문학이 자력으로는 더이상 진리를 창작하지 못함을 다시금 명명백백 보여준다.

헤르만 오트라는 인물

이와 같은 이유에서 『달팽이의 일기』의 중추를 이루고 감수성 풍부한 독자의 상상력에 많은 위안점을 제공하는 헤르만 오트의 이야기 또한 비판적으로 들여다보면 금세 그 허술함이 드러난다. 그 이야기는 선거전과 유대인 탈출에 대한 기록문학적인 대목, 글쓴이의 가족사를 보고하는 부분, 에세이적 성격을 띠는 여담들과 달리, 다른 나머지 부분과 관련되어 있긴 해도 지어낸 것에 불과하다. 이 사실은 이 이야기가 마르셀 라이히라니츠키*의 실제 경험담이라고 여러

* Marcel Reich-Ranicki(1920~2013). '문단의 교황'이라 불릴 정도로 전후 서독 문단에서 막강한 대중적 영향력을 행사했던 문학평론가. 그는 폴란드에서 태

130

차례 암시됨으로써 일단은 분명하게 드러나지 않는다.

교사라는 직업과 회의론자라는 이유로 츠바이펠*이라고 불리는 헤르만 오트는 단치히 유대인 아이들이 공립학교 입학이 금지되자 로젠바움 사립학교로 옮겨 교편을 잡았으며, 여전히 유대인 상인에게서 샐러드 채소를 산다는 이유로 시장 아낙네들에게 "퉤, 악마 같으니라고" 따위의 욕을 듣는다. 이 헤르만 오트라는 사람은 작가가 과거에 이루지 못했던 소망을 뒤늦게 이뤄주는 인물이다. 이것은 호흐후트의 『대리인』에서 대천사 같은 젊은 신부 리카르도 폰타나가 대량학살이 벌어지는 중에도 선은 계속된다는 것을 입증해 보이는 내용보다는 덜 거슬린다하더라도 구조적으로는 크게 다르지 않다고 하겠다.

헤르만 오트의 독일적 정체성을 의심할 수 없게 하기 위해서 그라스는 자신의 또다른 자아인 오트의 아리아 인종 계보를 16세기 네덜란드의 호로닝언으로까지 거슬러올라가 보여준다. 이것이 은연중에 시사하는 바는 우리가 전해듣는 헤르만 오트 사례처럼 선량한 독일인들이 실제로 존재했다는 것이다. 이런 주장은 허구를 기록물과 연결하여 고도의 개연성이 있다고 참칭하는 것이라 하겠다. 우리의 전후문학에서 조용한 영웅의 인생을 영위하는 선량하고 결백한 독일

어나 어릴 때 독일로 이주한 유대인이다. 1943년 트레블링카 수용소로 강제 이송되기 직전에 부인과 도망쳐나와 폴란드의 한 농가에 숨어 목숨을 구했다.
* 독일어로 '의심'이라는 뜻.

인들이 실제로 독자에게 넌지시 암시되는 그 방식으로 존재했는가의 여부는 객관적으로 별로 중요하지 않다. 그보다는 선한 독일인들이 존재했다고 하더라도 그들이, 뷜의 문학에서 확인 가능하듯이, "리비우의 믿음 없는 유대인들을 위해서" 성^聖 금요일의 주기도문을 외는 것 이상으로 한 일이 없다는 엄연한 사실이 더 중요하다.[24]

전후 독일문학은 이와 같은 가상인물들에게서—그중에서라면 귄터 그라스의 츠바이펠이 분명 가장 명예로운 인물에 속할 것이다—도덕적 안식을 찾았고, 그러다보니 맹목적으로 체제에 편입한 사람들의 감정생활에서 나타나는 지속적이고 중대한 뒤틀림을 이해하려는 노력을 게을리했다.

따라서 그라스가 달팽이식 멜랑콜리를 전개할 수 있었던 허구적 인물 츠바이펠 선생은 애도의 강령적 지향점과 정반대에 있는 것처럼 보인다. 그렇다보니 단치히 유대인 역사의 사실적 측면은 에르빈 리히텐슈타인의 도움을 받았음에도 미흡하게 매듭지어진다. 역사적 사실과 회고적 허구를 대면시킴으로써 가상의 진리를 만들어내는 『달팽이의 일기』의 수많은 대목 중 하나는 1939년 8월까지만 해도 단치히를 떠나 영국으로 망명을 갈 수 있었던 유대인 아이들의 이송*에 관한 내용이다.

---

* 1938년 11월 말부터 1939년 9월 1일까지 영국 정부의 주도하에 국제적으로 진행된 유대계 아동 구조 사업을 말한다. 1938년 11월 9일 수정의 밤 사건 이후 나치 치하의 독일에서 유대인들이 얼마나 긴박한 상황에 처해 있는지 알게 된 영

"걔네들은 거기 가서도 학교를 가야 했겠죠?"

"걔네들은 금방 영어를 배웠을까요?"

"걔네 부모님들도?"

"걔네는 어디서 살았을까요?"[25]

    자신의 아이들이 던지는 질문에 그라스는 한동안 유세 여정을 함께했던 영국 저널리스트의 일화로 답을 대신한다. 그 저널리스트는 단치히에서 태어나, 열두 살이 되기 직전에 저 아동 이송열차를 타고 단치히를 떠났는데, 그에게 고향 도시의 풍경은 "합각머리지붕, 교회, 골목길, 현관 테라스, 종소리, 고드름 언 데 앉아 있거나 강어귀 바닷물 위를 떠다니는 갈매기떼"였다. "그러나 (츠바이펠이라 불렸던) 오트 선생에 대해서는 전혀 기억하지 못했다."[26] 이런 간략한 서술 구도로 미루어볼 때 허구가 실제 사건을 지배하는 것이 오히려 진리의 글쓰기와 기억 시도에 불리하게 작용하는 것이 아닌가 하는 의문이 든다.

<hr>

국 정부는 영국의 유대교구와 함께 나치가 점령한 유럽 땅에서 유대계 아동들과 청소년들을 우선적으로 구출하는 사업을 진행한다. 이 사업을 통해서 1939년 이차대전이 터지기 전까지 1만여 명의 유대계 아동이 기차와 배를 타고 영국으로 망명할 수 있었다. 제발트는 이 역사를 『아우스터리츠』에서 중요하게 다룬다.

사회민주주의를 위한 선거운동

그라스가 『달팽이의 일기』에서 빚어낸 여러 희망상 안에는, 독일 사민당을 위해서 3만 1000킬로미터에 달하는 유세 여행을 마다하지 않은 그라스 본인의 독일 사회민주주의에 대한 꿈도 있다.

이런 맥락을 염두에 두고 볼 때, 그라스가 사민당의 초대 역사와 과거사는 흔쾌히 입에 올리면서도 사민당이 일차대전 이후 독일에 초래한 정치적 실패에 대해서는 말을 삼간다는 점이 일단 눈에 띈다. 예컨대 아우구스트 베벨은 예의 선반공 앞치마를 두르고 등장하고 '에드' 베른슈타인*도 언급되며, 당시만 해도 제대로 작동하던 초대 당수의 시계가 드디어 빌리 브란트의 수중에 들어갔다는 얘기도 있다. 이런 부분은 올바른 과거를 대표하는 이들과의 가족적인 연대 기운을 물씬 풍긴다. 하지만 이를테면 그에 비해 영광스럽지 못한 두 사람, 에베르트와 노스케†에 대해서는 일언반구

---

* 아우구스트 베벨August Bebel(1840~1913)은 독일의 사회주의자 정치인이다. 독일 제국시대에 많은 탄압을 받으며 마르크스주의자로서 활동했고 사민당의 전신인 사회민주노동당SDAP를 창설했다. 노동운동계의 뛰어난 지도자로서 사민당을 대표하는 인물로 평가받고 있다. 여성운동에도 깊은 관심을 보였고 『부인론』을 출간했다. 에두아르트 베른슈타인Eduard Bernstein(1850~1932)은 독일 사민당에서 활약한 수정주의적 마르크스주의자다.

† 프리드리히 에베르트Friedrich Ebert(1871~1925)는 독일 바이마르공화국의 초대 대통령으로 1913년 독일 사민당 당수를 지냈다. 구스타프 노스케Gustav Noske(1868~1948) 역시 독일 사민당 정치가로 바이마르공화국의 초대 국가방위성 장관을 역임했다. 두 정치가 모두 사민당 내에서 일찍이 보수파의 중심이었

도 없다.

 그뿐만 아니라 19세기 후반 가장 강력하고 잘 조직된 사
회주의 운동을 이룩해낸 나라가 대체 어찌하여 이삼십 년
뒤 파시즘의 품에 안기게 되었는지에 대해서 젊은 독자층
을 위해 설명하는 부분도 찾아볼 수 없다. 그라스가 전하는
사회민주주의의 역사적 배경은 상당히 흐리터분한데다 선
전 효과만을 노려 여기에는 그림같이 아름다운 디테일과 용
감무쌍한 인물들, 예컨대 사회주의 탄압법이 시행되던 시절
위법을 무릅쓰고 독일 전역을 돌아다니며 동지들에게 모범
을 보인 옛 동지 베벨과 같은 인물들로 채워져 있다. 결과적
으로 사회민주주의의 새로운 선구자들이 치르는 선거는 자
연히 다소 영웅적인 색채를 띠게 된다.

 형제애와 동지애라는 새로운 감정은 그때까지 새로운 정
치의 날을 바라마지 않던 "1940년대생" 세대에게는 널리 퍼
져 있던 것이다. 그라스가 말했듯이, 그 세대는 "격감한 전쟁
세대의 감소된 노동력을 초과 생산으로 균형을 맞추려고"[27]
노력하는 것처럼 보였다. 독자는 그라스가 독일의 정치 개
선을 위한 활동에 구체적으로 참여함으로써, 여전히 분노
가 치솟는 독일 과거에 대해—자신은 결백하다고 주장하지
만—면죄부를 얻으려는 것은 아닌가, 그래서 그라스가—
하인리히 뵐이 『프랑크푸르트 강의』에서 독일적 절망의 특

─────────────────────

으며 일차대전을 지지했고 정권창출을 우선시했다. 그들은 1919년 스파르타쿠
스단의 공산주의적 혁명 봉기를 무력으로 진압했다.

수한 형식이라고 정체화했던—정치 액티비즘과 여행벽의 분주함을 전유해, 묵묵히 꿈쩍도 않는 죄와 수치라는 달팽이들보다 조금이나마 치고 나갈 수 있는 것은 아닌가 하는 인상을 받는 지경에 이른다.[28]

뒤러적 멜랑콜리

그는 유토피아적인 청사진보다 정치적 작업이 더 현실적이라고 매번 강조하는데, 이러한 작업 덕분에 이따금씩 치솟는 절망을 억누를 수 있다고는 하더라도, 뒤러적 멜랑콜리는 여행의 동반자이자 양심의 천사로서 그라스의 여행가방에 슬그머니 들어와 있다.

이 무시무시한 여인의 내면에는 개 한 마리가 묻혀 있고, 질질 끌리는 드레스 자락은 온 나라의 악취를 덮고 있는데, 여인은 "곱은 손으로…… 컴퍼스를" 잡고 있어 제대로 "원을 그릴 수가 없다."[29] 그건 아마도 여인이 작가와 마찬가지로 당면 과제 너머에 있는 해결할 수 없는 도덕적 문제에 붙들려 있기 때문일 것이다. 그 문제란 바로 우리가 글을 씀으로써 과연, 글을 쓰지 않는 다른 모든 사람을 대신해 민족의 치유에 기여할 수 있을까 하는 물음에 응축되어 있다. 이를테면 츠바이펠이 정체불명의 달팽이를 투입하여 자신의 싸늘한 {딸} 리즈베트를 치료하는 것처럼 말이다. 자연의 이 진귀한 생물체가 우울증에 시달리는 리즈베트에게서 어떤 마적인 과정을 거쳐 뽑아낸 검은 담즙은, 그라스가 상기하듯이 16세기만 해도 작가가 자신의 영향력을 확장하는 잉크의 동의어로 통했다. 물론 흑담즙을 창조적 작업의 매체로 사용하는 사람은 누구나 자신이 위로하는 사람들의 이해받지 못하는 무기력을 떠안을 위험을 무릅써야 한다.

이어지는 츠바이펠의 이야기는 이런 위험성을 매우 설득력 있게 보여준다. 작가는 "우울증"을 달팽이 요법으로 "치료할 수 있다"[30]는 증거를 보여준 그를 이후 십여 년간 고립된 정신병원에 가둬놓는다. 그는 그곳에서 "뭐라고 어지럽게 끼적인 종이에 대고 중얼대는" 유폐된 삶을 영위한다. 그러다 어찌된 영문인지 알 수 없지만 다시 건강을 회복해 서독 카셀 시청의 문화부 담당관이 됨으로써 새로운 도피처를 찾기는 한다.

지나치게 행복한 반전으로 끝난다는 점을 제쳐놓고 본다면 이야기가 말하는 점은 다음과 같다. 사회적 노동분업 체제하에서 도덕적 난제를 담당하는 작가라는 존재는 집단적 양심에 시달리는 자라는 것, (그라스의 글에서 인용된) 자화상 속 뒤러처럼 잉크로 그려 표시한 환부를 오른손 검지로 가리키는 자라는 것이다. "노란 얼룩이 있는 곳이자 손가락이 향하는 곳이 내 아픈 곳이니라."[31]

그라스는 고통을 실증하는 뒤러의 그림을 자기 애도철학의 상징으로 택함으로써, 멜랑콜리가 기질적 상태인가 반응적 상태인가 하는, 결국 병리학적으로 결정할 수 없는 물음을 초월한다. 그라스의 독일 여행기가 대위법적으로 결합된 다른 이야기, 즉 애도에 대한 여담이 없었다면 더 경솔한 책이 되고 말았으리라는 지적이 맞는다면, 이 여담은 그런 만큼 힘겹게 만들어낸 구성물인바, 역사적 책무를 이행하는 성격을 띠게 된다.

3. 볼프강 힐데스하이머의 『틴세트*Tynset*』

볼프강 힐데스하이머의 소설 『틴세트』는 작품성을 생각하면 받아야 마땅한 관심과 인정을 전혀 받지 못한 작품으로, 그라스의 작품과는 정반대로 애도의 핵심에서 곧바로 탄생한 것처럼 보인다.

이름 모를 양심의 소리

불면증과 수심으로 번민하는 이 기나긴 독백에서 화자의 이야기는—결코 모습을 드러내지 않고 오직 목소리로만 정체를 드러내는 사람인—그가 아직 독일에서 살 마음이 있었던 어느 (전후로 추정되는) 시대에 시작된다. 이곳 독일은 "노쇠하고 은퇴한 전범들이 조카들과 손주들에 둘러싸여"[32] 겉보기에는 아늑한 삶을 영위하고 있는 곳이다. 이 익명의 화자는 마치 햄릿처럼 부당하게 합법적 상태에 있다고 여겨지는 것들로 인해 불안하고 뒤숭숭한 마음이 들어, 유혹을 이기지 못하고 밤마다 전화번호부를 뒤지며 전국에 숨어 있는 공범자들과 공모자들을 찾아낸다. 처음에는 무작위로 전화를 걸었지만 나중에는 대략적으로나마 알게 된 정황을 따라 한층 체계적으로 선량한 동료시민들에게 전화를 하여 모든 것이 발각되었노라고 알린다. 그러면 그런 긴급한 전언의 벼락을 맞은 사람들은 바이올린 케이스 따위를 팔 아래 끼고 황급히 자기 집을 떠나 멀리 지평선 너머로 모습을 감춰버리는 것이다. 마치 항아리를 깬 사람이 누군지 밝혀진 다음에 아담 판사가 그랬던 것처럼.*

이런 작업을 계속 하다보니 화자는 공교롭게도 죄 많은 동시대인들의 양심을 익명으로 관리하는 사람이 된다. 그것은 그가 장난삼아, 그로테스크한 희극을 연출하는 재미도 좀 보면서 수행한 역할이었다. 하지만 작은 소리까지 다 잡아채는 뛰어난 청력의 소유자인 화자가 어느 날 자기 수화기에서 그 예의 딸깍하는 소리를 듣고 자신의 실험적인 추적 시스템이 이제 자기 자신을 겨누게 되었음을 알아차리면서, 이러한 역할도 결국 끝이 난다.

---

* 클라이스트의 희곡 『깨어진 항아리』를 염두에 둔 것이다. 작품에서 아담 판사는 자신의 범행을 숨기고 다른 사람에게 누명을 씌워 서둘러 재판을 종결짓고자 한다. 그러나 마지막에 진범이 밝혀지자 황급히 도주한다.

이제 화자에게 "아무런 공포도 알지 못하는 예의 형상들이 활동중인 밤의 적막함에 대한 공포"[33]가 강렬히 되살아난다. 그는 "다른 나라로" 이주해 이 공포에서 달아나고자 한다. 이 다른 나라는 알프스 너머의 지역이겠지만 독자에게는 화자의 정체와 마찬가지로 익명의 땅으로 남으며, 이야기가 계속 진행되면서 밝혀지는바, 햄릿이 알고 있었듯 어떤 여행객도 돌아오지 못하는 지역, 즉 망명과 죽음을 은유한다.

그곳에서 주인공은 이제 내면의 고통 속에 정박하여 멜랑콜리의 단단한 성채에서 우리에게 말을 건다. 층계참에서 자신을 기다리는 햄릿 부친 형상의, 그 끔찍한 과거의 출구 없는 연상작용에 붙들려 한밤을 향해 배회하는 것이다. 그는 자신의 실험 덕분에 희생과 박해의 변증법을 몸소 익힌 이후로, 복수를 해달라는 유령의 어려운 요구를 뿌리친다. 이것은 그가 스스로 결백하다는 의식으로 자기 자신을 지탱하기 위함이다. 그는 한때 독일에서 죄지은 자들의 잠을 깨우는 수단으로 애용했던 전화를 이제 "저 이따금 위잉거리는 정적을, 지나가는 시간이 유일하게 내는 소리를 듣기 위해서"[34] 사용할 따름이다.

화자는 자신의 새끼손가락을 잡아채 손을 부여잡으려는 햄릿 부왕의 시선을 받으며 배회하는데, 이때 "빈이나 베스터발트 출신 기독교도 가장들의 손에 맞아죽은"[35] 자신의 부친을 떠올린다. 하지만 "복수할 기회를 노리며" 층계참에 서 있는 건 그의 부친이 아니다. 또 그가 눈앞에 없는 본보기적 인물을 좇아 복수를 접었다고 해서 밤마다 방랑하는 저 불쌍한 유령들의 구원을 결의했던 것도 아니다. 따라서 그는 수탉이 온 힘을 다해 울지 않는지 이제나저제나 귀를 기울인다. 그 셰익스피어 연극의 서막에서 덴마크 보초가 말한 대로라면 유령들은 닭이 울면 물러가기 때문이다.

하지만 『틴세트』의 화자에겐 『햄릿』에서처럼 "우리 구세주의 탄생을 축하하는 계절이 되면 / 새벽을 알리는 새가 / 밤새 노래를 한다는 말도 있지"[36] 같은 경건한 기독교적 희망이 허락되지 않는다. 그래서 구원사가 진행되면 과거의 악몽으로부터 영원히 해방되리라는 가망도 굳게 닫혀 있다. 이 텍스트에서 기독교적 희망은 화자가 지새우는 숱한 밤 장면들에 새겨져 있듯이 완전히 신용을 잃은 것으로 나타난다. 가령 어느 날 밤 가정부 첼레스티나가 술에 절어 자신의 사면을 간곡히 요청하며 절망을 토로하는 장면, 화자를 불쑥 찾아왔던 시카고 전도사 웨슬리 B. 프로스니처가 나중에 폭설 속에서 사망하는 장면, 국방부장관이 추기경이 내민 반지 낀 손에 입맞춤을 하려는 찰나를 다룬 1961년의 신문 기사 발췌 내용 등이 그렇다. 수탉의 울음소리는 더 고귀한 의미에서 새롭게 밝아오는 아침이 아니라 견뎌내야 할 수많은 밤 가운데 내일 밤이 찾아오기 전의 짧은 유예기간을 약

속할 뿐이다. 그리고 그 밤들은 카프카가 적어놓았듯이 깨어 있는 시기와 불면의 시기로 나뉘어 있다.[37]

멜랑콜리의 제의들

구원의 불가능성을 통찰했다는 것은 견고한 멜랑콜리 상태에 들었음을 뜻하는바, 그것은 멜랑콜리 고유의 제의를 발전시키는 가운데 고통의 해방, 즉 로버트 버턴의 『멜랑콜리의 해부』에서 그토록 많이 이야기되었던 이 "흉포한 질병"[38]으로부터의 해방까지는 아니더라도 고통의 경감을 약속한다. 화자의 경우 이런 멜랑콜리의 제의는 밤마다 전화번호부와 기차 시간표 읽기, 지도를 펼쳐놓고 머나먼 나라로 떠나는 상상의 여행계획 짜기 등으로 거행된다. 그 머나먼 나라는 어쩌면 뒤러의 〈멜렌콜리아〉 후경에 묘사된 바다 저편에 있으리라. 평생 멜랑콜리를 집처럼 편히 여겼던 로버트 버턴같이 화자 역시 "천지학天地學에서 기쁨을 느꼈으나…… 지도와 전도 밖으로는 한 번도 여행을 떠난 적이 없는"[39] 남자다. 일곱 명이 자도 넉넉할 그의 여름 침대는―그는 그 침대에 누워 흑사병의 경로 및 동시다발적 발병 따위의 이야기에 탐닉했다―버턴의 저 개론서와 동시대에 만들어졌다. 그 시대는 "세계의 거대한 지각변동은 이미 일어났거나, 아니면 우리의 구상을 실현하기에는 시간이 너무 부족할지도 모른다"[40]라는 우려가 처음으로 공표된, 두려움으로 충만한 시대였다.

이러한 자각하에 화자가 끄집어내는 이런저런 여담들은—
『햄릿』에 나오는 회상과 마찬가지로—멜랑콜리 저 밑에 놓
인 세계, 제 중력을 잃고 소진된 "기생충으로 들끓는 죽은
구球"[41]에 대한 시각을 열어준다. 이와 같이 화자가 지상의
모든 삶으로부터 멀어짐으로써 지키는 냉정한 거리는 멜랑
콜리 문제의 변증법에서 하나의 소실점을 긋는다.

한편 또다른 차원에서 보면 멜랑콜리를 발병케 하는 토성
의 영향 아래 성좌는 벤야민이 설명한 바 있듯이 토성의 무
겁고 건조한 성격과 연관되어 고되지만 보람 없는 농사일
의 멍에를 지고 태어난 인간 유형을 가리킨다.[42] 따라서 약
초 재배가 화자의 유일한 실용적인 일과인 것도 우연이 아
니다. 그는 이 약초를 말리고 섬세히 조제해 밀라노와 암스
테르담의 고급 식료품 가게에 보낸다. 그는 그 약초를 무려
독일로도, 그러니까 함부르크와 하노버 같은 곳으로도 보낸
다. 아마 그는 오필리어처럼 "로즈마리, 기억에 좋은 풀입니다"
라고 손수 써붙여 보내리라.[43]

암흑의 이상

화자가 생동하는 바깥 사회와의 끈을 가까스로 붙잡고 있
는 모습에서 인간 사회로부터 지속적이고 점증적으로 벗어
나고 싶은 갈망이 표출된다. 탈물질화 경향도 이러한 갈망
의 일부다. 이 글에서 그러한 경향은 화자가 감정하기로는

아주 높은 수준을 보여주는 어느 회화 작품에 상징적으로 반영되어 있다. 그림은 너무 어둡고 새까매서 "무엇을 그렸는지 조금도 추측할 수 없다."[44] (장 가스파르 뮐러라고 서명된) 그림이 모범적으로 보여주는 "흑색의 이상"은 『미학 이론』에서 아도르노가 논평했듯이 "추상의 가장 심오한 충동 가운데 하나"[45]다. 이런 충동을 좇아 "별도 빛도 보이지 않는 곳, 아무것도 없는 곳, 아무것도 기억되지 않기에 잊히지도 않는 곳, 밤인 곳, 아무것도 없는 곳, 아무것도 아무것도 없는"[46] 곳을 향해가는 것, 화자는 이를 동인 삼아 어둠 속에서 성체들 사이의 빈 공간들을 망원경으로 탐구한다.

절대 암흑의 이상을 찾아나서는 여정은 화자가 정확히 알고 있듯이 물론 가망 없는 모험에 그칠 것이다. 망원경의 화각을 좁혀 시야에 들어오는 천체들을 더 많이 제외할수록 그는 우주 공간을 더욱더 안쪽까지 깊숙이 들여다보게 되며, 그러면 그 우주에서 거리가 멀어 어둡게만 보였던 천체들이 빛나며 나타날 것이다. 이 작업은 흔해빠진 의미에서의 허무주의와는 아무런 관련이 없다. 오히려 이 작업은 죽음으로 접근하는 것이다. 말하자면 검은 점으로 접근하는 것이며, 화자의 상상 속에서는 계속해서 "점점 더 검어지고 굵어지고 길어지기까지 하는"[47] 저 검은 점으로 접근하는 것이자, "망각의 강변에 편안히 뿌리내린 무성한 잡초"[48]처럼 멜랑콜리가 들러붙는 검은 점으로 접근하는 것으로, 그것은 굴종과는 완전히 다른 도발의 몸짓이다.

멜랑콜리야말로 죽음과 결탁하지 않는다. 멜랑콜리커는 죽음을 "울적한 현실의 울적하기 짝이 없는 대변자"[49]로 여기고, 마치 소설 『성』의 서두에서 미지의 나라로 들어가는 다리를 자발적으로 건넌 여행자처럼 차라리 죽음의 본진에 쳐들어가 죽음을 이길 수 있을까 고민하는 까닭이다.

멜랑콜리적 탐사를 떠나야 하는 지대가 소설 『성』에서는 눈발 날리는 동토로 우리 앞에 펼쳐진다면, 힐데스하이머의 소설에서는 화자가 갈까 말까 망설이는 노르웨이 북단의 틴세트다. 틴세트는 끝에서 두번째 역이다. 이어서 나오는 종착역은 뢰로스인데, 그곳은 "세상 끝 불모의 지대로 가는 길에 있는 마지막 숙소 같다. 너무도 예측 불허하고 무시무시하여 그 안으로 진입하는 것을 다음 해로 계속 미루게 하는 그런 지대 길목에 있다. 결국 그곳은 목표점을 놓쳐버린 늙어가는 연구자들이 사는 영원한 가을의 숙소가 된다. 그들은 목적을 까맣게 잊고 지금은 우울증의 지리적 기원을 가늠해 연구하고 있다. ……사람들이 오래전부터 찾아헤맸으나 손아귀에 넣은 사람은 아무도 없다는 그 우울증을."[50]

차가운 아가씨

멜랑콜리 경향이 이러한 성찰 속에서 자신의 고향으로 선택한 불모의 땅은 자신의 이해대로라면 죽음을 기다리는 공터일 뿐만 아니라, 우리 모두가 계속해서 섬뜩한 한 여인의 초대를 받는 장소이기도 하다. 힐데스하이머가 최근 출간한 서한집에서 친구 막스에게 털어놓기를, 그 여인은 자정이 지나면 어김없이 우리의 시중을 든다. 사람들은 그녀를 "차가운 아가씨"*라 부르는데 이는 더할 나위 없이 정확한 직업명이다. 그라스 역시 멜렌콜리아†를 이렇게 지칭한 적이 있다. 힐데스하이머가 일말의 조롱조로 상세히 설명하는 바에 따르면, 그녀는 얇게 저민 살라미 소시지 말기, 차가운 아스파라거스를 베이컨으로 돌돌 말기, 소금이 박힌 막대기빵에 올리브 씌우기, 치즈 얇게 저미기, 오이를 조각조각 썰기, 토마토를 팔등분하기, 이로 무 껍질 벗기기, 양파를 동그랗게 자르기, 양상추 위에 햄 세트 깔기를 전문으로 한다. 힐데스하이머는 지금 대체 누구를 이야기하고 있는 것인지 친구 막스가 똑똑히 알 수 있도록 이 인상착의에 다음과 같은 힌트를 덧붙인다. "알겠지, 그녀는 독일에서 왔어. 이름 그대로 상당히 차가운 여자야. 특히 어깨가 그렇지."[51]

이 종업원의 정체에 대해서 더 자세한 정보가 필요하다면, 그의 사돈 한 사람이 앞서 인용된 카프카의 소설을 통해 익히 알려져 있다는 사실을 덧붙여야겠다. 그 여자는 헤렌호프‡ 여관의 주인이다. 그런데 "보통 영주의 궁이란 데는 한기가 돌고 일 년 내내 겨울인 법이다. / 정의의 태양이 그

---

* 찬 음식을 담당하는 종업원을 가리킨다.
† 뒤러의 동판화에 그려진 멜랑콜리의 천사를 가리킨다.
‡ '영주의 궁정'이란 뜻의 독일어.

들에게는 멀리 떨어져 있다. ……그래서 궁정 사람들은 순전히 추위와 무서움과 슬픔에 몸을 떤다."[52] 이렇게 외풍 드는 자리에서 군림하는 그 차가운 종업원의 사돈은 화려하고 오래된 드레스가 걸린 장롱 여러 채를 자기 것이라 하면서, 누군가가 이 '마담 라 모르'*를 모시러 가면 매번 새옷을 지어 오라고 명령한다. 그렇게 새로 지어 온 옷은 이미 장롱마다 한가득인 옷들 옆에 걸린다. 그러다보니 그녀는 측량기사를 재단사로 불러들여 자신의 시중을 들 기회를 하사할 수 있었다. 그가 원래 맡은 임무를 생각한다면 당연히 거절해야 마땅했을 치욕스러운 제안이었다.

* '죽음의 부인'이라는 뜻의 프랑스어.

* 가톨릭 고해성사의 다섯 단계인 성찰, 통회, 정개, 고백, 보속 중 두번째 단계.

† Peter Weiss(1916~1982). 독일 베를린 태생 작가. 아버지는 헝가리 태생 유대인이었다. 독일에서 유대인 박해가 시작되자 영국, 폴란드, 체코 등을 거쳐 스웨덴으로 이주했고, 1946년에 스웨덴 국적을 취득한다. 주로 미술과 디자인 관련 직종에 종사하다 1949년 방송극 「탑」을 발표하며 집필 활동을 시작한다. 1964년 『마라/사드』의 성공으로 일약 세계적인 작가가 되었다. 1971년 아우슈비츠 전범재판 기록을 토대로 한 『수사』를 위시해 많은 정치적 기록극을 발표한다. 스웨덴 공산당에서 활동했고, 1960년대 신좌파 운동의 흐름 속에서 문학의 정치화에 앞장섰다. 대표작이자 총 세 권으로 이루어진 노작 『저항의 미학』은 자본주의와 제국주의 및 폭력의 역사로 점철된 20세기 역사를 돌아보면서 사회주의적 유토피아의 현주소를 묻는 작품이다.

† Léon Bloy(1846~1917). 프랑스 작가. 1869년에 가톨릭으로 개종한 뒤, 19세기 말 부르주아 세계에 영합한 가톨릭교회를 비판하면서, 고통과 빈곤을 통해 영적 재생을 이루어야 한다고 설파했다. 주요 작품으로 『불쾌한 이야기』 『가난한 여자』 『1916년 고독한 자의 명상』 등이 있다.

통회[*]
페터 바이스[†] 작품에 나타난 기억과 잔혹에 대하여

> 인간의 가련한 마음에는
> 구멍이 숭숭 나 있어
> 그 속으로 고통이 스며든다,
> 그 구멍을 느낄 수 있도록.
>
> 레옹 블루아[†]

    1940년 페터 바이스가 완성한 그림 〈행상Der Hausierer〉은 화면 중경에 음울한 산업지대가 펼쳐져 있고 그 앞으로 작은 서커스단이 자리잡고 있다. 서커스단은 전체 장면에 독특한 알레고리적 성격을 불어넣는다. 전경에는 감상자의 시선을 반쯤 등지고 작별하듯 어깨 너머를 돌아보는 한 젊은 남자가 목판을 앞으로 걸고 지팡이를 쥔 채 서 있다. 아마 그는 이미 먼 길을 걸어왔을 테고, 보아하니 이제 비탈진 길을 따라 그림에서 가장 밝은 동시에 가장 어두운 부분인 천막 입구로 가려는 모양이다. 석양에 은은히 빛나는 하얀 삼베 천막은 그 안을 잠식하고 있는 완전한 어둠을, 인생의 첫발을 내디디려 하는 저 뜨내기가 불가항력적으로 이끌리는 그 컴컴한 공간을 둘러싸고 있다. 더는 빛을 보지도 못하고 살아 있지도 않은 존재들이 집으로 삼는 곳, 그곳에 들르고 싶은 마음은 이 자화상에서 화가 자신이 스스로의 종말을 향해 무작정 내달리고 싶은 심정을 표현한 것이다. 바이스는 이런 구상에 가히 편집증적이라 할 만큼 집요하게 파고들었다. 그의 작품은 전부 죽은 자들을 방문하는 기획하에 창조되었다. 그들은 우선 바이스의 주변 사람들로, 너무 어린 나이에 사고로 죽어 뇌리에서 결코 떨쳐낼 수 없던 누이, 1940년 덴마크 해변에 시신이 되어 파도에 쓸려왔던 학창시절 친구 울리, 결코 완전히 떠나보낼 수 없었던 자신의 부모였으며, 궁극적으로는 먼지와 재가 되어버린 역사의 희생자들이었다. 바이스는 1970년 9월 『저항의 미학』 작업노트에 긴 호흡의 산문광시곡을 적는다. 여기에서 그는 자신에게 의무였을 죽은 자들과의 만남만이 아니라, 자신들의 죽음을 이미 "역력히 이리저리 달고 다니는 사람들, 나룻배를 향해서 아케론강을 향해서 길을 떠난 사람들, 뱃사공 카론이 노를 저으며 부르는 소리를 들어버린"[1] 사람들과의 연대도 언급한다. 바이스가 『저항의 미학』을 집필하기 위한 분수령에서 새롭게 결의한 글쓰기란, 우울이 죽음의 영역이라면 그만큼 삶의 영역이라 할 수 있는 "망각의 기술"[2]에 대항하기 위해, 기억을 문자로 번역하며 벌이는 지속적인 투쟁 과정이었다. 글쓰기, 그것은 우리가 "실신"과 "혼절"을 반복하면서도 "우리 안에 있는, 우리의 죽은 이들 전부와 함께, 우리의 만가挽歌를 부르며, 우리 자신의 죽음을 지켜보면서, 살아 있는 이들 사이에서 쓰러지지 않고 균형을 잡으려는" 노력이다. 그리고 그 노력은 산더미 같은 죄의 그늘에서 목숨을 부지하는 것을 정당화할 수 있는 유일한 근거인 기억을 실천하기 위함이다. 하지만 페터 바이스의 작품은 동시대 그 어떤 작가들의 작품보다도 여실히, 죽은 이들에 대한 추상적인 기억으로는 기억의 감퇴라는 유혹에 맞서지 못한다는 것을 보여준다. 추상적인 기억은 고통의 구체적 시간을 탐구하고 재구성하는 작업에서도 단순한 연민 이상으로 고통의 연대를 보여주지 못한다. 바이스가 알고 있었다시피, 추모를 맹세한 예술가 주체는 이런 식의 재구성 작업 과정에서 결국 자기 자신에 대해서도 메스를 대야 한다. 자신의 고통이 기억의 유지를 어느 정도 보장해주는 것이다.

이런 이유에서 바이스가 망명 초기 몇 년 동안 구상한 회화작품에서는 이미 잔혹하기 짝이 없는 만행의 묘사가 쏟아진다. 그것은 도덕적인 충동에서 구상한 것이지 어떤 종류든 간에 미학적인 극단주의에서 나온 것은 아니며, 그중에는 야만 속에서 자신의 정체를 드러낸 어느 문명의 전멸 장면으로 귀착되는 작품도 있다. 대단히 병적인 색채 사용과 범우주적 규모의 배치에서 알트도르퍼*의 〈알렉산드로스대왕 전투〉를 단박에 연상시키는 1937년 작품 〈거대한 세계극장Das große Welttheater〉에는 해진海進을 목전에 두고 대혼란이 벌어진다. 배들은 전복되고, 큰불의 반조를 받아 뒤쪽

---

* Abrecht Altdorfer(1480~1538). 독일 화가이자 판화가, 건축가.

은 환하다. 물론 바이스가 이와 같은 파노라마 그림들로 전개하는 파국의 이념이 종말론적 관점을 열어주는 것은 아니다. 그 그림들은 오히려 파괴가 영원의 상태로 넘어갔음을 명시한다. 여기서 당장 만천하에 드러나는 것은 모든 자연 너머에 있는 지하세계이자, 산업시설과 기계, 굴뚝, 곡물저장고, 육교, 담벼락, 미궁, 앙상한 나무와 싸구려 장터 구경거리가 한데 모인 초현실적인 지대다. 그곳에서 주인공들은 완전히 자폐적이고 무역사적인 영혼들로서 살아 있다 할 수 없는 삶을 이어가고 있다. 1938년에 작업한 〈정원 음악회〉에서 눈을 감고 있는 인물들과 멍한 시선의 젊은 쳄발로 연주자는 아직은 삶이 적어도 고통의 감각 속에서나마 꿈틀거리고 있다는 것을, 천대받는 자들, 경멸받는 자들, 사지가 훼손된 자들, 저주받은 자들, 울부짖으며 숨어 있는 자들, 모든 것을 포기하고 아무것도 남기지 못한 자들과 자신을 가차없이 동일시하고 있음을 징후적으로 보여준다.[3] 『저항의 미학』 제3권에서 서술자의 어머니는 이른바 제국의 동쪽 지역을 헤매다가 "모든 인간다움에 대한 요구와 존엄을 박탈당한 채, 적재지, 운송도로, 환승지, 수용소로 이뤄진 세계에만 존재하는"[4] 사람들의 운명에 자기도 모르게 빨려들어가는 바람에 회복 불능의 우울증에 빠진다. 이 침묵의 우울증으로 인해 어머니는 서술자의 말마따나 외마디 비명 한번 지르지 못하고 "우리를 둘러싸고 있는 모든 것으로부터" 구제할 길 없이 "멀어졌다."[5] 어머니는 작가인 아들에게 오시비엥침*에서 이성을 잃어버린 여자가 "이성을 지키고 있던 우리보다 많이 아는 것은 아닐까" 또는 그가 작업노트에 썼듯 "침묵, 체념이 우리 자신의 추모비를 평생에 걸쳐 건립하려는 욕망보다 더 솔직한 것이 아닐까"[6] 같은 질문을 충동질한다. 극히 피폐한 상황을 겪으며 뚜렷해진 표현의 가책은 암울한 망명 시기 자화상에서부터 드러났던 주제였다. 1946년에 그린 구아슈[†]에는 중증의 우울증으로 그늘진 얼굴이 있고, 비슷한 시기에 나온 차가운 푸른색조의 초상화에는 고도로 응축된 지적인 팽팽함이 두드러진다. 진리와 정의를 궁구하는 철두철미한 시선은 그림을 매섭고 꼿꼿하게 빠져나와 기록해야 할 대상을 향한다. 하지만 화가 페터 바이스는 두 그림에서 공통적으로 자신의 외모를 세부에 충실한 사실주의적인 기법보다는 그의 후기 작품의 특징이 될 기념비적 영웅주의의 필치를 예고하는 평면성에 입각해 그려냈다. 상처입은 주체가 또 비타협적인 다른 인격으로 변신하는 과정은 저항 의지의 형성인 한편 주체를 위협했던 체제의 냉정성에 동화된 것이기도 하다. 이와 마찬가지로 절단과 손상을 두려워했던 마음은, 억압적 현실의 신체를 검사하고 절개하기 위해 바이스가 의지하는 전략의 생성 계기로 거듭난다. 이해부라는 주제는 바이스가 당시뿐만 아니라 이후에도 거듭

* 아우슈비츠의 폴란드어 이름.
† 물과 고무를 섞어 만든 수채물감으로 그린 그림. 일반 수채물감보다 불투명하다.

관심을 쏟았던 주제로, 지금 우리가 다루게 될, 여러모로 대단히 문제적인 전이 과정을 밝혀줄 내용상의 한 요소다.

페터 바이스가 꾼 최초의 악몽에는 도살당하는 상상이 있다. 바이스는 『양친과의 이별』에서 다음과 같이 묘사한다. 칼을 든 두 남자가 어두운 현관통로를 빠져나와 그에게 향한다. 뒤로 보이는 장작더미에는 돼지가 자빠져 있다. 두 남자는 방금 자기 일을 해치웠던 것이다. 그들은 가장 높은 권력의 하수인들로, 아이는 진작부터 그 권력에 꼼짝없이 걸려들었다고 느끼고 있었다. 아이는 이 권력의 기관원들이 온갖 부류의 권위자라는 사람들, 특히 의사의 탈을 쓰고 있다고 생각했다. 의사들이 아이의 몸을 갈라 보는 데 전문적인 관심이 있다는 것은 주지의 사실 아니던가. 확실히 이런 대주제의 근저에는 죄지은 주체의 신체를 죽이고 나서도 또 다른 파괴 조치를 통해 박해하는 형벌 집행에 대한 극심한 공포가 깔려 있다. 바이스는 이런 절차가―가령 사드가 묘사한 다미앵 처형 장면이 보여주듯이―처형을 공식적인 축제의식으로까지 만드는 사회의 법집행 수단 중 하나라고 진단했을 뿐만 아니라, 이른바 '계몽된' 문명 또한, 아니 바로 그런 '계몽된' 문명이기에 신체를 절단하고 내장을 적출하여 육체를 말 그대로 폐기물화하는 가장 근본적인 형벌 형식을 포기하지 못한다는 사실을 보여주었다. 바로 이것이 바이스 작품에 담긴 핵심적인 통찰 중 하나다. 이러한 형벌이 다른 목적에서, 즉 의학의 발전을 위해 시행된다고 하더라도 위와 같은 사실에는 변함이 없다. 바이스가 1946년에 그린 해부실 그림에는 머리가 없는 듯 보이는 시신이 해부대에 누워 있다. 시신에서 적출한 장기들은 다음 목적지로 수송하기 위해서 벌써 갖가지 정사면체와 원통형 용기에 보관해두었다. 해부가 완료된 희생자 옆에 관조적 자세로 앉아 있는 세 남성인물의 얼굴에서는 이 순간의 엄숙함이 읽힌다. 이곳에서는 유죄판결을 받은 신체, 즉 사회가 자신의 적법한 권리를 행사한다고 믿었던 장소인 그 신체를 파괴하는 공적 연희—그런 연희를 틈타 같이 구경하던 부인의 치마 속에 손을 밀어넣었던 카사노바 같은 인물도 있었다*— 가 벌어진 것이 아니다. 바이스의 묘사처럼 희생자의 몸에서 거행된 의례는 일반적인 질서 관리의 의미에서, 점차 불온한 것으로 여겨지게 된 육체의 개별 부위들을 가능한 한 완벽하게 식별하고 분류하려는 새로운 영감에 힘입고 있다. 저 시체를 지키는 기이한 세 남자가 누구를 대표하는지는 물론 정확히 알기 어렵다. 유달리 깨끗한 손을 강조한 그림의 구도로 미루어보건대 시체를 해부하고 휴식을 취하는 의사들일까? 아니면 고대풍 의상이 암시하듯 예언 사제인 것일까? 혹은 소크라테스 비슷한 얼굴 하나가 시사하듯이 진

* 이탈리아 태생 작가 자코모 카사노바가 『회상록』에서 짧게 언급한 장면이다. 루이 15세의 시해 미수로 체포된 로베르 프랑수아 다미앵은 1757년 파리에서 공개적으로 거열형을 당한다. 카사노바는 그때 이 처형을 목격한 사람들 중 하나였다. 다미앵의 공개처형 사건은 사드와 미셸 푸코 등이 자세하게 다루기도 했다.

리에 대한 사랑으로 시체를 낱낱이 조각낸 철학자들일까? 어쨌거나 분명한 사실은 세 남자의 태도하며 해부된 시체를 눈에 담지 못하는 멍하고 무관심한 눈빛으로 보아, 이들이 시체 해부를 복수에 불타는 사법권을 위해서가 아니라 다른 '이념', 어떤 가치중립적인 학문의 원리를 위해서 실시했다는 점이다. 그리고 생명체의 고통으로부터 새로운 전문적 태도로 추출해낸 목적과 가치를 통해 이러한 무관심이 정당화되었다는 점도 분명하다. 또다른 해부실 그림, 즉 렘브란트 판 레인이 부르주아 시대의 여명에 그린 저 유명한 그림을 보자. 우리 눈에 곧바로 들어오는 사실은 니콜라스 튈프 박사의 시연을 참관하는 외과의사들 가운데 여기 메스 아래 누워 있는 불쌍한 라이덴 출신 소매치기 아리스 킨트를 바라보는 사람은 아무도 없다는 점이다. 도리어 그들은 활짝 펼쳐진 해부학 전도에 하나같이 시선을 고정하고 있는데, 이는 자신들의 작업이 발하는 매혹에 압도당하지 않기 위해서다. 이미 한 차례 교수형 당한 시신을 해부하는 장면을 그린 렘브란트 작품은 우리의 진보에 일조한 특정 학문에 관한 충격적인 논평이다. 페터 바이스의 훨씬 원초적인 해부실 그림은 어떤가. 이 그림에서 화가가 자신이 묘사한 의례에 스스로 압도당했다고 착각하는 것인지, 아니면 주지하다시피 정열적인 아마추어 외과의였으며 튈프의 해부학 강의에 수차례 참관했다는 것이 역사적으로 유력시되는 데카르트처럼 화가 역시 신체 해부를 몇 번이고 되풀이하여 가

운데 인간 기계의 비밀을 발견할 수 있으리라 믿었던 것인
지는 미지로 남아 있다. 이태 전에 나온 다른 부검 그림에
는 훨씬 더 인간적이지만 다른 한편에서 보면 한층 더 무시
무시한 해부학자가 묘사되어 있다. 남자는 오른손에 메스
를 들고 왼손에 적출한 장기를 든 채 극도의 피폐감을 느끼
며 눈앞의 개복된 주검 쪽으로 몸을 숙이고 있다. 이런 그림
을 보면 페터 바이스가 이런 일들에 병적이고 동병상련적인
관심을 느꼈으리라 추측하는 것도 무리가 아니다. 이런 정
황에서 『저항의 미학』 중 한 대목이 의미심장하게 여겨진다.
여기에서 바이스는 작품의 정치적인 대목에서보다 훨씬 더
열과 성을 다해 화가 테오도르 제리코의 일화를 기술한다.
제리코 역시 "시체안치소에서…… 생명이 사그라진 살갗 연
구에"[7] 몰두했는데, 작가의 해석에 따르면 그 이유는 "그 자
신이 압제와 파괴의 체계에 개입하고자 했기"[8] 때문이다.
예술 활동에서 궁극적으로 작용하는 동기, 즉 육체성이 가
장 강력히 조형되고 육체성의 '본성'이 완연히 인지되는 곳
은 초월성으로 넘어가는 그 전율의 경계라는 점은 분명 바
이스가 『저항의 미학』 곳곳에서 전면에 내세우는 정치적 동
기와 다분히 상충한다.[9] 그러한 앎의 의지가 추동한 죽은 자
들과의 친화성은 당연히 학대당한 대상에 대한 리비도 집중
을 전제한다. 그런데 이러한 죽은 자들과의 친화성은 어딘
가 좀 미심쩍다. 제리코의 경우처럼, 바이스도 헌신했던 저
극단적인 예술 수련의 본보기로서 그림 그리는 행위는 결국

인간사의 현실에 경악한 주체가 파괴 행위를 반복해 스스로를 압살하려는 시도일지도 모른다.『저항의 미학』의 일인칭 서술자는 테오도르 제리코 작품의 시커먼 화면에 빠져든다. 그 화면이 그에게는 "삶의 견딜 수 없음이 뿌리를 내린"[10] 층위를 재현하는 것 같기 때문이다. 이런 관점에서 이 시커먼 화면에 상응하는 것이 바로 페터 바이스가 얼마 남지 않았음을 알고 있었던 자신의 생명을 충격적인 체계론으로 소진한, 진짜 재앙과도 같은 소설『저항의 미학』텍스트다.

1963년에 바이스는 자신의 작품 상당수가 유년 시절에서 연원했다 할 수 있다고 메모했다.[11] 이러한 진술은 그후에 집필한 작품들에도 분명 해당될 텐데, 이는 그가 창작할 때 받는 강박의 원인을 밝혀줄 단서이기도 하다. 바이스는 자신의 작업 전체의 이력에서도 상당히 이른 시기에『양친과의 이별』이란 작품으로 자신이 망각하고 억압한 유년 시절의 고통과 열정을 복원하는 모범적인 탐구를 선보였다. 이때 정신분석은 유년 시절을 파헤치는 작업에 큰 도움을 주었다. 이러한 작업을 도상학적으로 보여주는 그림이 바로 우수에 잠긴 세일러복 차림의 소년 그림이다. 텍스트에 삽입된 이 기묘한 콜라주에는 한 소년이 공장 건물과 사원 건물이 결합된 건축물의 전경도를 뒤로하고 한 뙈기의 황무지를 작은 삽으로 파헤치고 있다. 그의 고고학적인 유년 시절 발굴은 독특하게도 부친의 죽음을 기억하는 것으로 시작한다. 바이스는 많이 헐렁해진 검은 양복을 입고 관 속에 누워 있는 아버지의 모습을 묘사한다. 그는 고인에게서 "이전에는 한 번도 느껴보지 못했던 자긍심이나 대담성 비슷한 것"[12]을 느꼈고 그의 "차갑고 누르스름하며 뻣뻣한 손의 살가죽"을 한번 쓰다듬었다. 이것은 아들이 아버지의 실제 죽음을 확인하는 상징적인 행동일 뿐만 아니라 일종의 비밀 구호처럼 아버지가 살면서 기울였던 "부단한 노력"[13]까지 자기 자신의 미래를 위해 물려받겠다는 주술적 행동이다. 부친의 임종 후 아들은 그의 핸드프린팅 제작을 했다고 한다. 이로써 통제 심급은 내면화의 마지막 단계를 거쳐 유족에게 완전히 승계된다. 바이스는 이를 잊지 않기 위해서 수년 뒤 공증서에서 다시 한번 "아버지의 탁월한 업적"을 상기하는데, 이런 행위는 다른 맥락에서는 설명되지 않는다. "일차대전 이후 첫 이민. 빈에서 독일로. 1934년 독일에서 영국으로. 1936년 체코 공화국으로. 1938년 또다시 이민, 스웨덴으로. 쉰셋에 새로운 인생 시작. ……영국 체류 때 이미 발병."[14] 너무 늦게 자기 작업을 시작했고 그간 계속해서 시간을 '허비해온' 아들이 아버지보다 뒤처져서는 안 될 것이다. 아버지의 탁월한 업적은 이제 아들이 따라야 할 본보기다. 아버지의 형상은 판결이 떨어지는 재판에서 도덕의 최종 심급으로 기능하며 계속해서 살아 있다. 바이스 본인이 지난 수십 년간 아버지 못지않게 이루어낸 엄청난 성과의 원동력은 예나 지금이나, 정신분석을 통해서 자각되었을 텐데도 계속된, 처벌에 대한 항시적 공포일 것이다. 그는 어린 시절 이미 이 공포를 알고 있었다. 그림 동화를 묘사한 목판화를 비롯해, 특히 동화책 『더벅머리 페터』*의 순진무구하고 알록달록한 삽화들은—비단 표제 인물 페터와 이름이 같아 동일시했다는 이유에서 만이 아니라—그가 꾼 꿈의 한 장면처럼 느껴졌다. 이들 이미지는 바이스가 훗날 누누이 강조한 바대로, 끔찍한 유년시절 발굴 작업에서 중심 자리를 차지한다. 성냥갑에서 손을 떼지 않았다는 이유로 불에 타 죽은 어린 파울린헨. 동물을 못살게 굴다가 개에게 다리를 혈관 안쪽까지 깊숙이 물린 프리드리히는 개가 자기 소시지를 먹는 동안 침대에 누워 지팡이를 짚고 다니는 의사가 떠주는 쓰디쓴 물약을 삼켜야 했다. 성별이 어딘가 불분명하고 식욕부진을 보이는 수프-카스파르는 죽음 소망의 화신이다.† 재봉사의 거대한 가위와 엄지손가락이 잘린 콘라트.‡ 이 모든 것은 아이였을 때만이 아니라 훗날 계몽된 모습의 어른이 되었을 때도 처형의 끔찍함을 내면화하게 하는 원형들이다. 말 안 듣는 아이들을 계도하고자 쓰인 이런 법전 속 이미지 세계는 독자

* 19세기의 독일 정신과 의사 하인리히 호프만이 쓴 동화집을 가리킨다. 말 안 듣는 아이들이 크게 때로는 잔인한 방식으로 혼쭐나는 이야기를 모아놓은 책이다.
† '수프-카스파르' 역시 『더벅머리 페터』에 나오는 인물이다. 카스파르는 토실토실한 소년이었는데 어느 날부터 '수프'를 먹지 않겠다고 떼를 쓴다. 점점 야위어가던 카스파르는 결국 닷새째 되는 날 죽고 만다.
‡ 콘라트는 엄지손가락 빠는 습관을 버리지 못한 소년이다. 어느 날 어머니가 외출을 하면서 콘라트에게 또 엄지손가락을 빨면 재봉사가 나타나 손가락을 잘라버릴 것이라고 경고한다. 콘라트는 어머니의 말을 듣지 않았고 결국 재봉사에게 두 엄지손가락을 잘리게 된다.

어린이들이 아무리 보아도 질리지 않는다는 것이 특징이다. 그래서 그 그림들은 잊히지 않는 것이고, 앞으로 아이가 고문과 착취, 방화 위협, 살육이 흔하게 등장하는 이야기들을 즐겨 읽게 되면 더욱더 강력한 영향력을 발휘한다. 군인들이 인도인 포로를 대포 총구에 묶은 극단적인 사례를 보기에 이르면, 아이는 신체만이 아니라 정신까지 파괴하는 사형 형태들이 있음을 알게 된다. 아이는 그렇게 기이한 도덕론을 배워가면서, 대단히 소름끼치게도 아늑함을 느끼게 된다. 그것은 독일 특수적인 잔혹한 교훈 형식에서 맛보게 되는 도착적인 편안함이다.

생각할 수 있는 온갖 형벌을 환상적으로 상상하는 일은 엄격한 도덕주의자 페터 바이스에게 일종의 예비교육 역할을 했다. 절단과 훼손 행위는 기억이라는 정언명령을 구체화한 대응물로 해석될 수 있다. 그런 행위들은 언제나 존재하는 탓에—니체가 『도덕의 계보학』에서 영적 평온과 질서의 문지기라 불렀던—능동적 망각에 확실히 제동을 걸 수 있다.[15] 따라서 바이스는 기억해야 할 것이 있으면 문학 작업에 착수하여 연옥으로 향한다. 연옥의 입구는 죄 자각의 상징으로 단테의 이마에 죄peccatum의 머리글자 P를 칼끝으로 새겨주었던 천사가 지키고 있다. 단테는 더 선한 주체로 거듭나는 진정한 요건을 인식하기 위해, 고통을 인내함으로써 살갗에 새겨진 암호의 의미를 알아내는 과제를 부여받았다. 이는 고대로부터 내려오는 수법으로 주지하다시피 어느 고문 기구 또한 이러한 원칙에 입각해 설계되었다. 유형지를 찾아온 카프카 소설 속 여행자는 고문기계가 이미 신임을 잃은 옛 사령관의 설계에 따라 발명되었다는 이야기를 듣는다. 니체도 『도덕의 계보학』에서 "인간의 역사를 통틀어 인간의 기억술보다 더 무시무시하고 소름끼치는 것은 없을 것이다"라고 했다. "잊지 않기 위해 달군 쇳덩이로 낙인을 찍는다. 고통이 계속되어야 기억에 남는다."[16] 니체가 연구에서 강조한 신경쇠약증 환자 유형의 화신인 모든 도덕주의자처럼, 바이스에게도 당연히, 기억이란 과거를 이기고 살아남은 고통을 되새김질해야 겨우 유지되는 것이다. 하지만 그렇다고 해서—현대 독일문학의 위대한, 실패한 외설작가였던—바이스가 다채롭고 추잡한 환상들로 이루어진 내면의 치부만 들춰낸 것은 아니다. 그가 폭로한 것 중에는 현실의 역사가 가장 황당무계한 전멸의 꿈들을 일찌감치 능가해버린 한 사회의 객관적 상태도 있다. 잔인한 모리타트*부터 프랑스대혁명의 현란한 잔혹사를 다룬 연극†까지, 극작가 페터 바이스의 발전은 유년 시절의 무서운 유령들과 시민 정치극의 주역들이 함께 거대한 피바다를 이루는 영역을 아우른다. 바이스는 개인사의 고통에서 출발해, 우리 내면적 삶의 기형적 변형에는 사회집단의 역사에 배경과 근거가 있다

* 살인사건 등 끔찍스러운 사건을 전하며, 교훈적 공포를 불러일으키는 발라드라는 뜻으로, 페터 바이스의 〈손님들이 찾아온 밤〉을 염두에 둔 것이다.
† 페터 바이스의 〈마라/사드〉를 가리킨다.

는 인식으로 점차 나아감으로써 발전해나간 것이다. 그가 프랑크푸르트의 아우슈비츠 재판을 참관하게 된 데에는, 어떻게 보면 이것이 결정적이라 할 만한데, 자서전에서조차 완전히 밝히지 않은 독일인과 유대인으로서 살았던 과거의 삶이 계기로 작용했다. 물론 재판이 임박해옴에 따라 "모든 가해는 어디선가는 그에 **상응하는 대가**를 치를 것이고 가해자에게 고통을 줘서라도 정말로 대갚음할 수 있다"는 결코 저버릴 수 없는 희망이 그를 움직였을 수도 있다. 니체가 우리 법감정의 기본 토대라고 지적한 이러한 가정은 "법적 주체라는 것이 생겨난 이래로 언제나 존재했던 채권자와 채무자의 관계에 근거한 것이다."[17] 물론 이러한 가정은 그 본래적 의미에 충실한 형태로는 오로지 고대사회에서만 실현될 수 있었으리라. 반면에 프랑크푸르트의 나치 전범재판은 시민적 법질서가 스스로 부과한 제한 탓에, 일종의 "잔임함을 지시하고 요구할 권리"[18]의 형태로 성립될 수 있었을 진정한 피해자 보상에는 응당 미치지 못했다. 오히려 증인들은 과거에 겪었던 것들을 요구대로 되새김질하는 과정에서 새롭게 기나긴 고통을 겪었다. 반면 피고들은 증거 부족으로 손끝 하나 다치지 않았다. 하지만 바이스가 이런 미진함 때문에, 즉 어떤 식으로든 의미 있고 만족스러운 형태로 법적 판결이 나오지도 않았고 나올 수도 없다는 사실 때문에, 재판이 종결된 뒤 문학적 조사 차원에서 다시 한번 수사搜査[*]에 착수했던 것은 아니다. 바이스가 이런 수사의 과업을 불가피하다고 생각하게 된 것은 법적인 절차로는 자신에게는 결정적인 문제, 스스로가 채권자 편에 속하는지 채무자 편에 속하는지의 문제를 풀 수 없다는 사실을 깨달았기 때문이다. 그는 탐문 조사를 벌이면서 이런 의문에 대한 답을 서서히 찾는다. 즉 지배자와 피지배자, 착취자와 피착취자가 실제로는 한 족속에 속하며, 잠재적 희생자인 그는 이론적인 의미에서만이 아니라 실제로 가해자, 아니 적어도 공모자의 자리에 있다는 사실을 점차 깨달은 것이다. 바이스가 모든 도덕적 의무 가운데 가장 중대한 의무를 떠안을 각오를 함으로써, 그의 작품은 이른바 과거 극복이라 불리는 여타의 모든 문학적 시도를 훌쩍 넘어서게 된다. 작가 개인의 운명이 유대인 **그리고** 독일인의 운명과 공생적으로 얽혀 있음은 그가 자신의 극본에 등장시키는 잔학무도한 요원들에게 붙인 다음의 이름들에서 더없이 잘 드러난다. 『손님들이 찾아온 밤*Nacht mit Gästen*』의 카스파르 로젠로트라는 이름이 이미 독일인과 유대인이 뒤엉켜 있는 존재를 나타낸다. 실제 이름이건 지어낸 이름이건 간에 바이스가 『수사』를 집필하면서 다양하게 변조해 메모해두었던[19] 타우젠트쉰, 립젤, 고트힐프† 라는 나치 전범 이름들은 저주받은 혼종을 만들어낸 유대인 동화同化의 역사에서 끌어온 것이다. {동화 속 룸펠슈틸츠헨‡ 과는 달

---

* 실제 수사와 더불어 바이스의 작품 『수사*Die Ermittlung*』를 지시한다.
† 각각 '대단히 아름다운' '사랑의 영혼' '신의 도움'이란 뜻의 독일어다.
‡ '룸펠슈틸츠헨' 이야기는 『그림동화』에 실린 민담이다. 룸펠슈틸츠헨은 곤경에

리} 몸을 반으로 찢을 수 없는 난쟁이 룸펠슈틸츠헨은 이를 보여주는 전범적인 인물이다. 바이스가 마찬가지로 1964년에 적어놓은 "아, 내가 독일인이 아니라니 얼마나 좋은가"라는 문장[20] 역시 어마어마한 자기 아이러니를 확인시켜준다. 이 지나치게 경솔한 면책 행위가 효과를 보지 못한 것은 아니다. 아니 그러기는커녕 이러한 면책 행위 덕분에 바이스는 어릴 적 유대인 아버지가 자신을 유대인 사내놈이라 욕하며 혼낼 때도 이른바 독일식 예절이 자기 집을 지배하는 한 자신도 독일인에 속한다는 의식을 갖게 된 것이다. 독일인과의 이러한 친족의식은 그에게 희생자만이 아니라 살해자의 위치와도 동일시하라고 명한다. 이 위험천만한 시도는 『수사』에서 재판에 기소된 보건 관료 클레어가, 의학적 처형을 선고받고 두 기능수감자*의 손에 억지로 눕혀진 환자의 가슴에 페놀 주사를 놓은 일을 복기하는 저 유명한 장면에서 가히 과대망상이라 할 만큼 절정에 달한다. 지시대로 보

빠져 있던 방앗간 집 처녀에게 나타나 짚을 황금실로 바꾸는 것을 도와줄 테니 자신이 원하는 것을 달라고 요구한다. 그중 한 가지가 처녀가 왕과 결혼하면 낳을 첫아이였다. 처녀는 난쟁이의 도움으로 무사히 짚을 금으로 바꾸고 왕과 결혼하여 첫아이를 낳지만, 아이만은 안 된다고 난쟁이에게 애원한다. 그러자 난쟁이가 사흘의 말미를 주면서 자신의 이름을 맞혀보라고 한다. 왕비는 사흘째 되는 날 난쟁이 집에서 멀리 떨어진 곳에 사는 한 심부름꾼을 통해 난쟁이의 이름을 알아내는 데 성공한다. 난쟁이가 아이를 얻는다는 기쁨에 밤에 불을 피워놓고 춤을 추면서 자기 이름을 노래로 말했던 것이다. 왕비가 룸펠슈틸츠헨이란 이름을 말하자 룸펠슈틸츠헨은 화를 이기지 못하고 자신을 반으로 찢어버렸다.
* 수용소 수감자 중 다른 수감자들을 관리하고 감시하는 임무를 수행한 수감자들. 나치 간부들보다 때로는 더 잔인하게 수감자들에게 폭력을 행사하기도 했다.

조 업무를 수행한 두 사람의 이름은 6번 증인의 기억에 따르면 슈바르츠와 바이스*다. 텍스트에 이런 식으로 대단히 의식적으로 집어넣어 거의 상징으로 만들어버린 우연의 일치를 고려한다면, 어떤 식으로든 도덕적 단순화를 시도하는 것은 불가능해진다. 민족 학살 과정에 사적으로 연루되어 있다는 주관적인 느낌, 그래서 더이상 감당하기 힘들 정도로 무시무시하게 자라난 작가의 가책적 신경증을 극복하기 위해서는 오로지 그 파국을 일으킨 객관적인 사회적 조건들을 논의의 중심으로 끌어옴으로써만 가능하다. 민족학살이라는 사업을 가능케 한 경제적 조건들과 이해관계, 조직 형태들이 바로 오늘날에도 여전히 영향력을 발휘하고 있다는 사실을 가리켜 보였다는 점에서 페터 바이스의 『수사』가 이뤄낸 결실은 결코 작지 않다. 이는 특히 1960년대 중반까지 독일 문단에 나왔던 비슷한 주제의 작품들과 비교해보았을 때 더욱 그러하다. 바이스가 자신과 우리에게 상기시키듯, 3번 증인처럼 우리 모두는 그런 수용소를 만들어냈던 체제를 등장시킨 사회를 알고 있었다. 수용소에서 착취자들은 전대미문의 수준으로 자신들의 지배권을 발전시켜나갈 자유를 얻었던 것이다.[21] 결국 대량학살은 전시 독일에서 노동을 통한 인간 폐품화가 과거와는 비교를 불허할 만큼 극단적으로 변형되어 나타난 것과 다름없었다. 노동 특

---

* 각각 흑색과 백색이란 뜻이다.

수적인 체제순응 논리는 얼마 뒤 알렉산더 클루게의 『새로운 역사들』에서 연구 대상이 될 것이었다. 오늘날에도 거의 모든 것을 좌우하는 국민경제의 관점에서 볼 때, 파시스트 정권하에서 설치된 강제수용소의 도착적인 성격은 그곳에서 자행된 범죄의 방식과 규모보다, 우선은 인간 잔해를 재활용해—바이스는 해당 통계를 가져와 "피와 뼈, 재에까지 뻗친 착취"[22]를 기록한다—시스템이 얻은 경제적 이익이라는 것이 투자비용에 한참 미치지 못한다는 사실에 있다. 이 적자 회계에는 일정 정도 형이상학적인 차원이 숨어 있다. 그것은 겉보기엔 무목적적인 악으로, 바이스는 이를 동기로 삼아 사실적인 세부사항으로 충일한 자신의 역사적 경험을 『신곡』에서 지질학적 구조로 예시된 구원사에 편입시킨다. 민족 학살의 사회적 기초를 합리적으로 설명하기보다 차라리 이와 결부된 만행들을 미학적 질서에 준하는 모범적인 작품으로 번역하는 것이 작가로서는 고통을 떨치는 데 도움이 된다. 완전무결한 단테식 모델이 바이스에게 더이상 온전히 재구성될 수 없는 것이라 하더라도 말이다. 그가 서른세 곡의 『수사』를 쓰며 지옥의 원 그 이상을 서술하지 못했던 것은, 구원에 대한 희망이 일찌감치 멀어진 시대에 대한 선고라 하겠다.

단테의 세계에서는 북반구에만 사람이 살며, 연약한 지층 바로 아래에 놓인 영원한 비참함을 자연과 문명의 기적이 구름처럼 덮고 있다. 하지만 이러한 단테적 세계의 구조는 인류가 겪어온 재앙의 역사historia calamitatum와 우리의 집단적인 불행을 통해 문명이 얻은 것 사이의 내밀한 친화성을 표현한다는 점에서 의미심장해 보인다. 시인은 1만 4233행의 시를 지으면서 자신에게 내려진 처형 선고를 떠올리는 가운데 매번 다시 영감을 얻었던 것은 아닐까 하는, 『신곡』의 독자를 괴롭히는 의문은 페터 바이스의 작품을 연구하는 이들에게도 유사하게 떠오른다. 화형을 선고받고 고향 도시에서 추방당한 단테는, 1310년 하루 동안 템플기사단 쉰아홉 명의 신체가 산 채로 화형당한 그날 파리에 있었을 가능성이 다분하다. 바이스 역시 단테와 마찬가지로 망명을 떠난 뒤에 자신이 어떤 운명을 피한 것인지 알게 되었다. 서로 오백 년 이상 떨어져 있지만 대단히 닮은 정신세계를 보였던 두 작가의 문학작품에서 또렷하게 드러나는 사도마조히즘적 강박, 그리고 반복적이고 능수능란한 고통의 재현은 이 사실로 변호할 수 있다. 더군다나 인류사에서 유행병처럼 발발하는 잔학적 도착을 묘사하는 이들은, 이런 참혹한 공포의 장章을 기술하는 것은 이번이 마지막이며, 더 좋은 시대에 태어나는 후손들은—이들을 두고 토마스 아퀴나스가 말했듯이—천국에 있는 축복받은 자들이 저주받은 자들이 벌 받는 것을 보면서 자신들의 축복을 더욱 기쁘게 여기게 될 것처럼 그렇게 과거를 바라볼 것이라는 희망 속에서 쓴다. 하지만 만행을 재현하면서 품는 이런 의도는 우리가 익히 알고 있듯이 한 번도 실현된 적이 없으며 아마 앞으로도 결코 실현될 수 없으리라. 우리 인류는 우리가 벌인 일들로부터 배울 줄을 모르기 때문이다. 따라서 문명을 상대하는 지난한 작업은, 그것이 구제하고자 애쓰는 고통과 고난과 마찬가지로, 끝날 줄을 모른다. 이렇게 끝없이 지속되는 작업의 고통은 익시온이 묶인 수레바퀴와 같다. 적어도 자신은 참회하여 속죄하고자 하기에 수레바퀴는 창조적인 상상력의 힘으로 매번 새롭게 돌아가는 것이다. 페터 바이스는 영웅적이고 자기파멸적인 작업으로 어떻게 면죄부를 얻을 수 있는지 대단히 집요하게 증명해 보인다. 페터 바이스가 쉰이 훌쩍 넘은 나이에 집필을 시작한 저 천 쪽짜리 소설 『저항의 미학』 작업은 **야경증**을 길동무 삼아 육중한 이데올로기적 바닥짐을 싣고 우리 문명사와 시대사의 돌비탈을 통과하는 순례였다. 이 대작大作은 기획상 구원을 향한 덧없는 소망의 표현이라 하겠으나 그것이 전부는 아닌바, 바로 시대의 끝에서 희생자의 편에 서려는 **의지**의 표현이다. 사형집행인 뢰트거와 로제리프가 플뢰첸 호숫가에서 레지스탕스 활동가를 처형하는 소설 결미, 죽음의 공포와 고통을 모조리 집약한 이 열 쪽 분량의 묘사는 내가 아는 한 어떤 문학으로도 견주지 못한다. 글쓰는 주체를 가히 남김없이 삭제해야 가능한 이 묘사는 작가 바이스가 더이상 후퇴하지 않는 지점이다. 이후 나머지는 순교자가 부르는 연대기 후렴, 코다Coda일 뿐이다. 제리코가 마르티 거리*에 있는 아틀리에에서 파괴의 원칙으로 작동하는 듯한 사회에 경고하기 위해 자기파멸적 작품을 완성했듯이, 페터 바이스도 자신의 기억에서 비롯된 기나긴 발작을 겪으며 저항의 순교자들 옆에 자리를 얻었다. 다만 그들 중 누군가는 부모에게 보내는 작별 편지를—여기에서 우리는 페터 바이스 자신의 목소리를 듣는다—다음과 같은 말로 끝맺는다. "오, 헤라클레스여. 빛은 어두침침하고 연필은 뭉툭합니다. 모든 것을 달리 써야 했던 것은 아닐까요. 하지만 시간이 너무 없습니다. 그리고 종이도 떨어졌네요."[23]

* '순교자의 거리'라는 뜻이다.

밤새의 눈으로
장 아메리*에 대하여

> 바삭거리고 와삭거리고 바작거리다. 그걸 뭐라고 했
> 지? 조심해, 안 그러면 활활 타오를 거야. 활-활. 내
> 불행은 그렇게 타올라 불꽃 속에서 사그라들 거라지.
>
> 장 아메리, 『르푀 또는 붕괴』

    장 아메리가 1960년대 중반에 오랜 침묵을 깨고 망명과
저항, 고문, 민족학살에 대한 에세이들을 발표하면서 독일
언론에 등장했을 무렵, 그로서는 껄끄럽기 짝이 없을 새로
운 독일공화국의 문인들 역시 관련 주제들에 관심을 기울
이며, 종전 이후부터 1960년 무렵까지 작가들의 창작 활동
에 도드라졌던 거대한 도덕적 구멍을 메우려고 안간힘을 쓰
던 참이었다. 아메리가 막 시작된 이러한 논쟁에 개입하기

---

* Jean Améry(1912~1978). 본명은 한스 마이어. 오스트리아 출신 유대인 작가.
나치의 박해를 피해 벨기에로 망명을 떠나 레지스탕스 운동을 하다 나치에 체포
되어 브렌동크 요새로 끌려가 처참한 고문을 받는 등 여러 번 수용소에 수감되어
고초를 당했다. 이차대전이 끝난 뒤 장 아메리로 개명하고 벨기에와 스위스에서
저널리스트로 활동했고, 1960년대에 수용소 생활을 고발한 『죄와 속죄의 저편』
을 발표한다. 여러 번의 자살 기도 끝에 1978년에 잘츠부르크의 호텔에서 끝내
목숨을 끊었다.

로 결심했을 때 어떤 문턱을 넘어야 했을지 헤아리기란 쉽지 않다. 확실히 그는 자신이 겪었던 일이 이제 공적 담론에서 더이상 금기시되지 않는다는 사실에 힘입어 자기 입장을 정리하게 되었으리라. 하지만 1950년대가 보여준 경이로운 무관심에 비하면 어쨌든 한발 나아간 것이라 할 수 있을 이러한 논쟁에서 진실된 목소리를 찾기란 실제로 어려웠다는 점, 그리고 이제 문학이 '아우슈비츠'를 자신의 영역으로 선언하는 데 보여준 바지런함이 어떤 면에서는 전대미문의 주제에 관여하기를 거부했던 그 이전의 태도 못지않게 역겨운 것이었다는 바로 그 사실이 아메리의 임무를 되려 지난하게 만들었다. 다른 누구도 아니라 바로 문단이 종용했던 집단적 망각을 이제는 비난하고 나서면서 도덕적인 이득을 취했다는 것, 이 경이로운 효율성을 목도하면서 장 아메리와 같은 진짜 당사자들은 다시 한번 부당한 상황에 놓이게 되었고, 종교재판관 롤프 호흐후트의 꽁무니를 좇아 소소한 비난을 문학시장에 내놓는 이들로 인해 다시 한번 소외되었다. 그들은 직전 과거의 참혹한 한 장章에 관심을 쏟는다고 해서 삶의 질에 지장을 받는다거나 하는 일은 없었던 것이다. 실제로 페터 바이스 같은 소수의 작가들만이 자신들이 다루는 대상에 마땅한 언어의 진지성을 찾아냈고, 민족 학살을 문학적으로 논의하는 과정에서 본의 아니게 부적절한 표현들로 허점을 드러내고 만 의무적인 작업에 머물지 않을 수 있었다. 1960년대의 몇몇 문학작품에서 최종해

결책Endlösung을 논평하며 전반적으로 극적이고 서정적인 태도를 보이는 바람에 그 끔찍한 사건들의 정확한 이해를 방해하는 경우도 적지 않았다. 하지만 이런 근거로 그런 작업들을 단번에 배격할 수도 없는 이유는, 그 작업들이 윤리적·미학적으로 미흡했음에도 불구하고 글쓰기라는 수단을 통해서 오늘날까지 점점 더욱 유력하고 세분화된 견해들로 거듭난 법法발견* 과정의 첫 시기를 형성하기 때문이다.

이런 맥락에서 볼 때 아메리의 글들이 처음부터 남다른 위상을 획득한 것은, 그가 민족 학살의 현실을 역사적이고 사법적으로 청산하는 과정에서 비로소 현실을 각성했기 때문이 아니라, 말 그대로 이십오 년이라는 시간 동안 자신과 동족에게 가해진 파괴에 점령당해 있었기 때문이다. 자기 개인의 과거와 현재를 대상으로 삼는 아메리의 작업에는, 나치 피해자에 대한 엄청난 의무감을 너무도 쉽게 자인하는 추상적인 언사 대신, 피해자가 처한 불가역적 상태에 대한 고된 성찰이 자리잡고 있다. 만행의 진정한 본질은 오직 이런 통찰에서만 다소나마 정확하게 추론해볼 수 있을 것이다. 그가 당한 피해는 어떤 것으로도 보상받을 수 없다는 점, 이것이 바로 피해자의 심리적이고 사회적인 상태를 말해준다. 그런 상태에서도 역사, 특히 가혹한 폭력이라는 역사의 원칙은 계속 작동한다. 한번 피해자가 되면 영원히 피

---

* Rechtsfindung. 어떤 사건에 적용 가능한 법 규범을 찾아내는 행위를 가리키는 법률 용어.

해자로 남는다. 장 아메리는 이렇게 쓴다. "나는 그후 이십이 년이 지났는데도 여전히 양팔이 뒤로 꺾여 공중에서 허우적대고 있다."[1] 아메리도 알았겠지만, 어떤 식의 법적 판결과 보상으로도 구원받을 수 없는 상태에 대응하는 정동은 침묵뿐이다. 기껏해야 간접적인 영향을 받았을 뿐인 파시스트 정권 이후 세대가 피해자들의 자리를 찬탈하는 상황에 맞서 아메리는 위협적으로 강요받았던 침묵을 깨뜨리고자 했다. 이 사실이 아메리의 저작을 그가 목도하고 맞섰던 당시 문단의 저작들과 구별되는 특별한 자리에 놓는다. 아메리가 논쟁에 끌어들인 것은 분명 유화적인 성격과는 거리가 멀었다. 그는 고집스럽게 이렇게 주장한다. 독일제국에서 계획하고 실행했던 바와 같이 동화된 독일인이나 마찬가지였던 한 소수민족을 박해하고 절멸한 과정은 "바로 그 박해와 절멸의 완전한 내적 논리와 저주받은 합리성의 측면에서 볼 때 전무후무하고 환원 불가능한"[2] 것이었다고. 따라서 지금은 나치 만행의 그럴듯한 원인론을 상정하는 일보다 도대체 희생자로 규정된다는 것이 무엇인지, 밀려나고 박해받고 살해당한다는 것이 무엇인지 파악하는 일이 절실하다고 말이다.

장 아메리가 1964년부터 사망할 때까지 십사 년 동안 일궈낸 산문세계를 조망해보면 거의 예외 없이 자전적인 성격을 드러낸다는 점이 눈에 띈다. 또한 자전적 작품치고는 개별 작품들의 서사가 비교적 빈약하다는 점도 특기할 만하다. 분명한 것은 아메리의 저작을 특징짓는 성찰의 방향이 그가 선택한 형식에 따라 미리 결정되어 있다는 것이다. 다른 한편으로는 자기 삶의 흐름과 결과를 재현하려는 뿌리칠 수 없는 욕망도 엿보인다. 하지만 그 욕망은 자신이 겪었던 일들과 앞으로 겪게 될 일들에 대한 혐오와 공포로 인해서 보통은 제한적으로만, 아니면 대단히 조심스러운 태도로 실현될 따름이다. 아메리가 본인의 출신과 유년 시절, 청년 시절, 그리고 장인이 되지 못한 편력 시절*에 대해 제시한 자료들은 저항 활동이나 아우슈비츠 생존의 구체적인 세부사항들에 대한 자료만큼이나 빈약하기 짝이 없다. 마치 자신이 지닌 기억의 파편 하나하나가 전부 민감한 급소인 듯, 그는 이 모든 조각을 즉시 포착해 절반만이라도 이해받을 수 있도록 성찰하고 번역해야 한다는 강박에 빠져 있는 듯하다. 기억 자체를, 비단 공포의 순간들에 대한 기억만이 아니라 비교적 무난했을 이전의 삶에 대한 기억조차 도저히 참아낼 수 없다는 문제의식이 박해받은 희생자의 영혼 상태를 규정한다. 윌리엄 니덜랜드†는 피해자들이 엄청난 에너지를 들여서 기억에서 경험을 몰아내려고 애쓰지만 대부분 실패로 돌아간다고 지적한다.[3] 피해자들은 만행을 저질렀던 요

---

* 아메리가 1971년에 발표한 에세이 『장인이 되지 못한 편력 시대Unmeisterliche Wanderjahre』의 제목이기도 하다. 괴테의 『빌헬름 마이스터의 편력 시대』를 다분히 염두에 둔 제목이다.

† William Niederland(1904~1933). 미국으로 망명한 독일 태생 유대인 정신분석의.

원들과는 정반대로 억압이라는 신뢰할 만한 심리기제에 의존하지 못하는 것 같다. 물론 이들 내면에서는 망각이라는 섬들이 점차 커지지만, 그렇다고 정말로 망각할 수 있는 것은 결코 아니다. 외려 어중간한 망각은 이미지들의 반복적인 분출을 동반한다. 이미지들은 기억에서 절대 몰아낼 수 없고, 이 기억 말고는 남아 있는 것이 없는 과거 속에서 병적으로 발전해 기억 항진증의 심급으로 작용한다. 아메리의 글들 또한 반쯤은 어렴풋하고 반쯤은 여전히 극심한 죽음 공포로 가득한 기억들의 압제에 시달린다. 그에게 바트이슐과 그문덴에서 보낸 유년 시절은 오랜 시간이 지났기 때문이라고 치기에는 얼마나 비현실적이고 까마득하고 떠올리기 힘들었던가. 그에게 브렌동크 요새에서 게슈타포에게 고문을 받던 1943년 7월의 나날들은 얼마나 더 가깝고 영구한 날들로 계속 떠올랐던가. 경험을 모으고 배치하는 일은 보통 그 경험과 연결된 정동 상태로 결정된다. 이 과정에서 통시성의 틀은 깨지지 않고 유지된다. 그런데 박해받은 피해자의 경우에는 시간의 통시적인 끈이 끊어져버린다. 배경과 전경이 마구 뒤섞이고 실존을 보증하는 논리적인 안전장치가 중단된다. 공포 경험은 인간의 가장 추상적인 고향인 시간에도 전치를 일으킨다. 유일한 고정점은 선명한 고통의 기억과 이미지로 되풀이되는 트라우마적 장면뿐이다. 아메리는 글을 쓰면서 생계를 유지하기는 했으나 자기 자신에 대해서는 한마디도 발설치 않았기 때문에, 분명 그 침묵의 세월 속에서 기억의 충격적인 역동성에 사로잡힌 채 살았을 것이다. 『죄와 속죄의 저편』 서문에서 그는 자신이 당시 "독일과 내가 겪은 십이 년간의 운명을 잊었다거나 '억압'했다고 할 수 없다"고 분명하게 적시했다. "나는 이십 년 동안 잃어버릴 수 없는 시간을 찾으며 살아왔다. 다만 그것에 대해서 입을 떼기가 어려웠을 뿐이다."[4] 작가 본인의 고통을 담보로 잃어버릴 수 없는 시간을 찾아나서는 여정이 역설적인 것은 결국, 표현력을 모조리 마비시키는 경험들을 표현할 수 있는 언어적 형식을 찾아내야 하기 때문이다. 아메리는 그 형식을 에세이적 조사라는 미정형의 방법에서 발견했다. 그것은 살해당할 뻔한 주체의 손상된 감정들이 자유롭게 사고하기로—아무리 극단적인 경우라 하더라도 아무리 소용없다 하더라도—결심한 지식인의 자주성과 나란히 효력을 발휘할 수 있는 방법이다. 이런 작업에 노력을 들인 결과 그는, 그 스스로가 가장 잘 알았다시피 정말 시간이 얼마 남지 않은 상황에서 기억을 최대한 복구해 자기 자신과 우리가 접근할 수 있도록 만들었다.

이러한 비망록에서 어떤 식으로든 전통적인 의미의 소설이 태어날 수 없는 것은 당연했다. 이 비망록은 저자와 독자 간의 공모 따위를 장려할 법한 문학화의 형식이라면 어떤 것이든 단념한다. 아메리는 연민과 자기연민 둘 다를 억제하는 '절제understatement'라는 일반적인 전략을 활용한다. 이는 니덜랜드의 연구결과에 따르면 박해 피해자들이 쓰는 글의 전형적인 특징이다. 자신에게 가해진 고문을 전하는 아메리의 보고 역시 고통의 파토스보다는 그의 몸을 상대로 진행된 절차의 어마어마한 광기를 강조하는 어조를 띠고 있다. "벙커의 둥근 천장에는 끄트머리에 강철 갈고리가 달린 사슬이 도르래에 달려 있다. 나는 그 장치로 끌려갔다. 갈고리는 등뒤로 묶인 양손 수갑에 연결되었다. 다음으로 사람들은 내가 매달린 그 사슬을 위로 잡아당겼다. 내가 바닥에서 1미터 정도 떠 있게 될 때까지 말이다. 인간은 그렇게 서서, 아니 그렇게 등뒤에 묶인 두 손에 매달려서, 반쯤 기울어진 채 근력에 의지해 아주 잠깐 버틸 수는 있다. 그렇게 몇 분 동안 마지막 힘까지 쓰고 나면, 이마와 입술에 땀이 맺히고 숨은 헐떡거리고, 어떤 질문에도 답할 수가 없게 된다. 공모자는? 주소는? 접선 장소는? 이런 말들이 거의 들리지 않는다. 단 하나의 신체 부위, 즉 어깻죽지에 모인 생명은 반응하지 않는다. 그 생명은 안간힘을 쓰느라 완전히 바닥났기 때문이다. 아무리 신체적으로 강한 체질을 타고난 사람이라해도 오래 버틸 수 없다. 나로 말할 것 같으면 나는 꽤 빨리 포기해야 했다. 그러자 내 몸이 지금 이 시각까지 잊지 못하는, 부서지고 빠개지는 소리가 어깨에서 났다. 어깨 양쪽에서 구관절이 튀어나왔다. 체중을 버티지 못하고 탈구를 일으킨 것이다. 어깨가 완전히 탈골되어 허공으로 툭 떨어진 내 몸은 머리 위 뒤쪽으로 높이 치들려 묶인 두 팔에 매달려 있었다. 라틴어 토르쿠에레torquere에서 온 고문Tortur이란 말은 '탈구되다'라는 뜻이다. 어원학적으로 얼마나 명쾌한 실물교육인가!"[5]

기묘하게 객관적인 말투로 보고하던 문단을 도발적이게도 유머 비슷하게 전환하며 마무리하는 마지막 말은, 아메리로 하여금 그토록 극단적인 경험을 복기할 수 있게 해준 무감각의 태도가 여기에서 임계점에 이르렀음을 보여준다. 그는 자신의 목소리가 흔들릴지도 모르는 지점에서 아이러니라는 수단을 꺼내든 것이다. 그는 스스로가 언어적 전달 능력의 극한에서 작업하고 있음을 안다. "자신의 신체적 고통을 전달하고자 하는 사람"은 "자기 자신에게 고통을 가하고 고문자가 될 것을 각오해야 한다."[6] 따라서 그가 할 수 있는 일이란 고문을 받을 때 인간이 어떻게 완벽히 "고깃덩이로 전락"[7]하는지, "우리 육체성이 어떻게 상상 가능한 최고의 강도로 고조되는지" 추상적으로 성찰하는 것뿐이다. 극한의 고문, 그리고 여기에서 발생하는 고통의 감각을 아메리는 "다른 논리적 방법으로는 다가갈 수 없는" 죽음에의 접근 과정으로 묘사한다. 이것은 그날 이후 어디나 죽음을 끌고 다니는 사람이 출발점으로 삼는 학문이다. 아메리는 고문이 "지워지지 않는 성격을 띤다"고 말한다. "한번 고문을 당하면 영원히 고문당한 사람으로 남는다." 이렇게 아메리는 자신의 사례를 일말의 비감도 섞지 않고 간단명료한 인식으로 전달한다.

자신이 견뎌낸 고통을 서술하는 문제에 관해서라면 지독

히도 철저하게 거리를 유지함으로써 아메리는 자신이 볼 때는 여전히 밝혀지지 않은 히틀러 파시즘의 수수께끼에 대해 한 가지 주장을 편다―그 주장은 한 민족의 도착倒錯을 해명하는 통상적인 설명들에서 어떤 자리도 차지하지 못하고 있다. 자의적으로 규정한 적을 박해하고 고문하고 절멸하는 실제 과정에서 아메리가 발견한 것은 전체주의 통치의 안타까운 우연성이 아니라, 노골적으로 말해 전체주의 통치의 본질적인 표출이다. 그는 "살인을 통한 자아 실현 과정에 모여든 얼굴들"을 기억한다. "그들은 온 영혼을 걸고 자기 일에 임하고 있다. 그 일이란 말하자면 권력, 정신과 육체에 대한 지배, 방종적 자아의 거침없는 팽창이었다."[8] 아메리에게 독일 파시즘이 상상하고 실현한 세계는 고문의 세계였다. 그것은 인간이 오직 "자기 앞에 있는 다른 사람들을 망가뜨리는 데서"[9] 존재 근거를 구하는 세계다. 아메리는 사유 전개 과정에서 조르주 바타유에게 기댄다. 바타유에게서 전수받은 그 급진적인 입장은 역사와의 어떤 타협도 거부하라고 명한다. 바로 이런 점에서 아메리의 작업은 특별한 의미가 있다. 이는 독일 과거와 관련해서 언제든 타협할 준비가 되어 있다는 의사를 이런저런 방식으로 내비쳤던 문인들의 논쟁과 견주어도 남다르다. 독일 전후문학에는 바타유나 시오랑 같은 타협을 모르는 부정의 사상가들이 존재하지 않았다. 이런 만큼 아메리는 심리적·사회적으로 기형화된 사회의 파렴치함을 비난하고, 마치 모든 것이 일어나지 않은 듯 역사가 순조롭게 계속 굴러갈 수 있다는 추문을 고발한 유일무이한 사상가가 되었다. 뉘른베르크법*에 담긴 죽음의 위협의 직접적인 당사자였으며, 그 위협을 생존자로서 평생 떨치지 못하고 살아온 아메리로서는 역사의 무심한 재편에 굴복할 수 없었다. 설령 이로 인해 그가 시대착오적인 아웃사이더로 밀려난다고 해도 말이다. 역사, "이 평범성과 재앙의 부적절한 혼합"[10]은 아메리에게 내내 만행과 공포였고, 그는 역사에 대한 이런 입장을 꿋꿋이 지켜냈다. 아메리가 '정신의 한계에 봉착해서An den Grenzen des Geistes'라는 제목하에 아우슈비츠와 모노비츠에서 강제노역자로 살았던 삶을 서술한 에세이는 역사의 객관적인 광기 앞에 인간이 철저히 무력하다는 것을 확인시켜준다. "이것이 역사다. 인간은 역사의 수레바퀴 밑에 깔렸고, 형리가 가까이 왔을 때 모자는 벗겨졌다."[11] 이 대목은 이렇게 이어진다. "수감자들 앞에 나치친위대 국가의 권력자들이 무시무시하고 압도적인 탑처럼 우뚝 서 있었다. 피할 수 없는 현실이었고 그래서 결국에는 '이성적인' 것처럼 보이는 현실이었다. 평소에 바깥에서 어떤 철학을 따랐던 간에, 여기에선 이런 의미에서 누구나 헤겔주의자가 되었다. 말하자면 나치친위대 국가는 전체성이라는 칼날의 광채를 번득이며 이념을 실현하는 국가로서 현현했던 것이다."[12] 아메리는 이렇게 배교를 강요당한

* 독일 내 유대인의 독일 국적 박탈, 유대인과 독일인의 성관계 및 결혼 금지, 유대인의 공무담임권 박탈 등을 골자로 한 인종차별법. 1935년 공표되었다.

경험 덕분에 훗날 자신의 직업조차 믿을 수 없게 되었다. 그는 토마스 베른하르트의 이교도적인 문체에 가깝게 이렇게 쓴다. "실제로 정신적 인간은 언제 어디서나 권력에 완전히 종속되어 있다. 예나 지금이나 그는 습관대로 권력을 정신적으로 회의하고 비판적으로 분석하지만, 그와 같은 지적인 작업을 통해 결국 그 권력에 굴복한다." 따라서 그 끔찍한 견습생 시절의 결론은 이렇다. 글쓰기는 미심쩍은 사업이요 손쉬운 먹잇감이다. 하지만 저 바깥에 실재하는 세계의 압도적인 힘을 생각하면, 글쓰기를 중단하는 것보다는 무의미를 향해가더라도 계속하는 것이 낫다.

아메리의 작가적 태도 중 가장 인상적인 면모는 그가 저항의 힘의 진짜 한계를 알고 있는 소수의 사람들처럼 부조리할 만큼 지독스럽게 저항했다는 점이다. 저항Résistance, 저항의 효력을 믿지 않지만 모든 것을 불사한 저항, 피해자와의 근본적인 연대감에서 우러나온 저항, 역사의 조류에 편승하는 사람들을 비난하기 위한 목적의 저항, 그것이 아메리 철학의 핵심 개념이다. 그 철학은 주지하다시피 프랑스에서 나온 실존주의와 연계된 것이었지, 아메리가 기회주의적이고 천박하다고 느꼈던, 전후 독일 문화가 선전한 자기변호적인 실존주의와는 절대 무관한 것이었다. 아메리가 사르트르를 바라보며 지지했던 실존철학적 입장은 역사를 용인하는 것이 결코 아니었다. 그것은 오히려 독일 전후문학에 명약관화하게 누락되어 있던 차원인, 지속적인 항거의 필요성을 몸소 보이는 것이었다. "내게 사회적 현실로 닥쳐왔던 사형선고를 아직 철회하지 않은 세계와 내가 공유하는 바가 있을지라도 그 공동성은 논쟁중에 사라진다. 당신들은 듣고 싶지 않다고? 들어야 한다. 당신들의 무관심이 당신들 스스로를, 그리고 나를 매 시각 어디로 인도하는지 알고 싶지 않다고? 내가 당신들에게 말해주겠다."[13]

아메리의 논쟁 동력은 잠재울 길 없는 원한에서 나온다. 아메리 저작 대부분은 통상 저지된 복수욕으로 이해되는 이 정서를, 과거를 바라보는 진정 비판적인 관점의 필수불가결한 요소로 정당화하는 데 바친다. 아메리는 다음과 같은 정의의 시도가 비논리적임을 완벽히 의식하면서 이렇게 쓴다. 원한은 "우리 모두를 저마다 파괴된 역사의 십자가에 단단히 못박는다. 부조리하게도 원한은 우리에게 되돌릴 수 없는 것을 되돌려야 한다고, 이미 일어난 사건을 일어나지 않은 것으로 만들어야 한다고 요구한다."[14] 아메리는 자신이 겪는 현 갈등 상황의 **"도덕적 진리"**[15]가 화해의 태세보다는 불의의 부단한 단죄에서 발견될 수 있으리라고 여기는 가운데, 자신의 응어리진 마음을 그 지표로 받아들이고 해석함으로써 이러한 부조리의 편에 선다. "자신이 당한 고통을 보상받을 수 있다는"[16] 생각만큼 아메리에게 당치않은 것은 없다. 물론 그는 자신의 머리를 삽자루로 내리쳤던 플랑드르 출신 나치친위대 바이스가 처형 소대 앞에 선 순간, 자신이 저지른 범죄의 도덕적 진리를 깨달았을지도 모른다는 추론을 내비치기도 한다. "그는 그 순간 **나**와 함께 있었다. 나는 더이상 삽자루와 홀로 있지 않았다. 그 처형의 순간 그도 나처럼—난 그렇게 믿고 싶다—시간을 거꾸로 돌려 일어난 사건을 일어나지 않은 것으로 만들고 싶었을 것이다. 사람들이 그를 처형장으로 끌고 갔을 때 그는 반反인간에서 다시 이웃이 되었다."[17] "난 그렇게 믿고 싶다"라는 가정법 문장은 애초에 아메리가 그 추정을 믿지 않는다는 것을 역설한다. 물론 그 추정의 신빙성을 일축해버릴 수는 없다고 하더라도 말이다. 아메리가 자신의 원한을 시험대에 세운 이 사례에서 중요한 것은 나치친위대 군인 바이스의 도덕적 "계몽"이 아니며, 따라서 아메리는 **복수법**을 재도입하자고 주장하는 것이 아니다. 중요한 것은 오히려 아메리가 서술한 부분에서처럼 억압자와 피억압자 간의—도덕적인 의미에서—벌어지지 못한 갈등을 현재에 되살리려는 시도다. 이 시도는 아메리가 강조하듯이 "당한 것에 비례해 시행하는 복수로는"[18] 분명 성공할 수 없다. 아메리는 복수의 가능성을 믿지 않는 만큼, 그의 말대로 처음부터 문제적이었고 신학적으로야 무척 중요하지만 바로 그런 까닭에 그에겐 중요치 않은 속죄의 이념도 믿지 않는다. 여기서 논의되는 것은 갈등의 조정이 아니라 갈등의 개시다. 아메리가 논쟁을 벌여 우리에게 전하는 원한의 가시는 우리를 찌르며 원한 품을 **권리**를 인정하라고 요구한다. 이것은 "시간이 지나 벌써 복권된 민족"[19]의 의식 상태를 계획적인 노력하에 예민하게 만들겠다는 뜻이다. 아메리가 그런 생각을 좇다가 빠져든 "장황한 도덕적 몽상"이 만일 독일 민족 스스로에게서 나온 것이라면, 그 몽상은 "막대한 무게를 지녔을 터, 이미 실현되고도 남았을 것이다. 그랬다면 독일 혁명은 뒤늦게나마 성공했을 것이고 히틀러는 나오지 못했을 것이리라."

아메리는 불가능하다고는 할 수 없는 한 민족의 자발적인 개혁에 대해 저런 가정들을 떠올리면서 유토피아에 가까운 희망의 지대로 나아간다. 그가 상상하는 것은 피해자들조차 다시 살아갈 수 있는 나라이며, 그 자신을 그토록 사로잡았던 잃어버린 고향의 재건이다. 아메리가 이런 입장을 내세울 때 왜 이렇게 개인적으로 열띤 관심을 보이는지 이해하기 위해서는 오스트리아 시골 출신이라는 과거가 그에게 어떤 남다른 의미를 갖는지 가늠해보아야 한다. 마이어가※가 수 세대 전부터 정착해 살았던 포어아를베르크, 그리고 아메리가 성장한 잘츠캄머구트는 이민과 망명의 배경 면에서 가령 베를린이나 빈과는 질적으로 다른 맥락에 있다. 이런 역사에 대해서 우리는 잘 알지 못하는 까닭에, 뉘른베르크법이 단순히 대도시에 사는 다소 막연한 유대인 집단만이 아니라 그문덴에서 태어난 유대인 소년에게도 적용됐다는 사실은 오늘날에도 여전히 비현실적으로 여겨진다. 그의 부친은 티롤 보병연대 소속으로 복무하다 전사했는데, 아메리가 밝힌 바에 따르면 오스트리아 중심적인 단순한 세계상에서 벗어나본 적이 없으며 "시시한 향토문학에 일체감을 느끼던"[20] 사람이었다. 아메리에게 뉘른베르크법에 의거한 인간 존엄의 박탈 과정은 너무 느닷없이 닥친 일이기 때문에 더욱 심각한 충격을 주었으리라. 그는 유대인 박해가 일시적으로만 중단됐을 뿐이라는 의식 속에서 성장하지 않았기에, 동화同化를 허용하는 분위기에 가장 적극적으로 동참한 유대인들조차 느끼지 않을 수 없었던, 그토록 많은 유대인의 전기에 등장하는 바로 그 심연의 차별 감정을 몰랐다. 아메리는 실제로 집에 있다고 착각했던 것이다. 아메리는 『고장의 이모저모Örtlichkeiten』에서 이런 자신의 이야기를 들려준다. "어느 더운 여름밤 그는 친구와 락스 지역의 숲을 올랐다. 페터 알텐베르크가 불후의 산으로 만든 제메링의 산등성이가 보이자 감상적인 기분이 들어 친구의 어깨에 팔을 두르고 이렇게 말했다. 그 누구도 여기서 우리를 떼어놓지 못할 거야." 여기서 강조된 허상적인 안정성은 머지않아 동일한 강도의 환멸로 뒤바뀐다. 그래서 그는 최악의 암흑기를 보내던 그때 한 폴란드 출신 유대인이 "어디서 오셨습니까?"라고 묻자 제대로 답할 수 없었던 것이다.[21] 빌뉴스나 암스테르담이었으면 납득시킬 수도 있었으리라. 하지만 "내 가문의 역사가 이제는 무의미해진 정주의 역사였다면 방랑과 추방이 곧 가문의 역사였던" 그 폴란드 유대인이 호에넴스니 그문덴이니 하는 이름을 들으면 무엇하겠는가. 가장 자명했던 땅이 가장 머나먼 이국의 어느 지역보다도 더욱 관계 맺기 불가능한 장소가 된 것이다. 아메리는 망명을 가기 전 몇 년간 빈에서 빈번하게 마주쳤던 몰상식한 반유대주의적 언행이 자신의 고향 벽촌에까지 퍼지게 되리라고는 상상도 못했노라고 회고한다. 따라서 파시스트들의 책동으로 고향이 파괴됐을 때 하인리히 뵐이나 잉게보르크 바흐만도 애통해했지만 아메리의 경우 훨씬 더 가혹한 충격을 받았으리라. "내 의식을 채워왔던 모든 것, 더이상 내 것이 아닌 내 고장의 역사부터 자꾸 생각나는데도 억눌러야 하는 그 자연 풍경까지…… 1938년 3월 12일 아침, 하얀 바탕에 까만 거미가 그려진 시뻘건 천이 외진 농가의 창문에서까지 펄럭이기 시작했을 때 이 모든 것은 견딜 수 없게 되었다. 나는 더이상 '우리'라고 말할 수 없는 사람이 되어버렸고, 습관대로 '나'라고 말하기는 하지만 더이상 나 자신을 태연하게 '나'라고 말할 수 없게 되어버렸다."[22] 고향의 파괴는 개인의 파괴와 분리되지 않았다. 고향으로부터의 분리는 마음의 상처가 되었고 새로운 고향은 존재하지 않는다. "고향은 유년기와 청년기의 땅이다. 한번 그 땅을 상실하면 영원히 상실자로 남아, 더이상 타향에서 술 취한 듯 비틀대며 다니지 않는 법도 배우게 되었다."[23] 아메리는 자신의 고향과 무관하게 살고자 하면서도 향수병을 고백한다. 이런 맥락에서 다음과 같은 변증법적 격언이 인용된다―쫓겨난 술집엔 다시는 들어가지 않는 법이다. 시오랑이 지적했듯이 향수병이란 우리가 안정성을 그리워한다는 가장 끈질긴 징후 중 하나다. 그는 이렇게 쓴다. "모든 향수는 현재의 초월이다. 회한의 형태를 띨 때조차 향수는 역동적인 성격을 지닌다. 즉 사람들은 과거를 왜곡하고, 소급적으로 행동하며, 불가역적인 것을 거스르기 원한다."[24] 이런 점에서 아메리의 향수는 역사를 수정하고 싶은 소망에 상응하는 것이었다. 벨기에로 망명을 가면서 국경을 넘었을 때, 다른 곳에 있음이라는 유대적 죄를 떠안아야 했을 때, 그는 그때만 해도 갈수록 낯설어지는 고향과 갈수록 친숙해지는 타향 사이의 긴장을 견디는 것이 얼마나 힘든 일인지 모르고 있었다. 아메리가 잘츠부르크에서 자살한 것은 특히 이런 면에서 보았을 때 고향과 망명지 사이의, "터전과 타향 간의"[25] 해소 불가능한 긴장을 해소하는 방식이기도 했다.

망명의 불행은 언어를 다루는 사람에게는 언어로만 극복될 수 있다. 그는 1968년에 발표한 에세이 『늙어감에 대하여』에서 "1945년 이후 온 힘을 다해 나 자신의 언어를 가다듬었어야 했는데, 사실 그 일만 했어야 했는데, 그러지 못했다"[26]라고 말한다. 하지만 그는 수용소에서 풀려난 뒤 그럴 힘이 없다는 것을 느꼈다. 그는 이렇게 썼다. "우리는 자유로운 일상용어를 다시 익히는 데만도 오랜 시간이 걸렸다. 여담이지만 우리는 지금도 그 언어를 껄끄러운 마음으로, 그 말의 효력을 의심하면서 사용한다."[27] 아메리는 자기 모국어의 와해와 위축[28]을 성찰했고, 자기 자신에 대해 어떤 식으로든 말하기 위해서는 아직 발설하지 못한 생각을 전개할 매체를 재구축해야 함을 깨달았다. 아메리는 페터 바이스처럼 이런 위기 상황에서 빠져나와 동시대 문학 사이에서 독보적으로 언어의 정밀성에 무사히 도달함으로써 그렇지 않았다면 접근 불가능했을 자유의 공간을 쟁취했다. 하지만 아메리의 경우 이렇게 다시 얻은 언어적 능력만으로는 그 불행을 완전히 몰아내기에 충분치 않았다. 물론 언어는 그의 말대로 세상이 그에게 일으킨 실존적 균형 장애를 "똑바른 걸음으로 맞설 수"[29] 있도록 도와주는 약이었지만, 언어라는 것은 결국 아침에 눈뜰 때마다 팔목에 새겨진 아우슈비츠 수감번호를 읽으면서 매일 또다시 세계에 대한 신뢰를 잃는 한 인간의 처절한 위기 상황을 해소해주기에는 미흡한 처방전으로 판명난다. "불행하다는 의식은 단말마의 산술에 혹은 치유할 수 없는 것의 장부에 기입되기에 너무 위중한 질병이다."[30] 아메리가 써내려갔던 단어들, 그리고 우리를 명료함의 위로로 채워주는 것처럼 보였던 그 단어들은 스스로의 불치 상태를 적시한 것일 따름이었고, "소통될 수 없는 두 세계" 사이를, 즉 "죽음의 감각을 지닌 사람과 그런 감각을 전혀 지니지 않은 사람 사이를," 그리고 "한 순간만 죽을 뿐인 사람"과 "죽기를 멈추지 않는 사람"[31] 사이를 가르는 선이었다. 그렇게 본다면 기록 행위는 죽음을 모면한 자가 더이상 살아 있지 않다고 깨달을 수밖에 없는 순간 해방이 되기도 하지만 해방의 무효화가 되기도 한다.

죽음을 경험했는데도 그 죽음을 넘어 연장되어버린 실존의 중심에 자리한 감정은 죄책감, 저 생존의 죄책감이다. 죄책감은 니덜랜드가 죽음에서 살아남은 자들이 지닌 가장 무거운 심리적 부담감이라고 진단한 감정이다. 나치 범죄의 집행자들이 아니라 생존자들이 그런 죄책감에 시달린다는 것은 니덜랜드의 말에 따르면 가장 섬뜩한 아이러니다. 살아남은 희생자들은 "압도당하고 위축됐다는 느낌"에서 빠져나오지 못하며, 만성적인 "개인적 불편감, 우울증 상태와 무감각적 위축 상태"로 고통받으며, "가장 처절한 형태로 죽음을 마주하면서 얻은" 지워질 수 없는 "심리적 상흔"[32]을 내면에 깊이 새기고 다닌다. 아메리는 『늙어감에 대하여』 말미에서 술회하기를, 그는 "자기와 같은 사람들이 생각할 수 있는 온갖 방식으로 쓰러지는 것을 [보았다.]" "동지들은 최근에 밝혀졌듯 티푸스, 이질, 기아, 구타로, 또 치클론 B* 속에서 숨을 헐떡이며 뒈져갔다—달리 표현할 도리가 없다."[33] 아메리가 지적하듯이, 사람들이 무심히 지나쳐야 했던 이런 공포는 생존자의 심리에 "만성적인 죽음 기억의 심상"을 새기는 돌이킬 수 없는 결과를 야기했다. 그뿐만 아니라 그 공포는 신체 영역에 심각한 장애를 다수 일으켰다. 니덜랜드는 이런 장애들을 일일이 나열했는데, 그것은 정신운동성 장애, 기질성 뇌손상, 심장 질환, 순환계 질환, 위 질환, 생명력의 전체적인 감퇴, 이른 노화 등이다. 피해자의 존엄성이 보상 절차 단계에서까지 박탈되고 있음을 규명한 니덜랜드

* 강제수용소에서 독가스로 쓰인 살충제.

의 전문의다운 사례연구를 굳이 참조하지 않더라도, 아메리의 글들은 죽음의 요릿감이 된다는 것이 무엇인지를 예시하고도 남는다.

자기 자신의 용기를 다각적으로 문제삼았던 아메리는 지난 십오 년의 삶을 가득 메웠던 참혹한 과거와 언어로 대결하면서─그가 과거를 회고하면서 분명해졌듯이─장렬한 퇴각전을 벌여왔다. 이 싸움에서 그가 얻은 통찰은 "심리학이 다하는 곳에서 자유죽음에 대한 담론이 시작된다"[34]는 점이고 그 담론은 "순수한 부정"이자 "저주받은 상상 불가능"[35]으로서 무無를 암시한다는 것이다. 아메리는 이런 담론을 진저리나는 "굴복 과정, 바닥에 치닫는 것"의 최종 단계로, "자살자의 존엄과 인간성으로는 도저히 받아들일 수 없는 수많은 모욕을 수치화한 합산"[36] 단계로 보았다. 물론 논문『자유죽음』을 쓴 아메리는 자신의 정신적 동료 시오랑의 주장, 즉 "우리의 상상력과 기억력이 부족해야만"[37] 삶을 지속할 수 있다는 테제에 전적으로 동의했을 것이다. 아메리가 과거 기억을 복기하는 지난한 과정에서 핵심에 도달했을 그때, 삶을─폭력이 아닌 방식으로─끝낼 수 있으면 좋겠다는, 가령 그가 셰익스피어를 인용하면서 말했듯이 '단지 바늘에 찔려' 끝낼 수 있으면 좋겠다는 소망이 떠오른 것도 이상한 일이 아니다.

하지만 이 죽음 소망이, 이 마음의 나태acedia cordis라는 개념이 아메리에게 체념의 근거가 된 적은 단 한 번도 없었다.

오히려 그런 소망은 그가 계속 항거할 수 있는 동기가 되어주었다. 그가 1974년에 발표한 소설-에세이Roman-Essay 『르푀 또는 붕괴』가 바로 그런 점을 보여주는 저항적인 텍스트다. 이 반쯤은 허구이고 반쯤은 자전적인 논의의 중심에는 더이상 적응 의지가 없거나 적응이 불가능한 화가가 있다. 그는 주변 세상에 절연을 고한 낙오자다. 이 르푀라는 이름의, 본명은 포이어만이라 하는 남자는 이른바 제3제국 시기에 강제노역자로 붙들려 독일로 이송됐고 히틀러가 설치한 덫에 걸려 인류가 어떻게 "자기부정의 공허 속으로 추락했는지"[38] 목도했다. 마이어-아메리처럼 포이어만-르푀도 살아남았다. 그러나 살아남기만 했을 뿐이다. 살아남았다는 것은 르푀가 유령적인 생존을 선고받았다는 것을 의미한다. 그의 진짜 모습은 아직 죽음의 도시에 정박해 있기 때문이다. 아메리와 함께 한동안 아우슈비츠에 있었던 프리모 레비는 이 도시를 아주 구체적으로 묘사한 바 있다. 그 바빌론적 대도시는 부나*라고 불렸다. 그곳에는 독일인 관리자와 기술자 외에도 주변 수용소에서 충원된, 스무 언어 이상의 언어로 말하는 노역자 사천 명이 있었다. 도시의 중심에는 도시의 진정한 상징으로 노예들이 건설한 탄화물 탑이, 그 끝은 항상 안개에 싸여 우뚝 솟아 있었다.[39] 이제 밝혀졌다시피 1파운드의 합성고무도 생산된 적 없는 이 도시에

* 아우슈비츠 강제수용소라는 이름으로 운영된 곳은 크게 세 곳이었는데, 이중 제3호 수용소는 부나 또는 모노비츠라고 불렸다.

서 우리는—이런 은유가 허락된다면—단테가 쓴 저 지옥의 영역에 들어와 있다. 단테의 책에 나온 대로, 그 지옥 여행객은 언제든지 다른 쪽으로 날릴 태세로 쉴새없이 나부끼는 깃발을 본다. 엄청난 군중이 그 깃발을 따라갔다. 그 많은 사람이 죽음에 삼켜지리라고는 이전에는 절대로 생각도 못했을 것이다.[40] 죽음의 권력 현시를 목도한 경악, 그것은 아메리의 대리자 르푀와 단테의 여행객이 공유하는 바다. 르푀는 알레고리적 인물이다—포이어만, 파이어만, 파이어만과 함께.* 그의 경험은 삶의 영역을 넘어선다. 그는 밤새 숲 가장자리에 앉아서 도시를 뚫어져라 쳐다본다. 그가 여기서 구상한 것은 '불타는 파리'라는 제목의 작품으로, 불바다를 만드는 것이다. 이것은 아메리가 프란츠 파농에게 영감을 받아 거듭 숙고했을, 구원을 달성하기 위해 **저항폭력**을 일으키는 문제다. 아메리는 그 자신이 불법 선동문학의 생산과 유포로 목숨을 잃을 뻔했던 저항 투사였는데도 어째서 **"무기를 들고 압제자에 맞서 싸우는 고통을 견뎌내지"**[41] 못했는지 자문한다. 극단적인 도발에 폭력을 쓰지 않고 단념했던 것, 폭력을 사용할 방도를 찾을 수 없었던 것은 아메리가 지닌 원통함의 정수다. 따라서 그는 머릿속에 활활 불타는 도시를 품고 다니는 포이어만과 자신을 시험삼아 동일시해본다. 불은 징벌적인 신적 폭력의 대표적인 수단으로, 여기에

* '르푀le feu'는 불을 뜻하는 프랑스어, '포이어Feuer'는 불을 뜻하는 독일어, '파이어Feier'는 축제를 뜻하는 독일어다.

선 특히 어떤 혁명적인 공상에 탐닉하는 방화범의 진정한 열정을 대변한다. 방화범, 르푀는 불 자체다. 그는 그 불처럼 불타 사라진다.

아기토끼의 아기, 아기 토끼

시인 에른스트 헤르베크*의 토템 동물에 대하여

　최근 문학을 꾸준히 따라 읽다보면 그중 태반은 몇 년만 지나도 퇴색될 작품이라는 생각이 든다. 그러나 에른스트 헤르베크가 1960년부터 구깅의 정신요양원에서 종이에 옮긴 시들처럼 시간의 흐름에도 변치 않는 작품도 드물게 존재한다.

　헤르베크의 기기묘묘한 문체를 처음으로 만난 것은 1966년으로 거슬러올라간다. 맨체스터의 라일랜드 도서관에서 불운한 작가 카를 슈테른하임† 에 대한 논문을 준비하던 그때,

---

* Ernst Herbeck(1920~1991). 오스트리아 시인. 사십오 년간 구깅 정신요양원에서 지내면서 담당 의사의 인도로 시를 쓰기 시작했다. 제발트는 헤르베크를 1980년 만나러 갔으며, 이 일화를 『현기증. 감정들』의 일부로 녹여내기도 했다.

† Carl Sternheim(1878~1942). 빌헬름 시대를 풍자한 사회비판적인 극작으로 알려진 독일 작가. 대표작으로 『속옷』 『시민 시펠』 등을 포함한 연작 『부르주아 영웅의 삶』이 있다. 나치 시대 때는 작품 유통이 금지당했으며 말년에는 만성적

중간중간 머리도 식힐 겸 데테파우 출판사에서 나온 『정신분열증과 언어』라는 단행본을 집어들었다가, 이 가련하기 그지없는 시인이 분명 되는대로 짜맞추었을 언어 심상과 수수께끼 상들에서 발산되는 광채에 놀라움을 금치 못했다. "눈의 만년설이 얼렸다 얼음을"이나 "파랑. 빨간색. 노란색. 진초록. 하늘ELLENO"같이 늘어선 단어들을 보고 있노라면 오늘도 숨막히는 다른 세계의 문턱에 들어선 듯하다.

가벼운 광기와 부드러운 체념 덕분에, 단 하나의 반음과 늘임표로 일순간 우리 내면을 공중으로 띄워올렸던 마티아스 클라우디우스*의 기법이 떠오르는 대목들이 거듭 새롭게 도드라진다. 에른스트 헤르베크는 이렇게 쓴다. "우리는 안개하늘을 또렷이 읽어낸다/ 겨울의 나날이 얼마나 두터운. 지." 이보다 더 멀고 이보다 더 가까운 문학은 어디에도 없을 것이다. 헤르베크의 시들은 우리에게 세계를, 전도된 망원경을 통해 보여준다. 이 작디작은 원형상圓形象 안에 모든 것이 다 담겨 있다.

대단히 놀라운 점은 헤르베크가 창작을 하는 데 그치지 않고 몇 안 되는 핵심적인 문장들로 시론까지 써냈다는 점이다. 헤르베크는 이렇게 썼다. "시는 역사를 슬로모션으로

인 신경증과 정신병으로 고통받았다. 제발트는 이 작가에 대한 논문으로 석사학위를 받았다.

* Matthias Claudius(1740~1815). 교육적이고 신실한 작품을 주로 썼던 독일 시인이자 언론인. 〈달님이 떠올랐어요〉라는 노래로 잘 알려진 원작시 「저녁 노래」가 유명하다.

조형하는 구술 형식이다…… 시란 또한 현실에 대한 혐오로서 그 현실은 시보다 어렵다. 시는 학생에 대한 감독의 권한을 위임받은 것이다. 학생은 시를 배우고 시는 책 속의 역사다. 우리는 숲에 사는 동물들에 대한 시를 배운다. 유명한 역사 서술가는 가젤이다."

인생의 대부분을 정신병원에서 보낸 에른스트 헤르베크는 오스트리아와 독일 민족의 역사를 그저 먼발치에서만 함께 겪었지만 제국 수상 아돌프 히틀러며 그에게 열광했던 도시 빈, 과거의 다른 성대한 자리들도 기억한다. 그가 쓴 성탄절 축시에서는 그런 시라면 의당 빠지지 않는 눈과 타오르는 양초만이 아니라 깃발과 전쟁, 몰락에 대한 암시도 들어 있다.

알렉산더 클루게와 에드가 라이츠*도 우리에게 상기시킨 바 있던 괴벨스의 전시戰時 성탄절†은 헤르베크의 시에서 다시 한번 번쩍인다. 다음과 같은 행으로 시작하는 '방명록에'라는 제목의 시는 우리의 죄와 과거의 짐을 전문적으로 처리하는 작업보다 더 많은 생각거리를 안겨줄 터다. "선한 독일인들을 위한 날이 밝았다 / 떡갈나무가 죽었다 지난간 황

---

* Edgar Reitz(1932~). 독일의 대표적인 작가영화 감독. 알렉산더 클루게와 공동으로 작업했으며 오버하우젠 선언에도 함께했다. 대표작으로는 연작영화 〈고향〉, 베니스 영화제에서 신인감독상을 수상한 〈식사 시간〉 등이 있다.
† 나치 정권의 문화부장관 괴벨스는 1939년부터 1944년까지 매년 성탄 방송을 기획하여 독일 본국과 독일 바깥의 여러 전선과의 연대감을 고취시키고, 기독교의 영향력도 견제할 겸 나치 이데올로기적 틀 안에서 전몰자를 추모했다.

야의." 나는 헤르베크가 역사적인 1989년*에 다음과 같은 시를 썼다는 사실이 몹시 섬뜩하다. 그 시를 내 조국의 사람들이 가슴에 간직하기를 바란다.

검劍은 진지한 독일의
무기요 고트족과
바깥에 나가 있는 독일인들이
사용한 것이다. 오늘날
까지도 전 독일
지역에서 (게르마니아)

하지만 여기서 헤르베크의 민족사관을 서술하려는 것은 아니고, 그가 자신의 출생과 가족사를 복잡하고 신화적으로 어림잡아 기록하고자 한 시도를 다루고자 한다. 기젤라 슈타인레히너는 『언어의 어긋남*Die Ver-rückung der Sprache*』에서 헤르베크의 작품에는 의인화된 동물의 초상이 두드러지게 나타난다는 점을 보였다. 그 이유는 일단 상담사가 환자 헤르베크에게 "얼룩말"이나 "기린"과 같은 작문 제목을 제시하는 일이 잦았던 데서 찾을 수 있다. 헤르베크가 자신에게 주어진 주제에 대체로 충실했던 덕택에 그런 동물도감이 등장하게 된 것이다. 그 도감은 무척 아이러니한 방식이긴 하

* 베를린 장벽이 무너진 해다.

지만 우리가 고안한 분류 질서가 나름의 정당성이 있음을 입증해주는 어린이 독본이다. "까마귀는 신실한 자들을 이끈다" "올빼미는 어린이들을 좋아한다" "얼룩말은 넓은 들판을 달려온다" "캥거루는 지지대 위에서 버틴다." 이 모든 것이 남다르게 어수선한 것은 아니다. 하지만 헤르베크의 세계에는 동물도감의 어느 부록에도 등재되지 않은 미지의 종種 몇몇이 도사리고 있다. 이 종들은 동물들끼리는 물론이며 우리 또한, 우리가 믿고 싶은 것과는 달리, 동물과 완전히 구분되지 않는다는 점을 방증한다. 마치 우리가 작가 프란츠 카프카의 유대교회당에서 반은 양이고 반은 고양이인 형체를 만나게 되는 것이라고나 할까.

헤르베크의 작품에서 이 기괴한 동물보다 훨씬 수수께끼 같은 것은 바로 작가가 자기 출생의 문제를 인접시킨 토끼의 상징적 의미다. 헤르베크는 자신의 과거에 대한 단서를 극히 대략적이고 특이한 방식으로만 제공한다. 그에게 가족 및 친척과 관련된 모든 것은 베일에 싸여 있다. "질문이 있다!" "사위의 자식들은 그들 남매에게 장인어른인가? 나는 도저히 구별할 수가 없다. 제발 답해달라, 고맙다." 평생 독신이었던 헤르베크에게 이런 관계들 중 가장 꿰뚫어보기 어려운 것은 분명 결혼 생활의 성사 과정이리라. 그는 이에 대해 모호하지만 최대한 악의 없는 소견을 간단히 밝힌다.

결혼은 남자와 여자에게 모든 점에서

모범적이다. 결혼은 대부분 이뤄
지고 맺어진다. 약혼
뒤에 또. 결혼이 오래 지속될수록
짧아지고 길어진다네 오 현존이여. 토끼의
또는 그 비슷한 것의

　"또" 다음에 무슨 일이 일어나는지 시인은 생각해낼 수 없
었거나 생각지도 않았을 것이다. 하지만 그는 다른 한편으
로 결혼 생활이 결국에는 토끼를 만들어내는 것으로 귀결된
다는 것을 알고 있다. 생식 행위가 어떻게 이루어지는지, 그
것을 서술하기란 쉽지 않다. 여기서 관건이 되는 것은 이성
간의 일보다는 일종의 즉흥적인 번식 또는 심지어 마술인지
도 모른다.

　　마술사는 이런 것들에 마술을 부린다.
　　어린 토끼들, 손수건들, 달걀들.
　　그는 반복해서 마술을 부린다.
　　그가 손수건을 비단모자에 넣고
　　다시 끄집어내는데
　　순한 토끼가 나온다.

　비단모자에서 마법처럼 *끄집어낸* 토끼는 의심의 여지 없
이 작가가 그 안에서 자신을 재발견하는 토템 동물이다. 헤

르베크가 선천적으로 타고나 수차례 수술을 받은 구순열은 그가 앓던 정신분열의 기원과 그 특수한 발전 과정에 중대한 영향을 끼친 발병 전 장애로, 토순兎脣은 그에게 정체성의 표식이다. 헤르베크는 이러한 상처가 아주 옛날로, 유년 시절까지 거슬러올라간다고 생각한다. 그가 "태아das Embryo"에 대해 시를 써달라는 부탁을 받았을 때 그는 이 외국어 같은 단어를 잊어버리고 대신에 엠퓌룸Empyrum이란 이름의, 그에게는 한층 친숙한 아직 태어나지 않은 상상 속 동물에 대해 종이에 몇 줄 적었다.

우리 어머니께 축복을! 어머니 몸에서
아이가 되어가는 아이 하나. 내가
엠퓌룸이었을 때 어머니는 나를
수술했지. 나는 내 코를
잊을 수가 없어. 불쌍한 엠퓌룸.

기젤라 슈타인레히너는 에른스트 헤르베크를 대상으로 한 연구 중 최초로, 훗날 상처입은 주체에게 고유한 신화가 되는 전생의 외상 경험에 대해서 서술하고자 했다. 그녀는 헤르베크가 1970년경에 작성한 세 쪽짜리 자기소개서의 한 대목을 근거로 삼았다. 그 대목에서 헤르베크는 열한 살 때 마이어라는 장군 휘하의 소년단에서 활동했는데, 독수리 단원이나 사슴 단원이었던 친구들과 달리 자신은 비둘기 단원이었다고 이야기한다.

그 소년단은 인간을 토템군으로 나눈 마지막 단체 가운데 하나지만, 이러한 진기한 사실보다 더 중요한 것은 헤르베크가 소년단의 추억을 단 몇 줄로 요약한 글에 완전히 비문법적인 맥락으로 들여온, 기묘하기 짝이 없는 단어 '티어렌샤프트Thierenschaft'*다. 그 단어는 오래전 정서법에서 삭제된 묵음 'h' 때문에 인간이 언어 능력을 갖기 전으로 거슬러 올라간 시대를 상기시킨다.

종의 역사상 오래된 사유 및 질서 전략이 이른바 정신질환으로 재차 발현한다는 점을 고려한다면, 헤르베크가 좇는 의미를 규명하기 위해 토테미즘적 상상력의 기본 규칙들에 의거해보는 것은 엉뚱한 방법은 아니라 하겠다. 기젤라 슈타인레히너는 구순열을 헤르베크가 스스로 발견해낸 자아분열의 상징으로 해석한다. 슈타인레히너는 이런 맥락에서, 구순열이 아메리카 토착민 신화에서는 실제로 태어나지 못한 쌍생아의 흔적으로 여겨진다는 클로드 레비스트로스의 주장을 자세히 설명한다. 갈라진 얼굴을 한 토끼가 하늘과 땅을 매개하는 최고신의 자리에 오를 수 있는 것은 바로 이러한 한 몸 안의 이원성 덕분이다. 그런데 메시아적 소명이라 함은 비단 신성한 질서의 선택을 받는 것만이 아니라, 세속의 세계에서 배척당하고 박해받는 역할도 포함한다. 인

---

* '동물'이란 단어 '티어Tier'를 옛 표기방식인 'Thier'라 쓰고 여기에 종합적인 성질을 뜻하는 파생어 'schaft'를 이어붙인 조어다. 존재하지 않는 단어다.

간의 아들이라는 사명 의식보다는 천대받은 자의 슬픔을 더 많이 맛보았을 에른스트 헤르베크가 어느 날 자신에게 제시된 시제 '토끼' 뒤에 느낌표 네 개를 찍은 것은 그럴 만한 이유가 있는 것이다. 그 시의 전문은 다음과 같다.

"토끼는 대담한 동물이지!
그는 덫에 걸릴 때까지
달리지. 귀를 쫑긋 세우고, 그는
귀기울이지. 그에겐 – – – – 쉴 시간이
없지. 달려 달린다 달린다
불쌍한 토끼!"

신화에서는 토끼란 동물에 권력과 무력, 대범함과 소심함이 서로 긴밀하게 연결된 양가적 기질이 있다고 보는데, 이 양가적 기질이야말로 헤르베크가 자신의 문장紋章 동물에서 파악한 성격과 일치한다.

헤르베크의 자전적 글을 보면 (기젤라 슈타인레히너가 이미 지적한 바대로) 작가가 이른바 반란과 은 부족不足의 시기라 명명한 그 시기에 모친이 "토끼를 가졌다"는 이야기가 나온다. 이 말은 물론, 당시 넉넉지 않은 식량 사정을 개선하라고 "얻었거나 선물받았다"는 뜻이다. 하지만 헤르베크의 짤막한 표현은 어머니가 아기를 가지듯이 토끼를 가졌다는 것을 암시한다.

토끼는 아버지의 입회 아래 어머니에게 도살당했고 머릿가죽까지 송두리째 벗겨졌다. 헤르베크는 이 일화를 끝맺으며 토끼 구이에 관해 한마디도 언급하지 않는 대신, 다음과 같은 고백을 덧붙였을 따름이다. "그것은 너무 맛있었다." 이 이야기 전체의 도덕은 '너무'라는 단 두 글자로 압축된다. 그가 자신의 닮은꼴이자 이름이 같은 형제를 잡아먹는 데 동참함으로써 가족의 공모에 가담했다는 것, 단지 피해자로서만이 아니라 가해자로서 관여했다는 것은 우리가 공동으로 꾸려가는 삶의 시커먼 간계 속에 그가 어떻게 얽혀들어갔는지를 보여주는 진정한 척도다. 헤르베크가 자신의 지난한 운명을 해명하고자 마련한 그 불쌍한 토끼 전설은 그것을 읽고자 하는 사람에겐 그야말로 범례적인 성격을 띤 수난사다. 헤르베크는 언젠가 이렇게 썼다. "수난이 클수록, 시인은 더욱 위대해진다. 작업은 더욱 고되어간다. 의미는 더욱 깊어진다."

스위스를 거쳐 유곽으로
카프카의 여행일기에 대하여

얼마 전 네덜란드의 한 지인이 작년 겨울 프라하에서 뉘른베르크로 여행한 이야기를 들려주었다. 그녀는 기차에서 카프카의 일기를 읽었고, 이따금 고개를 들어 구식 식당차의 창을 스치고 날아가는 눈송이들을 오랫동안 응시했다고 말했는데, 식당차는 걷어올린 커튼과 불그스레한 빛을 퍼트리는 작은 탁자등 탓인지 보헤미아의 작은 유곽을 연상케 했다고 한다. 그때 읽은 일기에서 기억에 남아 있는 것은 딱 한 대목으로, 승객 한 사람이 명함 모서리로 이를 쑤시는 장면을 묘사한 부분이었다. 그건 그 묘사가 남달리 인상적이어서가 아니라, 그녀가 몇 쪽을 채 넘기지도 않았는데 옆 탁자에 앉은 눈에 띄게 뚱뚱한 남자가 책에 묘사된 것과 똑같이 명함을 들고 보아하니 완전 정신을 빼놓고 자기 이를 쑤시기 시작해 놀라지 않을 수 없었던 까닭이다. 이 이야기를 듣자 나는 카프카가 1911년 8월과 9월에 막스 브로트와 함께 프라하에서 출발해 스위스와 북이탈리아를 지나 파리로 갔을 적에 남겼던 기록을 오랜만에 다시 살펴보고 싶어졌다. 그 기록은 여러모로 내가 그 일기에 등장하는 인물이라도 되는 것처럼 마냥 가깝게 느껴졌다. 단지—가령 침대칸에서 부인용 모자가 막스의 몸 위로 떨어졌다든가, 프란츠가 떠난 뒤 혼자 남은 막스가 "반쯤 비어 있는 카페 정원의 구석에 앉아 석류주스를 시켜놓고 어둠 속에 홀로 고독히" 있었다는 대목처럼—막스가 자주 거론되었기 때문만은 아니다.[*] 그보다는 두 미혼 남성이 다녔던 여름 여행의 기착지들이 기이하게도 내가 그후에 가본 어떤 곳보다도 한때 친근했던 장소였던 덕분일 것이다. 빗속에서 한밤중의 뮌헨을 자동차로 통과한—아스팔트 위로 자동차 바퀴 굴러가는 소리가 영사기 돌아가는 소리처럼 들렸다는—이야기는 도입부터 내 생애 최초의 여행에 대한 오랜 기억의 필름을 풀어냈다. 여행은 1948년의 일로, 포로수용소에서 막 귀환한 아버지와 함께 W에서 할머니 할아버지를 뵈러 플라틀링으로 가는 길이었다. 어머니는 내게 초록색 재킷을 재단해주었고 체크무늬 천으로 조그마한 배낭도 만들어주었다. 우리는 삼등석 객실에 앉아서 갔던 것 같다. 당시 역전 광장에 서면

[*] 제발트는 빈프리트 게오르크라는 자신의 이름이 지나치게 나치 시대의 이름을 연상시킨다고 생각해 세번째 이름인 '막스'로 불리기 원했고, 지인들 역시 그의 뜻을 존중하여 그렇게 불렀다.

어마어마한 고철더미와 폐허로 변한 시가지가 보였던 뮌헨 역에서 나는 속이 메스꺼워졌고, 카프카와 막스가 야간열차를 타기 전에 세수했다고 하는 '화장실' 중 한 곳에서 먹은 것을 게워내야 했다. 그들이 탄 야간열차는 카우페링, 부흘로에, 카우프보이렌, 켐프텐, 이멘슈타트를 지나 컴컴한 알프스 초입 지대를 통과해 린다우로 향할 예정이었다. 린다우에서는 자정이 지난 시각인데도 승강장이 한동안 노랫소리로 떠들썩했다고 하는데, 그건 내게 무척 친숙한 광경이다. 린다우역에서는 항상 취한 행락객들이 어슬렁거리기 때문이다. 또한 "골목길 하나 없는 장크트갈렌의 꼿꼿하고 자립적인 가옥들에 대한 인상"이며, 에곤 실레의 크루마우* 풍경화들 어딘가에 그려져 있을 것만 같은 골짜기 비탈의 경치는 내가 일 년간 배회했던 곳의 풍경과 정확하게 일치한다. 무엇보다 카프카가 스위스의 풍경, 그중에서도 "취리히 호의 어둡고 언덕인 듯 숲 같은 호숫가"에 대해 한 말은 (그는 이런 자연지물에 대해 쓰는 법이 거의 없었다) 내 어린 시절 스위스로 갔던 소풍들에 대한 기억을 불러낸다. 가령 1952년 S에서 브레겐츠, 장크트갈렌, 취리히를 들렀다가 발렌호를 따라서 라인계곡을 통과해 다시 집으로 돌아왔던 당

* 몰다우 강변에 위치한 남보헤미아의 유서깊은 도시. 현 체코어 명칭은 체스키 크룸로프고, 예전에 독일어와 보헤미아어로는 '크루마우'라고 불렸다. 이곳은 에곤 실레의 어머니가 태어나고 자란 고향으로 그가 특별히 애착을 보인 장소였다. 1910년 그는 대도시 빈에서의 삶에 지쳐 이곳에 정착하고자 했다. 이때 그는 크루마우의 도시 풍경을 그린 작품을 많이 남겼다.

일치기 관광이 그렇다. 당시 스위스에는 상대적으로 차가 많이 안 다니긴 했지만, 태반이 미국산 리무진, 셰보레, 폰티악, 올드모빌이었다. 그래서 나는 우리가 정말로 다른 나라, 유토피아에 가까운 나라에 있다고 믿었다. 그건 말하자면 카프카가 마조레호에서 밀수 감시정을 보았을 때 태양계를 여행하는 네모 선장*을 떠올렸던 것과 비슷하다 하겠다.

내가 십오 년 전 몇 가지 기이한 모험을 겪었던 밀라노에서, (꼭 프란츠가 만들어낸 한 쌍의 커플처럼 느껴질 지경인) 막스와 프란츠는 이탈리아에 창궐한 콜레라를 피해 파리로 가기로 했다. 그들은 성당 앞 광장 작은 카페에 앉아 가사假死 상태와 심장을 칼로 찌르는 조치†에 대해 이야기를 나눴다. 그런 풍습은 어떻게 보아도 수십 년 전부터 일종의 사후의 삶에 들어선 합스부르크제국 사람들 특유의, 경화증적으로 발전된 강박이었다. 카프카는 구스타프 말러도 심장을 찔러달라고 요구했다고 쓰고 있다. 말러는 불과 몇 개월 전인 5월 18일 뢰브 요양원에서 사망했는데, 베토벤의 임종 때처럼 천둥 번개가 도시를 내리친 직후였다.

지금 내 앞에는 얼마 전에 나온 말러의 사진집이 펼쳐져 있다. 그가 대양선 갑판에 앉아 있는 모습, 도비아코에 있는

---

* 쥘 베른의 『해저 2만 리』에 나오는 선장.
† 당시 오스트리아에서는 사람이 죽으면 망자의 심장을 칼로 찔러 혹여나 그 사람이 생매장될 가능성을 아예 차단하는 것이 관습이었다. 이는 당시 사람들이 지닌 생매장에 대한 공포가 얼마나 심했는지를 방증한다 하겠다.

자기 집 주변을 산책하는 모습, 잔드보르트 해변을 산책하는 모습, 로마에서 행인에게 길을 묻는 모습이 찍혀 있다. 내 눈에 그는 매우 왜소해 보였고 어쩐지 애처로운 유랑극단의 단장처럼 느껴졌다. 실제로 그의 음악에서 가장 아름답다고 여기는 부분은 멀리서 들려오는 유대인 시골악사들의 연주 소리를 떠올리게 하는 대목이다. 얼마 전 나는 독일 북부 도시의 어느 거리에서 이와 아주 흡사한 음색을 내는 리투아니아 악사들의 연주에 귀를 기울였다. 한 명은 아코디언을, 한 명은 낡아빠진 튜바를, 한 명은 콘트라베이스를 연주했다. 그들의 음악에 집중하느라 자리에서 움직일 수 없었을 때, 그제야 나는 비젠그룬트 아도르노가 언젠가 말러의 음악을 두고 부서진 심장의 심전도라 평했던 것을 이해하게 되었다.

두 친구는 파리에서의 며칠간을 기대와 달리 의기소침한 기분으로 보냈다. 그들은 여기저기를 구경하기도 하고, 정사의 기쁨을 찾아 "전기초인종"이 달리고 "경제적으로 설계된" 유곽에 가기도 했다. 그곳에선 모든 것이 순식간에 진행되는 바람에 그들은 미처 의식하기도 전에 다시 길거리에 나와 있었다. 카프카가 쓰기를, "힘들었던 건 거기 있는 여자들을 좀더 자세히 관찰하는 일이었는데…… 기억나는 건 단지 바로 내 앞에 서 있던 여자뿐이다. 이가 듬성듬성한 그녀는 몸을 꼿꼿이 세우더니 주먹을 꽉 쥔 손으로 치맛자락을 음부 위까지 올렸고 커다란 눈과 입을 재빨리 열었다 닫았다. 금발은 헝클어져 있었다. 몸은 깡말랐다. 모자를 벗지 않아야 하는 것을 잊을까봐 두려웠다. 말하자면 모자 챙에 손이 올라갈 것 같으면 잽싸게 떼야 한다." 유곽 또한 지켜야 할 나름의 예법이 있는 것이다. 기록은 "외롭고 멀고 무의미한, 집으로 가는 길"로 끝난다. 막스는 9월 14일 프라하로 돌아간다. 카프카는 일주일 더 취리히의 에를렌바흐 자연요양원에 머무른다. 카프카는 그곳에 도착한 뒤 "이동 때는 크라쿠프 출신 유대인 금세공업자 옆에서"라고 쓴다. 이미 멀리까지 세상 구경을 다녀본 이 젊은 남자를 카프카가 만난 것은 파리에서 취리히로 가는 길에서였던 듯하다. 그가 기차에서 내릴 때 자신의 조그만 가방을 무거운 짐짝처럼 다뤘다는 기록도 나온다. "그는"―카프카는 이렇게 쓴다―"어쩌다 한 번씩 빗은 듯한 긴 곱슬머리, 강렬한 광채가 어린 눈, 느긋하게 휘어진 코, 움푹 꺼진 두 뺨에, 미국식으로 재단한 양복과 솔기가 해진 와이셔츠를 입고 목이 늘어난 양말을 신었다." 여행중인 직인職人 ― 그는 스위스에서 무슨 경험을 하게 될까? 우리가 알기로 카프카는 도착한 첫날 요양원의 어스름한 작은 정원을 한 바퀴 돌았고, 다음날에는 "누군가 코넷으로 불어대는 마술피리 노래* 한 곡을 흥얼거리며 아침체조를" 했다.

* 구스타프 말러가 작곡한 가곡 〈소년의 마술피리〉를 가리킨다. 가사는 클레멘스 브렌타노와 아힘 폰 아르님이 채록한 동명의 속요집에서 가져왔다.

꿈의 직물
나보코프에 대한 촌평

　'말하라, 기억이여'라는 강령적인 제목의 나보코프 자서전 서두에는 한 인간이, 우리가 당연히 가정하게 되듯이 아직 아주 어린 한 인간이, 자신이 태어나기 몇 주 전 양친의 집을 촬영한 영상을 처음으로 보고 까무러칠 정도로 놀라는 이야기가 나온다. 흔들리는 화면에 비친 것은 하나같이 친숙해 전부 알아볼 수 있었으며 모든 것이 완벽히 그대로였다. 단 한 가지, 자기 자신이 거기, 여태껏 늘 있어왔던 그곳에 있지 않으며 자신의 부재가 집안의 다른 사람들에게 아무런 슬픔의 이유가 되지 못한다는 몹시 뒤숭숭한 사실만 제외한다면 말이다. 어머니가 이층 창문에서 손을 흔드는 장면은 그 당황한 관객에게 이별의 손짓으로 느껴졌으며, 현관에 놓인 새 유모차의 모습을 보면서는 온몸에 소름이 끼쳤다. 그 유모차는 마치 관처럼 묘하게 의기양양한 모양

새로 서 있었는데, 마치 있었던 일이 다 되돌려져 이 불길한 보금자리의 주인이 될 자의 유골까지 다 순수한 무로 흩어져버리기라도 한 것처럼 텅 비어 있었다. 여기에서 나보코프는 태어나기 이전의 시간을 기억함으로써 죽음 체험의 선취를 암시하고 있다. 그 체험을 통해 관찰자는 자신의 가족 사이에서 일종의 유령이 되어버린다. 나보코프 자신의 말마따나 그는 우리 삶의 양면을 둘러싼 불가해한 어둠을 고집스레 밝혀내고자 한다. 따라서 내가 아는 한 나보코프가 유령학만큼 열중했던 것은 없다. 그가 나방과 나비 연구에 열정을 바쳤음은 그보다 더 잘 알려져 있지만, 이는 유령학에 비하면 곁가지에 불과했다. 어찌됐든 나보코프 산문 중 가장 빛나는 대목 상당수는, 우리의 세상만사가 어떤 분류표에도 아직 기재되지 않은 외부의 종種에게 관찰당하는 것이 아닐까, 그리고 그들의 밀사들이 살아 있는 사람들의 연극에 어쩌다 한 번씩 객연으로 출연하는 것은 아닐까 하는 인상을 자아낸다. 나보코프가 추측하건대 그들이 우리에게 그렇듯이 우리 또한 그들에게 출신과 성격이 불분명한 덧없고 투명한 존재로 비칠 것이다. 그런 그들을 제일 먼저 만나는 곳이 바로 꿈속이며, 꿈에서 그들은 자신들이 살아생전 한 번도 들러본 적 없는 곳에 간혹 출몰한다. 그들은 근심과 슬픔에 젖어 자신들의 소외를 묵묵히 힘겹게 견디고 있을 것이기에, 나보코프가 말하기를, 그들은 으레 어딘가 떨어져 앉아, 마치 죽음이 어두운 오점이나 수치스러운 가정사의 비밀이라도 된다는 듯이 심각한 표정으로 눈앞의 바닥을 응시하고 있다. 이승과 저승의 경계인에 대한 나보코프의 사변은 시월혁명으로 흔적도 없이 사라진 유년 시절의 제국에서 시작된다. 그곳은 아무리 그의 기억이 과거를 정확하게 환기한다 하더라도 한때 정말로 존재했었는지 때때로 묻게 되는 어느 전원의 나라였다. 수십 년간 계속된 역사의 만행 탓에 태어난 곳으로부터 가망 없이 단절된 나보코프에게, 모든 기억 이미지를 하나하나 구출해내려는 작업은 심각한 환상통을 안겨주었다. 그가 제아무리 신중을 기하겠다며 상실한 것을 보통은 아이러니의 프리즘을 통해서만 고찰한다고 해도 그랬다. 『프닌Pnin』 5장에서 그는 망명을 가기 위해 어떤 대가를 치러야 하는지 ─삶의 풍족함은 물론이며 자기 자신의 실재성에 대한 확신까지도 내놓아야 하는 상황을─ 구구절절 다양한 목소리로 이야기한다. 초기 소설들에 등장하는 젊은 망명객들 가닌, 표도르, 에델바이스만 해도 자신들이 접한 새로운 외국 환경보다 상실 경험에 훨씬 깊이 각인된 인물들이다. 뜻하지 않게 잘못된 곳에 와버린 그들은 허공의 인간*이 되어, 셋방과 하숙방에서 국외자적이고 다소 불법적인 사후의 삶을 영위한다. 그들은 1920년대 베를린의 현실과 거리를 두며 살았던 자신들의 작가를 닮았다. 그러한 국외자적인 현존 특유의 비현실적인 면모가 제일 적

---

* Luftmenschen. 바닥에서 발을 디디고 있지 않은 인간, 비현실적이고 있을 법하지 않은 인간이란 뜻이다. 유대인의 실존을 지칭하는 말로 사용되었다.

확하게 포착된 대목이 바로, 나보코프 자신이 당시 베를린에서 촬영된—주지하다시피 온갖 분신과 환영적 인물이 단골로 등장하던—영화 여러 편에 스모킹재킷 차림으로 잠깐 출연했다고 지나치듯 언급한 부분이 아닐까 한다. 나보코프의 말 외에는 아무데서도 확인할 길 없는 그의 영화 출연은—그 장면이 연약한 필름 쪼가리 어딘가에서 퇴색되고 있는 것인지, 그사이 깨끗이 지워져버린 것인지 아무도 모른다—그의 산문과 마찬가지로 유령 같은 특질을 보인다. 예를 들어 『서배스천 나이트의 진짜 인생』에서 서술자 V가 형 서배스천의 케임브리지 대학 친구와 이야기를 나누다가, 형이 화제에 오르자 형의 유령이 벽난로의 가물가물한 불꽃에 되비쳐 방 안을 어슬렁거리는 것 같은 느낌을 받는 부분이 그렇다. 그 장면은 물론 18세기와 19세기 합리적인 세계관의 확산에 상응해 융성했던 유령 문학의 잔향이다. 나보코프는 그런 클리셰의 사용을 즐겼다. 바닥 위를 빙빙 도는 먼지 돌풍, 어디선가 불어오는 알 수 없는 바람, 오색영롱 기묘한 빛의 효과, 미스터리한 우연의 일치와 기이한 우연의 만남들 같은 것을. 그러다가 V는 스트라스부르로 가는 기차 안에서 실버맨이라는 신사와 마주 앉게 되었는데, "기차가 일몰을 향해 계속 달리는 가운데" 남자의 실루엣이 황혼을 받아 희미하게 가물거리기 시작했다. 실버맨은 직업상 여행을 많이 다니는 사람으로, 나보코프 저작의 여러 서술자와 행로가 자주 교차하는 떠돌이 유령들 가운데 하나다.

역시 여행중이냐는 실버맨의 질문에 V가 그렇다고 대꾸하고, 실버맨이 정확히 어디를 여행하는 것이냐며 다시 캐묻자 V는 이렇게 대답한다. 과거로. 그것은 실버맨이 단번에 이해한 답변이었다. 과거와 씨름한다는 점에서, 즉 자기 자신의 과거와 한때 사랑했던 이들의 과거와 씨름한다는 점에서 유령과 작가는 서로 마주 닿는다. V가 사라진 한밤의 기사Knight, 서배스천 나이트Knight의 진짜 인생을 기록하기로 한 뒤부터 그는 글을 쓸 때마다 형이 자신의 어깨 너머로 훔쳐보고 있다는 인상을 더욱 강하게 받는다. 그와 같은 암시는 나보코프의 세계에서 유난히 반복적으로 발견된다. 아마도 그는 부친이 살해당하고 남동생 세르게이가 1945년 1월 함부르크의 강제수용소에서 영양실조로 사망한 뒤에, 삶에서 폭력적으로 축출된 이들이 계속해서 곁에 있다고 예감하게 된 것이 아닐까. 나보코프의 중요한 서사기법 중 하나는 시점의 매우 은근한 변조와 전치를 통해, 등장인물들은 물론 서술자와 이 서술자에게 펜을 쥐여준 작가보다 더 넓게 조망을 하는 듯 보이는 어떤 비가시적인 관찰자를 개입시키는 것이다. 그것은 나보코프가 세계와 그 안의 자기 자신을 위에서 내려다보게끔 거드는 기법이다. 실제로 그의 작품에는 조감鳥瞰 시점에서 서술된 단락이 많다. 도로가 내려다보이는 높은 곳에서 나물을 캐던 어느 노파는 자전거 탄 두 사람과 자동차 한 대가 커브길 반대편에서 서로에게 다가가는 것을 본다. 훨씬 더 높은 상공과 푸른 먼지 속에서 비행기

조종사는 전체적인 길의 모양새와 20킬로미터 떨어진 두 동네를 내려다본다. 만일 우리가 더 높이, 점점 희박해지는 대기 속으로 올라갈 수만 있다면, 어쩌면 우리는 산맥 전체가 쭉 뻗어 있는 모양새와, 멀리 떨어진 다른 나라의 도시—예컨대 베를린—까지 시야에 담을 수 있으리라. 학의 눈으로 본 세상. 이따금 네덜란드 화가들은 그 눈을 빌려 가령 이집트로 피신가는 장면을 그릴 때, 저 아래 지상에 있는 자신을 에워싼 편평한 파노라마 위로 상승할 수 있었다. 이와 비슷하게 글쓰기 또한, 나보코프가 시행한 바처럼, 충분히 집중만 한다면 지평선 너머 이미 가라앉은 시간의 풍경들을 두루 조감하는 시선으로 다시 한번 포착할 수 있지 않을까 하는 희망을 타고 높이 떠오른다. 물론 나보코프는 동료 작가 대부분과 비교하면, 이미 오래전 망각이 채간 사물들을 최대한 있는 그대로 다시 떠올릴 때만 시간의 무효화를 향한 동경이 유지될 수 있음을 잘 알고 있다. 비라* 저택의 욕실 바다 무늬, 소년이 어두침침한 화장실에 앉아 꿈꾸듯 들여다보았던 욕조 위 허연 수증기, 이마를 갖다댔던 곡선 문틀—절묘하게 떨어지는 말 몇 마디면, 유년 시절의 전 우주가 마치 검정 실크모자 안에서 마술을 부린 것처럼 우리 눈앞에 나온다. 석고 받침대 위의 커다란 석유램프가 어둠을 뚫고 움직인다. 그 램프는 둥둥 떠가다 사뿐하게 안착한다.

* 상트페테르부르크 인근에 있는 나보코프가의 영지로, 나보코프가 어렸을 때 가족과 여름을 보냈던 곳이다.

흰 장갑을 낀 하인의 손은 이제 기억의 손이 되어 램프를 들어 제자리에, 원탁 한가운데에 내려놓는다. 말하자면 우리는 나보코프가 주관한 강신술 모임에 참여한 것이다. 낯설면서도 친숙한 사람들과 사물들이 불쑥불쑥 모습을 드러내는데, 형상들은 성 토마스 아퀴나스 이래 진정한 현현의 표식으로 통하는 빛claritas에 에워싸여 있다. 제아무리 나보코프라 하더라도 이런 환영적인 순간들을 향하여 글을 쓰기란 너무도 힘겨운 일이다. 단 몇 마디 말을 마지막 각운까지 다 맞을 때까지, 지구의 중력을 이겨낼 때까지, 그사이 육신에서 벗어난 작가가 스스로 구축한 까다로운 알파벳의 다리를 건너 저편 강기슭에 닿을 때까지 이어붙이느라 몇 시간 내내 끙끙댄 적도 드물지 않았다. 하나 이런 작업이 성공만 한다면 우리는 줄기차게 흘러가는 행들의 강물을 타고, 만사 훌륭한 것들이 그렇듯 어딘지 초현실적인 기운을 풍기는 광휘의 왕국으로 입성한다. 그러면 우리는 『서배스천 나이트의 진짜 인생』 결미에 나오듯, 이를테면 절대 진리의 현시를 목전에 두고 "그 광채에 눈이 부시고 그 완벽한 단순성에 거의 아늑함마저 느끼는" 것이다. 그와 같은 미를 활성화하기 위해서는, 나보코프와 메시아적 구원론에 따르면, 거창한 뭔가를 거행할 필요 없이 그저 미미한 정신적인 충격만 있으면 된다. 우리 머릿속에 갇혀 계속 쳇바퀴 도는 생각들을, 정연한 문장처럼 모든 것이 다 제자리에 잘 간직된 우주로 방출시킬 그런 충격 말이다. 언젠가 나보코프는 그런 문장을 완성하기 위해 작가가 쓰는 묘수를 체스 전술에 비유했다. 그건 선수 본인이 곧 말이며, 보이지 않는 손이 승기를 잡고 있는 게임이다. 증기선 한 척이 세바스토폴의 정박지에서 천천히 바다를 향해 나아간다. 뭍에서는 여전히 볼셰비키혁명의 소음이 밀려온다. 예포와 고함이 쏟아진다. 하지만 갑판에서는 아버지와 아들이 체스판 앞에 마주 앉아 있다. 그들은 백의 여왕이 지배하는, 삶의 역전된 상이 가벼운 현기증을 일으키는 거울 속 망명亡命의 세계에 이미 깊이 들어가 있다. 인생은, 운명이 사람을 말 대신 잡고 두는, 밤과 낮이 격자무늬를 이루는 체스판이다. 이쪽으로 저쪽으로 움직여 잡고 죽이고, 하나씩 하나씩 상자로 돌려보낸다. 필시 나보코프는 트리니티 칼리지의 먼 선배라 할 수 있을 에드워드 피츠제럴드가 번역한 11세기 페르시아어 운문*에 나오는 표현처럼, 영원한 이동에 동참한 것이리라. 그가 망명길에 오른 이후 지상의 어떤 곳에서도 보금자리를 찾지 못한 것은 당연하다 하겠다. 영국 시절에도 베를린 시절에도, 또 잘 알려져 있다시피 그가 셋집에서 셋집으로 줄기차게 이사를 다녔던 이타카에서도 말이다. 그가 최종적으로 택했던 몽트뢰의 거처는 팰리스 호텔 꼭대기층으로, 자신의 특별석에서 지상의 모든 장벽을 넘어 구름과 그리고 바다 너머로 지는 태양을 관찰할 수 있는 곳이었는데, 유년 시절 살았던 비라의 저

* 에드워드 피츠제럴드가 번역하여 서양에 소개한 11세기 페르시아 시인 오마르 카이얌의 '루바이야트(사행시)'를 말한다.

택 이후 가장 안성맞춤이고 애착을 느낀 집이었음이 분명하다. 그뿐만 아니라 1972년 2월 3일 시모나 마리니라는 방문객의 목격담에 따르면, 케이블카, 특히 리프트는 나보코프가 가장 즐겨 타는 운송수단이었다 한다. "이 마법의 의자에 앉아 아침 햇살을 받으며 골짜기와 수목한계선 사이를 떠가는 동안 공중에서 내 그림자를 관찰하노라면, 황홀하면서도 진정한 의미에서 꿈을 꾸는 듯했다. 유령 같은 나비 채집망을 유령같이 움켜쥐고 앉아 있는 내 그림자의 모습을, 꽃이 만발한 비탈을 따라 춤추는 지옥나비와 표범나비 사이를 사뿐히 지나가는, 저 아래 가위로 오려낸 듯한 내 옆그림자를 관찰하노라면." 나보코프는 계속해서 이렇게 덧붙인다. "어느 날, 나비 사냥꾼은 등에 소형 로켓을 단단히 메고 직립 자세로 산 위를 둥둥 떠다니다가 더 섬세한 꿈의 소재를 만난다." 결국 이렇게 희극으로 반전된 하늘을 나는 이미지는 다른 이미지를 환기시키는데, 그건 내가 느끼기에 그가 여태껏 만들어낸 것 중에서 가장 아름다운 이미지다.『말하라, 기억이여』1장 말미에 나오는 그 이미지는 비라에서 흔하게 반복됐던 장면을 묘사한 것이다. 주로 점심때, 나보코프 가족들이 일층 식당에서 식탁에 둘러앉아 있으면, 마을에서 농부들이 이런저런 용건을 밝히기 위해 영지 저택을 찾아온다. 용건이 마을 사절단의 마음에 들게 해결될 것 같으면, 청원자들은 자신들의 용건을 들어주기 위해서 식탁에서 일어나 밖으로 나온 고명한 나리 블라디미르 디미트리예비치를 관례대로 힘을 합쳐 공중에 세 번 높이 던졌다가 받았다. 나보코프는 이렇게 썼다. "내가 앉은 식탁 자리에서는 서쪽 창문을 통해 느닷없고 경이로운 공중부유 장면이 보였다. 순간, 그곳에는 바람에 펄럭이는 흰 여름 양복 차림의 아버지가 공기 중에 영광스럽게 손발을 쭉 뻗은 모습으로 나타났다. 팔과 다리는 흥미롭게도 평정을 유지하고 있었으며, 잘생기고도 침착한 얼굴은 하늘을 향해 있었다. 보이지 않는 사람들의 힘찬 함성에 맞추어 그는 세 번 날아올랐고, 두번째에는 첫번째보다 더 높이 떠올랐으며, 마지막으로 가장 높이 떠올랐을 때는 여름날 오후의 코발트블루 하늘을 배경으로 마치 영원처럼, 그렇게 누워 있었다. 그의 모습은 편안히 날아오른 천국 사람 같았다. 그가 주름이 잔뜩 잡힌 의복을 입고 교회의 둥근 천장 위로 떠오를 때, 아래에서는 밀랍으로 만든 가는 초들을 쥔 죽을 운명의 손들이 향내 나는 안갯속으로 차례차례 작은 불꽃들을 일으킨다. 그러면 영원한 안식을 구하는 성직자의 성가가 울려퍼지고, 장례식 백합은 열린 관 속 헤엄치는 불꽃들 사이에 누운 그 누구의 얼굴을 가려놓는다."[*]

[*] 블라디미르 나보코프, 『말하라, 기억이여』, 오정미 옮김(플래닛, 2007), 35쪽.
번역문 일부 수정.

영화관에 간 카프카

영화는 책과 비교할 수 없을 만큼, 비단 시장에서뿐만 아니라 기억 속에서도 영영 이별하듯 사라지는 특유의 방식이 있다. 하지만 어떤 영화들은 수십 년이 지난 뒤에도 잊히지 않는다. 내게 이런 희귀한 예외에 해당하는 작품은 바로 자신들도 어디로 가는지 알지 못하던 두 남자의 흑백 발라드다. 나는 그 영화를 1976년 5월 뮌헨의 극장에서 보았다. 그런 경험을 하고 나면 으레 그러듯, 그러고 나서는 온유한 밤공기를 맞으며 올림픽공원 근처에 있는 내 원룸아파트까지 걸어갔다.

빔 벤더스 감독이 전해주는 이야기 속에서, 당시 서방세계의 전선 너머 끝없이 지루하게 펼쳐진 일대를 이동하던 멜빵바지 차림의 남자는 브루노 빈터라는 사람이었을 것이다. 그는 대형 조립 주택 건물들로 점철되어 흉물스럽게 변한 지역들을 전전한다. 그의 기착지는 더는 아무도 찾지 않는 영화관이다. 타성에 젖어 돌아가는 사회에서 가장자리를 고집하는 브루노의 삶은, 가물대는 영사막을 관객들이 넋을 잃고 뚫어져라 쳐다보던 초창기 영화사에 대한 오마주이자 이제는 온데간데없이 사라진 오락 형태에 바치는 추도사이며, 독일 시골의 후미진 동네까지 그런 이동 영화소가 찾아와 영화를 상영해주던 전후 몇 년간에 대한 회고다. 알프스 북부 산자락에 자리한 우리 동네 W에서도 매주 한 번씩 엥 겔비르트* 홀에서 주간뉴스와 로렌 바콜, 리타 헤이워스, 스튜어트 그레인저, 치프 선더클라우드 등 지금은 져버린 은막의 스타들이 빛나던 〈비밀 요원〉〈회색 양복을 입은 사나이〉〈길다〉〈제로니모〉 같은 영화들을 볼 수 있었다.

하지만 여기서 하려는 건 이런 이야기가 아니고, 〈시간이 흐르며Im Lauf der Zeit〉에 나오는 두 남자 이야기다. 영화 도입부에서 브루노는 야외에서 면도를 하다 자신이 간밤에 차를 세워놓은 바로 그 자리서 폭스바겐을 몰고 강속으로 돌진하는 남자를 본다. (우리는 그것이 사고가 아니었다는 것을 금방 알게 된다.) 브루노는 깜짝 놀란다. 영원 같은 순간, 딱정벌레차는 나는 법을 배우기라도 했다는 듯 공중에서 유영한다. 나는 지금도 그 모습이 눈에 선하다. 운전대를 잡고 있던 로베르트 란더는 이처럼 스펙터클한 방식으로, 마치

---

* 천사 주점이라는 뜻.

우산을 들고 공중을 날았던 동명의 로베르트*처럼 땅바닥에서 붕 떠올랐다. 지금 기억나는 대로라면 그는 소아과 의사 내지 정신과 의사였는데, 그와 브루노는 벤더스 감독이 덤덤하게 보여준 전대미문의 소동이 벌어진 뒤 자기 조국의 후미진 지역을 함께 돌아다니면서 갖가지 모험을 겪는다. 그중 특히 아직 생생하게 기억나는 장면은 그들이 오토바이를 타고 텅 빈 국도를 달리는 장면이다. 그것은 매우 아름다운, 중력이 사라진 듯한 시퀀스였다. 내가 착각하지 않았다면 오토바이를 몰았던 사람은 브루노였고 로베르트는 사이드카에 앉아 있었으며 예전 사람들이 자외선 보호용으로 쓰던 선글라스를 끼고 있었다. 이제 원래 하려던 얘기를 해보자. 이 영화에서 폭주를 즐기고 빛과 그림자놀이를 좋아하던 그 로베르트(사실은 그를 연기한 배우 한스 치슐러 Hanns Zischler)는, 프란츠 카프카가 당시로선 최첨단 기술이었을 영화예술과 관계를 맺었다고 증명해주는, 혹은 맺었을 것으로 추정되는 여러 단서들을 다룬 책을 발표한 적이 있다.

카프카만큼 많이 다뤄진 작가는 없다. 카프카라는 개인과 그의 작품을 상대로 반세기라는 비교적 짧은 기간에 수천 편의 글이 축적되었다. 이 양이 얼마나 방대한지, 또 이러

---

* 하인리히 호프만의 동화집 『더벅머리 페터』에 실린 이야기를 가리킨다. 폭풍이 치는 날씨에 다른 아이들처럼 얌전히 집에 있지 않고 우산을 들고 밖으로 나간 로베르트는 결국 폭풍에 떠밀려 아무도 모르는 곳으로 날아가버린다.

한 증식이 어떤 기생적인 성격을 갖는지 대강이라도 파악하고 있다면, 가뜩이나 긴 저술목록에 새로운 저술을 추가하는 것이 과연 필요한 일인가 회의하지 않을 수 없을 것이다. 그런데 『카프카 영화관에 가다*Kafka geht ins Kino*』는 특별히 다뤄야 할 책임이 틀림없다. 잊을 만하면 학문의 희화화로 전도되는 자기들만의 고루한 연구에 갇힌 독문학자 무리와 달리, 또 카프카의 난해함에 맞서 자신의 비범한 통찰력을 시험하려 드는 문학이론가들과도 달리, 한스 치슐러는 어느 부분에서도 관심 대상을 벗어나지 않는 절제된 논평에 머물러 있다. 바로 이처럼 사실관계에만 천착하고 그 어떤 해설도 섣불리 시도하지 않는 이런 절제의 태도야말로 돌이켜보면 가장 뛰어난 카프카 연구의 특징임을 이제는 분별할 수 있게 되었다. 오늘날 1950년대부터 쏟아져나온 카프카 연구서 가운데 아무 책이나 한 권을 펼쳐보면, 실존주의며 신학이며 정신분석이며 구조주의며 탈구조주의며 수용미학이며 시스템비판에 영감을 받은 이차문헌들에 얼마나 많은 먼지와 곰팡이가 앉았는지, 면면이 얼마나 지리멸렬한 헛소리를 반복하는지 믿기 어려울 지경이다. 물론 그중에는 그렇지 않은 책들도 있다. 아카데미라는 방아가 거칠게 빻은 곡물가루 정반대 편에는 편집자와 고증자가 수행한 양심적인 인고의 작업이 있기 때문이다. 나 또한 의미의 사변에 빠지려는 위험한 경향으로부터 안전하다 말할 수 없는 사람이지만, 그런 나 자신도 점차 작가 초상을 그 작가의 당대 속에서 재구성하는 데 일조한 연구자들인 맬컴 패슬리, 클라우스 바겐바흐, 하르트무트 빈더, 발터 뮐러 자이델, 크리스토프 슈뵐츨, 앤서니 노시, 리치 로버트슨 등이, 지나치게 무례할 정도로 텍스트를 파헤치는 해석자들보다 텍스트 해명에 훨씬 유용하다고 생각한다. 이제 치슐러 역시 이러한 충실한 사실의 관리자 반열에 올라야 할 것이다. 그는 1978년 카프카에 대한 텔레비전영화 제작에 참여하면서 카프카의 일기와 작품에 흩어져 있는—그의 말대로라면—일부는 극히 간략하고 암호 같은 영화 관련 메모들을 처음 접하고는, 문학연구자들이 이를 거의 다루지 않았다는 사실을 의아하게 여겼다. 치슐러는 바로 이러한 의아스러운 무관심을 계기 삼아, 베를린과 뮌헨, 프라하와 파리, 코펜하겐과 베로나에서 진짜 탐문수사에 맞먹는, 아무리 시간을 들여도 끝날 줄 모르는 자료 조사를 시작하게 되었고, 이것들의 결실로 감탄을 자아내는 고증자료를 갖춘, 가르치려 들지 않으며 모든 면에서 그야말로 모범적인 책이 묶여나오게 되었다.

오늘날처럼 시각 자극이 범람하는 시대에는 카프카 시대에 영화 이미지가, 그때까지 여러모로 원시적이었고 고급 취향의 평론가들에게는 저급한 것으로 간주되었던 영화예술의 환상에 기꺼이 몰입하려 들었던 사람들에게 발휘했던 매혹을 이해하기란 쉽지 않다. 하지만 치슐러는 아마도 본인 스스로가 카메라 앞에 서는 사람이기에 동일시의 고통과 소외가 기묘히 뒤섞인 감정에 대해서 잘 알고 있었으리라.

그 감정은 극단적인 경우이기는 하나 영화에서는 흔하게 반복되는, 자기 자신이 죽는 모습을 볼 수 있다는 사실에서 나온다. 마치 인생같이 불가항력적으로 녹아 없어지는 덧없는 이미지로 거침없이 화하고 싶은 욕망은, 언제나 자기 실제 인격의 소멸을 바라마지 않았던 카프카에게 사막에서의 성 안토니우스가 받은 유혹처럼 느껴졌을 법하다. 카프카 본인과 다른 이들의 증언에 따르면 그는 영화관에서 여러 번 눈물을 훔쳤다고 한다. 어떤 장면을 보고 그랬는지는 알 수 없지만 그와 여러모로 비슷한 구석이 있는 페터 알텐베르크의 경우를 견줄 수 있겠다 싶다. 치슐러가 인용하듯 알텐베르크는 다음과 같은 회상으로 "문학의 심리학자 광대들"이 무시하는 영화를 변호하였다. "나의 여리디여린 열다섯 살 여자 친구와 쉰두 살의 나는 〈별이 빛나는 하늘 아래〉라는 자연 스케치 영화에서 가난한 프랑스 뱃사공이 자신의 죽은 신부를 태우고 강을 거슬러 꽃이 만발한 지대를 천천히 힘겹게 지나는 장면을 보면서 뜨거운 눈물을 쏟았다." 카프카도 프랑스 뱃사공과 그의 차디찬 신부를 보고 눈물을 쏟아냈을 법하다. 왜냐하면 카프카에게도 이러한 이미지 속에 모든 것이, 영원히 끝나지 않는 신화적 형벌 같은 노동의 괴로움, 인간이 자연에서 겪는 이방성, 불행한 약혼사, 너무 이른 죽음이 한데 모여 있기 때문이다. "사랑하는 그대여," 그는 펠리체 바우어에게 보낸 편지에서 자신에게 울적한 시선을 보내는 그녀의 사진에 대해 말한다. "이미지들은 아름답지요, 이미지들은 없어서는 안 되지만 그만큼 고통이기도 합니다."

사진 이미지가 이토록 마음을 움직이는 것은 이미지에서 우리에게 이따금 불어오는 고유의 피안성 때문이다. 카프카가 일기 곳곳에 적어놓은 메모에서 읽어낼 수 있듯이, 그는 감수성이 뛰어난 만큼 얼음처럼 냉정하기도 한 그의 두 눈을 통해서 이러한 상들을 현실 속에 속사速寫로 고정시킬 줄 알았다. 그는 유대계 배우 치시크 부인의 "두 번 웨이브진, 가스등 불빛을 받아 빛나는 머리칼"에 특별히 주목했고 얼마 뒤 같은 사람을 묘사하면서는 얼굴 화장을 언급했다. "여태껏 분가루가 어떻게 사용되는지 보아왔는데 나는 그 분가루가 싫다. 하지만 그 허연색, 피부 위로 낮게 떠 있는 베일이 분가루의 우울한 우윳빛에서 나온 거라면, 모두가 분칠을 해야 마땅하다"라고 쓴다. 이와 같은 대목이나 다른 수많은 대목에서 무한히 거리를 유지하면서도 그리움에 소모되어가는 관찰자는, 가령 "블라우스 옷깃 안쪽의 뽀얀색"과 같이 자신이 도저히 닿을 수 없는 육체성의 고립된 낱낱의 일면에 침잠해들어간다. 그렇게 비합법적으로 만들어진 이미지를 보고 있노라면 이미지의 성적인 마력은 죽음과의 근접성 덕분에 발휘되는 것이 아닐까 추측하지 않을 수 없다. 이렇게 무자비한 시선으로 옆사람들을 바라보는 것은 금지되어 있으므로 우리는 그들을 재차 다시 쳐다보아야 한다. 모든 것을 들추고 모든 것을 꿰뚫는 시선은 반복강박의 지배를 받는 것이다. 시선은 자신이 실제로 그것을 보았는지 거듭 확인하려 한다. 그래서 순수한 응시만이 남는다. 그것은 실제 시간이 지양되고 이따금 꿈에서처럼 죽은 자들과 산 자들, 아직 태어나지도 않은 자들이 한 차원에 함께 자리하는 강박상태다. 1911년 겨울 카프카가 출장중에 프리들란트에 있는 카이저파노라마를 보러 가서 요지경 상자 렌즈 구멍에 눈을 대고 인공 공간의 심연을 응시하자 "구두창이 보도바닥에 고정된 밀랍인형 같은" 사람들이 서 있는 도시 베로나가 보였다. 이 년 뒤에 그는 바로 그 거리를 돌아다니게 되었고, 프리틀란트에서 보았던 인형들만이 알고 있을 법한, 일체의 활력으로부터 멀리 떨어진 느낌을 맛보았다. 바로 이와 같이 육체가 부재하는 듯한 기이한 감각이야말로 범속한 형이상학의 가장 깊은 비밀로서, 이 감각은 말하자면 과잉 발달된 시선을 통해 환기되는 것이다. 특기할 만한 사실은 요지경 상자의 어둠에 갇혀 있다가 다시 거리로 나온 손님들 역시 순수한 관음으로 인해 유실된 자기 육체를 되찾기 위해 마음속으로 기합을 넣어야 한다는 것이다.

카프카가 사진 촬영에 대해 남긴 견해는 이러한 방식의 생명 모사가 그에게 근본적으로 편치 않았음을 추측케 한다. 가령 프리드리히 티베르거*는 자신이 사진 확대에 쓰는

* Friedrich Thieberger(1888~1958). 오스트리아 출신의 종교철학자. 랍비의 아들로 유대교에 정통했다. 카프카에게 히브리어를 가르쳐줄 정도로 그와 친분이 있었다.

기묘한 모양의 상자를 팔 아래에 끼고 골목길을 걸어가다가 우연히 카프카를 만난 일을 회상한다. 티베르거가 기록하기를, 카프카는 놀라서 "사진도 찍으십니까?" 하고 물었고 이렇게 덧붙였다. "그것 참 섬뜩한 짓이군요." 또 그는 잠시 숨을 돌리더니 이렇게 말했다 한다. "게다가 확대까지 하신다고요!" 마찬가지로 카프카가 기술 복제가 가능한 시대의 초창기에 본격화되기 시작한 인류의 변이에 막연한 공포를 느꼈음을 시사하는 여러 징조가 그의 작품 도처에서 발견된다. 그는 그 변이들을 마주하면서 시민적인 교양교육을 받은 자율적 개인들의 종말이 도래했음을 알아보았으리라. 원래부터 허약한 그의 소설 속 주인공들에게 주어진 행동의 자유는 이야기가 진행되면 진행될수록 제한되는데 반해서, 법정의 밀사나 백치 어린 두 조수, 아니면 『변신』에 나오는 세 하숙인처럼 불가해한 법의 연쇄에 따라 소생한 인물들은 더욱더 의기양양해지며, 처벌기관이나 관헌의 순수하게 기능적이고 무도덕적인 본질은 새로운 상황에서 한층 만개한다. 카메라에 대한 공포가 처음으로 나타났던 낭만주의 시대만 해도 분신이 허깨비 같은 예외적인 현상이었다면, 이제 그것은 어디에나 존재한다. 사진의 복제 기술 일체는 결국 모델에 완벽히 충실한 배가의 원리 내지 무한히 가능한 복제 원리에 기초한 것이다. 그런 입체경 카드 하나만 집어 들고 들여다보기만 하면, 모든 것은 이중으로 보일 것이다. 복제 대상이 진작 사라지고 없어져도 복제본은 계속해서 살아남기 때문에 복제 대상인 인간과 자연이 복제본보다 진품적 가치가 조금이라도 떨어질 것이라는, 복제본이 원본을 함몰시킬 것이라는, 그래서 자신의 분신을 만난 사람은 파멸을 경험하게 될 것이라는 불길한 예감 역시 그리 멀리 있는 것이 아니었다.

따라서 나는 카프카가 1913년 그의 고향 도시에서 상당 부분 촬영됐고 분명 그곳에서도 상영됐을 〈프라하의 대학생〉이라는 영화를 보았는지 언제나 몹시 궁금했다. 카프카의 편지와 메모 어디에도 이를 뒷받침해주는 기록은 없으며 치슐러 역시 이에 대해 따로 정보를 주지는 않지만, 그럼에도 프라하 사람들이 야외촬영이라는 최신 기술로 제작된 이 유명한 작품을 못보고 지나칠 수는 없었으리라 추정해봄직하다. 카프카가 당시 이 영화를 정말로 보았다고 가정해본다면, 자신을 꼭 닮은 형상에 쫓기는 대학생 발두인의 이야기를 보고 자신의 이야기라고 생각지 않을 수 없었을 것이다. 카프카가 역시 같은 해 바서만이 주연한 영화 〈타인Der Andere〉*의 스틸사진을 보고 남긴 고찰이 본인의 스냅사진 이야기로 이탈했던 것처럼 말이다. 카프카가 펠리체에게 그려 보인 그 이미지는 베를린에서 봤던 〈햄릿〉 공연과 자기 삶에서 이미 떠나간 조각을 떠올리게 한다. 그 이미지는 마치 옛 사진을 들여다볼 때처럼 자신의 인격이 차츰차츰 현

---

* 막스 마크 감독의 1913년작. 알베르트 바서만이 정신분열을 앓는 변호사 할러스 박사 역을 맡았다.

실에서 벗어나고 있다는 공포와 나 자신의 죽음이 다가온다는 공포를 자각하게 되는 일종의 유품이다. 유령 같다는 말은 여기에서 바서만의 형상을 가장 적확하게 포착하는 말이다. 초기 영화는 정말 유령과도 같았다. 그것은 비단 초기 영화가 인격 분열, 분신, 망령, 초감각적 지각, 초심리적 현상들을 즐겨 다루었기 때문만이 아니라, 영화배우가 당시만 해도 전연 움직이지 않았던 카메라 시야의 안팎을 꼭 벽을 통과하는 유령처럼 드나들었던 기술적 조건 때문이다. 그중에서 가장 유령 같은 느낌을 준 것은, 당시 남자 연극배우들 덕분에 전성기를 맞았고 영화를 통해서야 비로소 제대로 표현됐던 그 초월적인 시선이다. 그 시선은 비극의 영웅이 아무런 몫을 해낼 수 없었던 삶을 향하는 듯했다. 주변 사람들 속에서 자신을 종종 유령이라 느꼈던 카프카는 죽은 자들이 어떤 잠재울 수 없는 탐욕으로 아직 죽지 않은 자들의 주위를 맴도는지 알고 있었다. 카프카의 글쓰기 일체는 몽유병의 한 형식으로 아니, 적어도 그 전단계로 이해해볼 수 있다. 한번은 이렇게 썼다. "무게도 뼈도 육신도 없이 두 시간 동안 길거리를 나다니면서 오후의 글쓰기를 통해 무엇을 이겨냈는지 곰곰이 생각했다." 그는 베를린에서 한밤중에 밀레나에게 흡혈귀 편지*를 쓰면서 자신은 편지가 도착하기도

* 카프카는 1922년 3월 말 밀레나에게, 편지라는 것은 배송 도중에 흡혈귀 같은 유령들에게 다 빨아먹혀서 원래 수신자에게 절대 도착할 수 없기에, 자연스러운 인간의 소통은 불가능하다는 편지를 써 보낸다.

전에 동봉한 키스를 공중에서 모조리 마셔버리는 유령이라고 하기도 했다. 또한 치슐러는 카프카가 어떻게 전차를 타고 집으로 가면서 스쳐지나가는 "벽보들을 날아가 드문드문 안간힘을 다해 해독했는지" 소상히 전하는 편지의 한 대목을 인용하고 있다. 치슐러의 논평에 따르면, 카프카는 호기심 때문에 그런 이미지들을 잔뜩 빨아들였다고 한다. 그에게 그런 이미지들은 분명 그가 가질 수 없었던 삶의 대체물이었고, 그가 이따금 한낮의 몽상과 한밤의 꿈속에서 스스로 기괴한 영화 속 인물로 변신하는 극도로 환상적인 시나리오를 지속적으로 키워내는 실체 없는 자양분이었다. 그가 막스 브로트에게 엽서로 적어 보낸 이야기 같은 것, 언젠가 의사에게 진찰을 받다가 잠시 기절하여 길다란 소파에 누워야 했을 때 갑자기 자신이 소녀로 느껴져 손가락으로 자신의 치마를 매만지려 했다는 괴이한 에피소드는 대체 무어란 말인가. 그런 꿈속 시퀀스는 자기 영혼의 암실에서 상영하는, 그가 스스로의 유령이 되어 활보하는 영화가 아니겠는가. 치슐러는 더없이 섬세한 감각으로 현실과 상상 사이에 흐르는 물줄기를 가른다. 사실 카프카가 서술하는 영화는 그 자신에게 현실과 픽션 사이를 변화무쌍하게 오가며 강도 높은 꿈 작업과 애도 작업에 좀처럼 중단 없이 떨어지는 새로운 빛의 필터일 뿐이다. 카프카의 일기는 마치 영화관에서처럼 일상적인 삶이 우리 눈앞에서 무게 없는 이미지들로 분해되는 그런 경험담들로 가득하다. 예를 들면 그는 지금

승강장에 서서 배우 플로라 클루크*와 작별 인사를 나누고 있다. "우리는…… 서로 손을 내밀었다. 나는 모자를 벗어서 가슴 앞에 가져갔다. 기차가 출발하려 들면 다른 사람들처럼 우리도 이제 다 끝났고 이 상황을 받아들이겠다는 것을 보여주겠다는 듯 한 발 뒤로 물러섰다. 하지만 기차는 떠나지 않았기에 우리는 다시 서로에게 다가섰다. 부인이 내 여동생의 안부를 물어 무척 기뻤다. 갑자기 기차가 천천히 움직이기 시작했고, 클루크 부인은 헤어질 때 흔들 손수건을 준비했다. 부인에게 편지를 쓰고 싶다고 하자 그는 자기 주소를 아느냐고 소리쳤지만 내가 답하려 할 때 이미 너무 멀어져버렸다. 나는 그의 주소를 알려줄 뢰비를 손으로 가리켰다. 그건 잘한 행동이었다. 그녀가 나와 뢰비를 보면서 얼른 고개를 끄덕였던 것이다. 그녀는 손수건을 흔들었고 나는 모자를 들어올렸다. 처음에는 서툴렀으나 부인이 멀어질수록 점차 편안하게 흔들 수 있게 되었다. 나중에 나는 기차가 아예 떠난 것이 아니라, 우리에게 볼거리를 마련해주기 위해서 잠시 짧은 역구간을 달렸다는 인상을 받았던 것이 기억난다. 그뒤 잠에 빠져들었다. 그날 저녁 선잠이 들었을 때 클루크 부인은 부자연스럽게 왜소하고, 육안상 다리가 보이지 않는 모습으로 나타나 흡사 큰 변을 당하기라도 한 듯 절망적인 표정으로 양손을 맞잡았다." 마치 영화의 한

---

* 프라하에 잠시 머물렀던 이디시 극단 배우.

장면처럼 편집된 이 일기장의 메모는 평생의 드라마를 아우르고 있다―이루어지지 못한 사랑, 이별의 고통, 죽음으로의 침하, 행복을 도둑맞은 자의 귀환.

방금 인용한 부분에서 너무나 자연스럽게 일어난, 카프카의 작품에서 남달리 두드러지는 환상으로의 전환은, 겉으로 보기엔 기묘하기 짝이 없는 작가의 의식이 그가 살고 있는 시대의 사회문제를 정확히 반영하고 있는 것처럼 왕왕 착각을 일으킨다. 이런 경우가 가장 분명히 나타나는 대목은 잃어버린 유대교를 되찾으려는 카프카의 노력이다. 이상하게도 독문학이란 학문, 특히 독일적 전통의 독문학은 1980년대에 들어와서도 카프카에게 의심의 여지 없이 가장 중심적인 의미를 차지하는 이 주제에 대해 어떤 이해도 마련해놓지 못했다. 사실상 고의라 해도 좋을 그런 몰이해가 낳은 이런 결여는 오늘날에 이르기까지 여전히 메워지지 못했으며, 이 때문에 치슐러가 1921년 10월 23일자 일기를 두고 조사한 결과가 특별한 관심을 끄는 것이리라. 그 일기에는 "오후에 팔레스타인 영화"라고 적혀 있을 뿐, 아무런 설명도 없다. 치슐러가 부연하기를, 이 영화는 예루살렘에서 제작된 영화 〈쉬바트 지온〉*으로, 팔레스타인 선구자들의 재건 작업을 다룬 다큐멘터리영화다. 당시 갈수록 어려워지는 상황에서 점점 더 많은 유대인이 이주를 고민하던 터, 시온주의 언

---

* Schiwat Zion. 유대 민족의 귀환이라는 뜻의 이디시어.

론 조직 '젤브스트베르'*의 주최로 리도비오 극장에서 비공개 상영된 그 영화는 많은 프라하 유대인 관객에게 틀림없이 강렬한 인상을 심어주었을 것이다. 치슐러에 따르면, 바로 이어서 제11회 시온주의자 대회와 카를스바트에서 열린 체조 전람회 정경이 상영됐다고 한다. 이 설명만으로는 이 체조 전람회가 유대인들의 실외 체조를 전시한 행사인지 분명치 않다. 하지만 그럴 가능성이 전혀 없는 것은 아니다. 시온주의자들의 유토피아를—일차적으로는 청년들을 향한 호소와 직결되어 있던—현실로 전환하는 작업에서 민족의 신체적 단련과 생리학적 갱신이 대단히 큰 역할을 수행했기 때문이다. 이는 시온주의가 처음부터 준거했던 19세기 초 독일 민족주의 이데올로기의 형성 과정에서도 다르지 않다. 한쪽은 오랫동안 억압을 받아서, 다른 한쪽은 이른바 무시를 받았다고 생각해 각성한 두 민족은 각자의 기준이나 야망이 판이하다 할지라도 스스로에 대해 투사하는 자아상에서는 거의 혼동을 일으킬 정도로 닮아 있다.

치슐러의 인용에 따르면, 『젤브스트베르』 기자는 리도비오 극장에서 일요일 오전 단골 관객들이 8시 반에 시작된 첫 팔레스타인 영화 상영이 끝나기를 기다리는 모습을 서술한다. "홀 안쪽에서 박수 소리가 줄기차게 터져나왔다." 또한 그는 스크린에 눈길을 두고 있던 한 여성이 함께 기다리는

---

* Selbstwehr. 자기방위라는 뜻의 독일어.

다른 사람들에게 이렇게 말했다고 전한다. "저들이 유대인이라니 믿을 수가 없어요. 완전히 달라 보이네요. 잘 모르겠지만 피가 달라진 것 같아요." 이 이야기는 다른 일화를 떠올리게 한다. 내가 만화영화 〈하늘을 나는 로베르트〉를 보았던 1976년의 일이다. 한번은 레싱의 〈현자 나탄〉을 보러 코부르크 주립극장에 갔는데, 그건 전적으로 내 취향에 반하는 일이었다. 나는 가뜩이나 미심쩍은 이 작품이 계속해서 오용되는 것을 더이상 견딜 수도 없었지만, 독일의 연극문화 자체도 견딜 수가 없었다. 아무튼 나는 실제로 말할 가치도 없는 그 연극이 끝나고 밖으로 나가면서 한 중년 부인이―그는 아마도 독일 민족의 위대한 시대를 분명 투철한 의식으로 함께했을 텐데―함께 온 친구에게 친근하게 속삭이는 말이 들렸다. "저 배우, 나탄 역을 아주 훌륭히 소화했어. 진짜 유대인이라고 해도 좋을 정도야." 이러한 발언은 독일인과 유대인의 공생 관계라는 환영을 마주했을 때처럼 너무도 아찔해 그 심연을 들여다보는 사람에게 현기증을 일으킬 정도다. 좌우가 반전된 거울쌍 같은 두 정체성을 포괄하는 개념은 선택받은 민족이라는 신화다. 독일인들은 광기에 달한 민족 해방의 시대에 그 신화를 맹목적으로 추종했다. 테오도어 헤르츨*이 시온에서 독일어를 말하게 될 것이라는

---

* 이른바 '유대인 문제'를 해결하기 위해서 이스라엘로 '귀향'을 주장한 시오니스트. 그의 저서 『유대인 국가』는 20세기 초 시오니즘과 유대인 이주 운동에 막대한 영향을 끼쳤다.

상상으로 원을 네모로 만들려고 하고 있었다면, 히틀러는 어디선가 식사중에 대화를 나누다 그랬다는 것 같은데 선택받은 민족이 둘이나 될 수는 없다며, 제 딴에는 유대인 말살 계획을 반박할 수 없이 정당화하는 결론에 도달했다.

치슐러는 책에서 카프카가 마지막으로 체험한 영화로 팔레스타인 영화를 언급했다. 카프카가 그 영화에 대해 어떤 생각을 했을지 카프카도 다른 사람들도 전해주지 않는다. 분명한 사실은 그가 그후부터는 영화관에 자주 가지 않았다는 것이다. 아무튼 〈의지의 승리〉*만큼은 피할 수 있었다. 하지만 만일 그가 그 모든 행렬을 동시대에 지켜보아야 했다면 어떤 기분이 들었을까 묻게 된다. 마지막으로 한번 더 이야기를 우회해보고자 한다. 치슐러에 따르면 1913년 9월 20일, 이미 오래전부터 만성적인 절망에 빠져 있던 카프카가 베로나의 한 활동사진관에서 눈물을 흘렸던 그날, 극장에서 상영된 영화는 〈불쌍한 아이들〉〈명도적 가루셰〉† 〈지옥 수업〉이었다. 〈지옥 수업〉은 그로부터 이십 년 뒤 레니 리펜슈탈이

---

* 레니 리펜슈탈 감독의 나치 프로파간다 영화. 1934년에 제작되어 1935년 3월에 개봉했다. 카프카는 1924년에 사망했다.
† 제발트의 인용을 한스 치슐러의 책과 대조해보면 고유명사가 조금씩 다르다는 것을 알 수 있다. 〈불쌍한 아이들〉의 원제는 'Poveri bambini'가 아니라 'Poveri bambi'이고, 〈명도적 가루셰〉 속 도적의 이름은 'Garouche'가 아니라 'Garouge'이다. 이탈리아어에서 'bambini'와 'bambi' 모두 '아이들'을 뜻하기 때문에 단순한 실수일 수 있고 도적의 이름을 다르게 적은 것 또한 발음이 유사하기 때문에 단순한 오기일 수 있다. 물론 작가의 의도적인 변경 가능성도 배제할 수 없다.

명성을 얻게 되는 영웅적인 산악영화 장르를 선구한 작품이었다. 즉 1935년 리펜슈탈 감독은―내가 듣기로 그는 여전히 몰디브의 파란 바다에서 스노클링을 하고 있다고 하는데―저 위에 눈처럼 새하얀 구름의 산악 사이에서 카메라를 돌린다. 그곳엔 하늘만 있을 뿐이고, 결코 보이지 않는 신성한 존재인 총통은 (우리는 그저 그의 신과 같은, 말하자면 세상의 위를 떠다니는 두 눈만 볼 수 있다) 비행기를 타고 제국전당대회가 열릴 명가수의 도시* 뉘른베르크에 온다. 이윽고 그는 어마어마한 수행원들을 이끌고 대로를 지난다. 언젠가 카프카가 잡지 『가르텐라우베』를 넘기다가 마음을 사로잡는 옛 독일의 모습이 있구나, 하고 문득 느꼈던 그 독일에서 보이는 것이라곤 온통 인간들뿐이다. 그들은 어디서나 환하게 웃는 얼굴로 난간이며 담벼락 위며 계단과 발코니마다 따닥따닥 붙어서 서 있고 창틀마다 고개를 내밀고 매달려 있다. 총통의 전용차는 말 그대로 인간의 협곡을 통과해서 이동한다. 영화는 이렇게 아무런 사전 경고도 없이 괴상하고 꺼림칙하게 암시적인 이미지들을 연달아 보여주더니, 돌연 하늘 아주 높이에서 다시 내려와 어느 천막의 도시를 비춘다. 보이는 곳마다 하얀 피라미드 모양의 구조물이 서 있다. 처음에는 그것이 무엇인지, 익숙지 않은 시점 탓에 알아볼 수가 없다. 날은 막 밝아오려고 하고, 아직 어스름

* 바그너의 오페라 〈뉘른베르크의 명가수〉를 빗댄 것이다.

이 깔린 부지 천막들에서 인간들이 하나 둘 셋씩 쏟아져나오고 마치 그들의 이름이 불리기라도 한 듯이 일제히 한 방향으로 걸어간다. 이 숭고한 효과는, 나치적 위생 관념의 주된 상징인, 독일 남성들이 웃통을 벗고 아침 세면을 하는 모습을 근접촬영으로 보여주자 얼마간 사라진다. 그럼에도 백색 천막들의 마법적인 이미지만은 인상적이다. 어떤 민족이 사막을 통과해 이동한다. 지평선에는 어느새 약속의 땅이 보인다. 그들은 다함께 그 땅에 도달할 것이다. 이러한 환영이 영화로 만들어지고 팔구 년이 지나면, 그 자리에 이번에는 뉘른베르크의 검은 폐허가 밀려들어온다. 그곳은 바로 1947년 치슐러가 태어난, 여전히 파편더미와 잿더미에 묻혀 있던 도시다.

잘 알려져 있다시피 카프카는 모든 유토피아를 불신했다. 그는 생을 마감하기 얼마 전 자신에 대해 이렇게 말했다. 그는 가나안에서 추방되어 사십 년간 내쫓겨 있었으며, 이따금 자신을 원했던 공동체는 근본적으로 수상쩍었고, 자신은 그저 물이 바다로 가는 것처럼 고독 속으로 스며들어가는 것 말고는 아무것도 원치 않았노라고. 실제로 말년의 사진 속 카프카처럼 그토록 혼자로 보이는 사람은 일찍이 없었다. 부언하자면 그런 사진들로부터 만들어진 것 같은 이미지가 하나 더 있다. 얀 페터 트리프*가 그린 카프카 초상이다. 초상은 카프카가 십일 년이나 십이 년을 더 살았더라면 어떤 모습을 하고 있을까 추정해 그린 것이다. 그러면 그해는 1935년 정도가 되었을 것이다. 나치전당대회는 리펜슈탈의 영화에서처럼 개최되었을 것이다. 인종법이 발효되었을 테고, 카프카가 또다시 사진을 찍었다면 이 유령 이미지처럼, 무덤 저편에서 우리를 응시했으리라.

* Jan Peter Tripp(1945~). 독일 현대화가. 슈투트가르트에서 회화와 조각을 공부했다. 바이세나우 주립 정신병원에서 한 달간 머물면서 그린 그림으로 유명해졌고, 극사실주의적인 작업을 선보이고 있다. 제발트와 같은 중등학교를 다닌 친구이며, 제발트가 작고할 때까지 긴밀하게 교류했다.

스콤베르 스콤브루스* 또는
흔하디흔한 고등어
얀 페터 트리프의 그림에 대하여

양兩 돛이 서풍을 받아 부풀어오르자 우리는 배의 진로를 다시 잡아, 게걸스럽기로 유명한 고등어들이 떼로 몰리는 조류를 가로질렀다. 아침이 밝아올 무렵 우리는 낚싯대를 폈다. 이내 어스름한 저멀리 짙은 잔디와 관목의 가는 테로 이마를 두른 듯한 백악의 방어벽이 보였다. 그러나 햇살이 잔잔한 파도를 뚫고 들어가 고등어들을 비출 때까지는 한참을 더 기다려야 했다.

다닥다닥 몰려 갈수록 불어나는 듯 보이는 고등어떼는 수면 바로 아래까지 튀어올랐다. 몸의 유연성을 심각하게 저해할 정도로 근육 조직이 비대하게 발달한 뻣뻣한 어뢰 모양 몸체는 직선 궤도를 그리며 계속 전진했다. 멈춰 쉰다는

---

* Scomber scombrus. 대서양고등어의 학명. 유럽에서 흔히 볼 수 있는 고등어 종으로 여기에서는 학명이 아닌 경우 고등어라 옮긴다.

것은 있을 수도 없는 일이었고, 어떤 목적지에 도달해도 내내 커다란 호를 그리면서 움직였다. 고등어들은 정주성 어류들과 달리 쉴새없이 움직이는데, 어디를 그렇게 사방팔방 헤엄쳐 다니는지는 오래전부터 지금까지도 여전히 수수께끼다. 에렌바움*에 따르면 아메리카 해안과 유럽 해안 앞 대양들에서는 일 년 중 특정한 시기에 수십억 마리의 고등어들이 몰려들어 어장을 형성하는데, 그 면적이 수 제곱킬로미터 이상으로 확장되고 수백 미터 아래까지 뻗어나간다고 한다. 고등어들은 어장에 홀연히 나타났다가, 나타났을 때처럼 다시 홀연히 자취를 감춘다고 한다. 그 고등어들이 지금 우리 주위를 빙 둘러싼 채 반짝반짝 번쩍번쩍 빛나고 있다. 흑갈색 줄무늬가 세로로 불규칙하게 그어진 고등어 등의 푸른 부위에서는 진홍색 금녹색 색판이 오색영롱하게 색의 유희를 뽐낸다. 하지만 갓 잡은 고등어에서 보게 되듯이, 그 색의 유희도 죽음의 순간에는, 그러니까 낯설고 건조한 공기가 닿기만 해도 금세 퇴색해버리고 납빛을 머금으며 사그라들고 만다.

고등어가 살아 있을 적에 얼마나 현란한 자태를 뽐내는가는 고등어의 희한한 이름이 말해 준다. 에렌바움이 다른 곳에서 덧붙인 바대로 고등어의 이름은 라틴어 형용사 바리우스 내지 그 단어의 축소 변형태인 바리올루스, 바리엘루스,

---

* Ernst Ehrenbaum(1861~1942). 독일 해양 생물학자.

불문율

바렐루스로 거슬러올라가며,* 이 단어들은 대략 '얼룩덜룩한' '반점이 있는'이란 뜻이다. '천연두petite vérole'라는 병명도 바로 이러한 단어들에서 연원한 것으로, 한때 그 병은—적어도 프랑스에서 사용되는 표현대로라면—고등어가 여인숙 안주인으로 계산대를 지키는 집에서 옮아오는 병이었다. 인간과 고등어의 삶과 죽음의 관계는 우리가 예감하는 것보다 훨씬 복잡한 것이리라. 나는 첫 낚싯줄을 끌어올릴

* 원어는 varius, variolus, variellus, varellus.

때 그랑빌*의 판화 작품을 생각했다. 그 그림에서 슈미제트, 넥타이, 연미복을 차려입은 대여섯 마리의 물고기들은 잘 차려진 식탁에 앉아 비정하게도 동족들을 막 먹어치우기 일보직전이다. 그것들이 우리 중 누군가를 먹으려 했다면 조금은 덜 끔찍했을까. 아마도 그래서일까, 물고기 꿈은 죽음을 불러온다 하지 않던가.

그럼에도 많은 민족에게 물고기는 풍요의 상징으로 여겨진다. 예컨대 셰프텔로비츠†는 튀니지 유대인들 사이에서 결혼식이나 안식일 전야에 고등어 비늘을 베개에 뿌리는 것이 관례였다고 주장한다. 그런가 하면 캘리포니아로 이주한 빈 출신의 정신과 의사이자 인류학자인 아이젠부르크는 부당하게도 잊히고 만 그의 저술에서, 티롤 사람들은 성탄절이 되면 생선 꼬리를 방 천장에 못질해두곤 했다고 알려준다.

사물들이 진실로 어떤 관계에 있는지, 그것은 물론 우리가 알 수 없는 종이에 쓰여 있다. 우리 중 누구도 그것이 어떻게 다른 사람의 접시에 올라왔는지, 상대방의 꼭 쥔 손에 무슨 비밀이 숨겨져 있는지 끝끝내 알지 못한다. 심지어 우리가 물고기점을 치기 위해 해부용 칼과 포크를 쥐어들고

---

* Jean Ignace Isidore Gérard(1803~1847). '그랑빌'이란 예명으로 유명한 프랑스 출신 목판화가. 프랑스 7월혁명기에 만평가로 활발하게 활동했다.
† Isidor Isaak Scheftelowitz(1875~1934). 독일 출신 인도학자, 이란학자, 민속학자이자 랍비. 나치 집권 후 영국으로 망명해 옥스퍼드 대학에서 교편을 잡았으나 얼마 지나지 않아 작고했다.

결승전

고등어를 조심스럽게 갈라 내장의 신탁을 구한다고 해도 답을 얻기는 어렵다. 그것은 그저 우두커니 잠자코 우리를 쳐다볼 따름이기 때문이며, 사물들은—대패로 민 나무의 물결무늬, 은팔찌, 주름진 피부, 죽은 눈 같은 것은—우리 인류의 운명에 대해서 어느 것 하나 알려주지 못하는 까닭이다. 저녁때까지 나는 이런 생각에 정신이 빼앗겨 있었다. 우리는 바다낚시에서 진작 돌아와 육지에서 또다시 잿빛 바다를 관조하고 있었다. 저기 멀리서 꼭 어느 삼각꼴 같은 형상이 파도 속에서 간간이 모습을 보이며 미끄러져가는 것 같았다. 누가 아직 저기서 배를 타고 있나봐요, 하고 나와 같이 온 여성이 말했다. 아니면 우리가 그물로는 결코 잡지 못할 거대한 물고기 지느러미가 저 먼 바다에서 우리를 지나치고 있든지요.

적갈색 가죽 조각의 비밀

브루스 채트윈*에게 다가서며

우리 시대의 독일 작가 가운데, 매번 새로운 대륙을 무대로 삼아 어떤 기준에서 보아도 범상치 않은 책 다섯 권을 써낸 이 부지런한 방랑자 브루스 채트윈에 견줄 만큼 처음부터 그렇게 전부를 내걸다시피 한 작가를 떠올리기란 쉽지 않다. 더욱이 우리나라처럼 적당히 잘 쓰면 그만이라는 분위기 속에서 전기문학이 홀대받고 있는 곳에서는, 작가가 요절한 뒤 작가의 발자취를 좇아 무려 십 년 동안이나―작가에 대해 조금이라도 듣기 위해 그가 혜성처럼 스치고 지

---

* Bruce Chatwin(1940~1989). 영국 작가. 소더비 경매회사에서 미술품 감정사로 일하다가 사시 진단을 받고 그만두고, 고고학을 공부하기 위해 에든버러 대학에 들어갔으나 중퇴한 뒤, 기자 생활을 하다 돌연 남아메리카 파타고니아로 떠난다. 이 지역을 반년간 여행하고 돌아와 『파타고니아』를 내면서 문단에 화려하게 데뷔한 그는 영국의 호손든상과 미국의 E. M. 포스터상 등을 수상하며 명성을 얻었다.

나갔을 목격자들을 찾아서—버밍엄 근교, 런던, 웨일즈 땅끝, 크레타섬, 아토스산, 프라하, 파타고니아, 호주, 아프가니스탄, 아프리카 최고 오지까지 다녀온 니컬러스 셰익스피어 같은 전기 작가도 나오지 못하리라.

작가 자체가 결국 하나의 수수께끼로 남은 것처럼 그의 책들 역시 어떻게 분류돼야 할지 알쏭달쏭하다. 다만 그 책들이 기획과 의도 면에서 그 어떤 기존 장르와도 부합하지 않는다는 것은 확실하다. 책들은 아직 발견되지 않은 것을 향한 탐욕에 사로잡혀, 현실에 속하는지 우리가 오래전부터 만들어왔던 환상에 속하는지 말할 수 없는 기이한 현상들과 사물들이 이루는 경계선을 따라 이동한다.『슬픈 열대』의 계보에 드는 인류학적이고 신화학적인 연구, 유년 시절 처음 읽은 책들과 맞닿아 있는 모험소설, 실화 모음집, 해몽서, 향토소설, 이국 동경 취향의 표본, 청교도적 참회서와 장황한 바로크적 환영, 자기부정과 고백, 이 모든 것이 한데 들어 있다. 모던 개념을 폭파하는 잡다함의 측면에서, 그 책들을 마르코 폴로까지 올라가는 초기 여행문학의 후기적 산물로 파악하는 것은 매우 지당한 판단이라 하겠다. 그런 여행문학에서는 보통 현실이 형이상학적이고 기적적인 요소들로 압축되고 세계 일주는 애초부터 자기만의 결말을 품고 진행된다.

채트윈의 애독서 중 하나는 귀스타브 플로베르의『세 가지 이야기』였고, 그중에서도 그는 성 쥘리앵이 광적인 사냥

욕에 불타 저지른 유혈 낭자한 죄악을 속죄하기 위해서 지구상 가장 무덥고 가장 추운 지대로 기나긴 여정을 떠난 이야기를 좋아했다. 쥘리앵은 동토대를 지날 때는 사지가 몸에서 떨어져나갈 듯 얼어붙고, 사막의 태양열 아래에서는 머리칼에 불이 붙었다. 나는 작가의 극도로 히스테리적인 기질에서 우러나온 이 끔찍스러운 이야기를 읽을 때면 채트윈을 잠시도 떠올리지 않고서는 한 페이지도 넘길 수 없었다. 채트윈이야말로 나이가 서른인데도 아직 소년 같고, 광증 어린 지식욕과 사랑에 대한 갈증에 쫓기듯 방랑한 천치였던 것이다.

채트윈은 건설업자, 건축가, 변호사, 단추공장 사장 들을 배출하며 빅토리아시대에 버밍엄의 중상류사회에서 확고한 기반을 다졌던 가문에서 태어났다. 하지만 그런 가문에도 고도자본주의의 비호 아래라면 피해갈 수 없었던 풍운아와 패배자, 범법자는 빠지지 않았다. 1940년 채트험으로 해군 복무를 발령받은 아버지 찰스는 전쟁 동안 구축함의 선장으로 바다에 나가 있었고 집에는 손님처럼 얼굴을 비출 뿐이었다. 그러다보니 어린 채트윈은 생애 최초의 시간들을 주로 어머니와 함께 외조부모와 외종조부, 외숙모들 집에서 보냈고, 엄격한 가족 관념보다는 모종의 부족적인 소속감을 전수받았으며 기껏해야 외숙이나 외외종조부 정도가 남성적 역할모델이 되어준 거의 모권적인 넓고 느슨한 가족 연합체 속에서 자유롭게 옮겨다니며 살았다. 천진난만한 조카를 몹시 마음에 들어했던 친척 아저씨 한 명은 전기 작가에게 브루스가 어릴 적부터 모든 것에 주의를 기울였고 흡사 연구자의 시선으로 그것들을 관찰했다고 전해주었다. 그래서 그애가 얼른 말할 수 있으면 좋겠다고 생각했죠, 하고 그는 덧붙였다.

셰익스피어가 인터뷰한 사람들에 따르면 채트윈은 실제로 경탄스러운 달변과 상상력의 소유자였다고 한다. 진짜 이야기꾼, 즉 구술적 전통에 여전히 의존하는 이야기꾼처럼 그는 자기 목소리만으로도 능히 무대를 펼치고, 반쯤은 직접 겪고 반쯤은 지어낸 인물들을 등장시킬 수 있었다. 그러면 그는 마치 도자기 수집가 우츠*가 본인 소유의 마이센 도자기 인형들 사이를 거닐 듯이 그 인물들 사이를 어슬렁거리는 것이다. 채트윈은 사막을 떠돌 때조차, 요란한 무대 뒤의 단장처럼, 우츠의 욕실에 걸린 실내 가운 같은 배우들 예복(복숭아빛 누빔 비단으로 지어 장미무늬 장식을 붙인 오트쿠튀르 명품)을 걸치고 그 벨벳 옷깃 위에 타조털을 두르고 다니지 않았던가?

채트윈은 영국의 가장 훌륭한 교육기관 중 하나인 말버러 칼리지를 다니는 동안에는 별다른 화려한 경력을 쌓지 못했지만 그의 말대로라면 연기 분야에서만큼은 두각을 나

---

* 브루스 채트윈의 마지막 소설 『우츠』의 주인공. 그는 과거에 나치의 지배를 받았고 현재는 공산정권의 지배를 받는 체코에서 살아온 마이센 도자기 수집가다.

타냈다. 특히 노엘 카워드* 연극의 여성 배역을 맡아서 연기할 때면 유달리 빛을 발했다고 한다. 그의 신체 자체에 새겨진 변신술, 항상 무대 위에 있다는 의식, 관객을 쥐락펴락하는 태도와 괴이하고 시끌벅적한 것, 끔찍하고 경이로운 것을 잡아내는 감각은 분명 채트윈의 작가적 능력의 토대였다. 이에 못지않게 중요하게 작용한 것이 바로 그가 런던의 소더비 경매회사에서 보낸 수습기다. 이 시기에 그는 과거의 보물창고를 열람할 수 있었고 작품의 유일무이성, 예술의 시장가치, 수공예적 기예의 의미, 정확하고 빠른 조사의 필요성에 대해서 감각을 깨칠 수 있었다.

하지만 채트윈이 작가로 성장하는 데 가장 결정적인 영향을 미친 것은, 소년 시절 이조벨 할머니댁 식당에 숨어 들어가 자신이 흐릿하게 비친 유리를 뚫고, 마호가니 유리장 안에 층층이 진열된 하나같이 머나먼 이국에서 온 수집품들을 경탄하며 맛보았던 그 순수한 매혹의 첫 순간들이었다. 그중에서는 어디서 왔는지 무슨 용도로 쓰였는지 알 길이 없던 물건들도 있었고, 출처가 불분명한 이야기가 따라다니는 물건들도 있었다.

그곳에는 가령 박엽지에 싸여 환약갑에 보관된 적갈색 가죽 조각이 있었다. 니컬러스 셰익스피어는 이 초현실적인 물건이 할머니가 세기 전환기 직후 사촌 찰스 밀워드로부터

* Sir Noël Peirce Coward(1899~1973). 영국의 극작가이자 배우.

받은 결혼선물이라고 전한다. 밀워드는 목사의 아들이었는데 너무 자주 꾸중을 들은 나머지 가출하여 세계의 대양을 이리저리 떠돌아다니다가, 파타고니아 해변에서 난파를 당한 인물이었다. 그는 전대미문의 모험들을 벌였는데, 한번은 푸에르토나탈레스에서 독일 금세광부金洗鑛夫와 함께 거기 묻혀 있던 선사시대 생물들의 잔해, 이른바 거대나무늘보나 밀로동의 잔해를 발굴하기 위해서 굴 하나를 폭파시켰다. 버밍엄에 있던 가죽 조각은 그후 멸종된 동물의 갖가지 신체부위를 대상으로 활발히 무역을 벌이던 그가 사랑하는 사촌누이에게 바친 증정품이었다.

셰익스피어가 전하기를, 진기한 소장품들이 간직된 채 잠긴 유리장은 바로 채트윈 문학의 내용이자 형식에 대한 핵심적 은유가 되었고, 더이상 존재하지 않는 동물의 잔해는 그의 애장품이 되었다. 채트윈은 친구 수널 세티에게 이렇게 써보냈다. "내 인생에서 그 가죽 조각만큼 그렇게 열렬하게 원했던 것은 일찍이 없었다네."

내 생각에 핵심어는 가죽 조각인 것 같다. 이 가죽 조각은 그를 첫 대탐사여행에서 대서양과 아메리카대륙 전체를 지나 파타고니아까지 내려가, 세상의 끝 중의 끝까지 가게 만들었던 그 동경의 목적이었다. 그는 이미 언급한 동굴에서 나무늘보 털 한 무더기를 정말로 발견하리라고 믿었다. 여하간 그의 부인에 따르면 채트윈은 이 여행에서 그 비슷한 것을 갖고 돌아오기는 했다고 한다. 나무늘보의 잔해가 물신적 성격을 지녔던 것은 분명해 보인다. 그 자체로는 완전히 무가치한 사물에서 애호가의 부정不正한 상상력은 불붙고 충족된다.

　일종의 물신적인 소유욕은 채취와 수집벽의 특징이며, 발견된 파편들을 신비롭고 의미심장한 기억으로 변형시킨다. 그 기억은 살아 있는 존재인 우리를 배제시키는 어떤 것들을 우리에게 연상시킨다. 이것은 작가들이 사용하는 수법의 여러 층위에서 가장 기저에 있는 것일 듯싶다. 채트윈이 이러한 수법을 우선적으로 지향한다는 사실이야말로 그의 작품이 영국을 훌쩍 넘어 멀리까지 영향력을 발휘하는 이유다. 그의 환영幻影이 보편성을 발휘하는 토대는 이런 것일 터다. 백 년도 더 전에 그곳으로 간 웨일즈 출신 이민자들이 세운 교구에서 오늘날 여전히 칼뱅교 성가가 울려퍼지는 장면, 얼음 잿빛의 하늘 아래 야윈 잔디를 영원토록 훑고 지나가는 바람이 나무들을 구부러트리고 동쪽으로 휘게 한다는 치외법권 지대 묘사 같은 것 말이다—이러한 묘사는 계속해서 회귀하는 우리 상상력의 토포스들과 연관된다.

　난파자 찰스 밀워드의 일화는 어째서인지 끔찍한 고통의 감각과 유령에 대한 공포로 점철된 자전적 습작 조르주 페렉의 『W 또는 유년의 기억』을 곧바로 생각나게 했다. 소설은 정신병을 앓는 가스파르 뱅클레라는 소년의 운명에 대한 이야기로 시작되는데, 유명 소프라노였던 그의 어머니는 아들의 상태가 호전되기를 바라며 아들을 데리고 세계일주를 했고 그는 저 아래 '일만 일천 명의 동정녀' 곳 아니면 토도스로스산토스 거리 어딘가에서 결국 실종되고 만다. 가스파르 뱅클레의 이야기는 다른 한편으로는 파괴된 유년 시절에 관한 모범적인 사례다. 그의 이름이 불쌍한 카스파르 하우저를 환기시키는 것은 우연이 아니다. 채트윈에게도 세상 끝으로 가는 길은 실종된 소년을 찾는 수색 원정이었다. 그는 가이만의 낯가리는 피아니스트 엔리크 페르난데즈가 그 소년을 거울처럼 반영하고 있다고 믿었다. 그 역시 채트윈처럼 마흔 살의 나이에 에이즈로 사망했다.

아무튼 이 모든 것의 근간이 되는 신화는 언제나 낯선 가죽 조각이었고, 그것은 경건한 의도로 보관하고 전시해놓은 모든 유기체의 잔해처럼, 도착적인 동시에 세속적인 영역을 훌쩍 넘어서는 무언가를 지닌 유물이었다. 발자크의 소설 『나귀 가죽』을 통해 알 수 있듯이, 가죽 조각은 우리의 가장 비밀스럽고 뻔뻔한 소원까지도 들어주지만, 소원이 이뤄지는 즉시 1인치씩 줄어들게 된다. 그래서 우리 사랑의 동경에 대한 보상은 그렇게 죽음충동과 가장 내밀한 관계를 맺게 되는 것이다. 채트윈이 생을 마감하기 얼마 전 응했던 텔레비전 인터뷰를 보면, 말 그대로 뼈만 앙상하고 머리가 허옇게 새고 눈은 부릅뜬 사람이 자신이 마지막으로 창조해낸 인물인 프라하의 도자기 수집가 우츠를 비할 데 없이 순진무구한 열정으로 이야기하고 있다. 그것은 내가 알아온 작가 초상 가운데 가장 마음을 뒤흔드는 현현이었다.

일차적으로는 슬픔과 한의 가죽일 수도 있는 나귀 가죽*
에 관한 발자크의 소설을 조금 더 읽어보면 라파엘, 그때까
지만 해도 아직 그저 "젊은이 아무개"라 불렸던 그가 층층
계단을 올라 골동품 가게에 들어서는 장면을 이내 마주하게
된다. 그곳에서 그는 치명적인 부적을 손에 넣게 된다. 발자
크는 열두 쪽에 걸쳐 탑처럼 층층이 쌓인 골동품 더미를 묘
사하면서 현실의 광기와 어휘 광증을 거리낌 없이 그야말로
작가적 재능을 낭비하는 방식으로 선보이기는 하지만, 동시
에 상상력 넘치는 꿈의 깊이를 통찰할 가능성도 열어준다.
일종의 세계의 상자로 고안된 그 환상적인 가게, 바싹 마르
고 백 살도 더 먹은 난쟁이가 주인장으로 앉아 있는 그 가게
에서, 라파엘은 지질학자 퀴비에의 저술을 진정으로 시적인
작품이라는 말과 함께 추천받는다. 더 읽어나가다보면 라파
엘을 창고 회랑으로 이끄는 어느 조수가 이렇게 말하는 장
면이 나온다. 당신은 그 가죽의 영으로 인해 공중 높이 떴다
가 과거의 무한한 골짜기 속으로 미끄러져서 몽마르트의 채
석장과 우랄산맥의 편암층 속으로 한층 한층 깊이 들어가
저 대홍수 이전에 살았던 동물들의 화석을 발견할 겁니다.
그러면 당신의 영혼은 인간의 허약한 기억력을 망각해버린
십억 년의 세월과 수백만 명의 사람들을 보면서 경악을 금
치 못하겠지요.

* 나귀 가죽을 뜻하는 프랑스어 단어 'chagrin'은 고통, 슬픔이란 뜻의 'chagrin'
과 동음이의어다.

음악의 순간들

1996년 9월 코르시카섬을 걸으며 여행하다 한번은 그날 처음으로 휴식을 취하려고 아이토네 산림 끝자락 풀밭에 앉은 적이 있었다. 나는 밑으로 내려갈수록 흑빛에 가까워지는 짙푸른 분지와 골짜기를 넘어 멀리 반원 모양으로 둘러선, 일부는 무려 2500미터 내지 그 이상 높이 솟은 화강암 절벽들과 봉우리들을 바라보았다. 서쪽 하늘에는 구름 장벽이 점점 시커멓게 변해갔지만 공기는 아직 잔잔하여 풀대 하나 흔들리지 않았다. 한 시간 뒤, 막 폭우가 쏟아지려던 찰나 에비사에 도착한 나는 비를 피해 까페 드 스포르라는 곳에 들어갔고 열린 문을 통해 골목길에 주룩주룩 삐딱하게 떨어지는 빗줄기를 한참 동안 감상했다. 나를 빼면 손님이라고는 벌써부터 겨울철을 대비해 낡아빠진 아노락 재킷과 털장갑으로 무장한 머리가 희끗희끗한 남자 하나뿐이었다.

백내장으로 흐릿해진 그의 두 눈은 시각장애인처럼 빛이 있는 곳을 향해 살짝 들려 있었는데, 그의 술잔에 담긴 파스티스와 똑같이 차가운 회색빛을 띠었다. 얼마 뒤 창밖으로 한 여자가 우산을 펼쳐들고 기이한 연극적인 인상을 풍기며 지나갔지만 남자는 그 여자를 보는 것 같지도, 그뒤를 졸졸 따라가는 어린 돼지를 보는 것 같지도 않았다. 그는 시선을 위로 꼿꼿이 고정하고는 오른손의 엄지와 검지를 이용하여 잔의 육각 목 부분을 획획 돌리고 있었는데 그 간격이 하도 일정해서 그의 가슴팍에 심장 대신에 시계태엽이 장착된 것이 아닌가 싶을 정도였다. 바 뒤의 카세트에서는 터키풍 장송곡이 흘러나왔는데, 간간이 후두를 쥐어짜내는 남성의 고음이 튀어나왔다. 그 소리는 어린 시절 처음 들었던 음악의 소리를 불러냈다.

종전 직후 알프스산맥 북쪽 끝자락에 위치한 W라는 고장에 음악이라고는 사실상 전무했다. 기껏해야 대폭 줄어든 요들송 그룹이 비정기적으로 방문해 공연을 하거나, 역시 연로한 소수 악사들만으로 이뤄진 취주악단이 풍작기원 행렬이나 성체축일 행렬 때 장중한 연주를 들려주었을 뿐이다. 그때는 우리 집에도 이웃집에도 축음기가 없었고, 1950년대에 내가 학교 들어가기 바로 전쯤에 뉴욕에 사는 테레스 숙모가 당시로서는 전설적인 거금인 오백 마르크를 주고 사준 신형 그룬디히 라디오가 있긴 했지만 주중에는 좀처럼 트는 법이 없었다. 그건 라디오가 거실에 있었고 우리는 주중에 거실을 거의 사용하지 않았기 때문이었을 것이다. 하지만 일요일에는 이른 아침부터 로트타흐계곡 악단이나 이 지역 출신 다른 악사들이 덜시머*나 기타로 연주하는 음악을 들어야 했다. 주말에만 집에 와 있던 아버지가 그런 바이에른 전통 민속음악에 각별한 애정이 있었던 탓이다. 그 음악은 지금 돌아보면 뭔가 소름끼치는 면이 있었는데, 그것이 내 무덤까지 쫓아오리라는 것을 나는 안다. 한번은 몇 년 전에 슈타른베르크호 부근 카이저린 엘리자베트† 호텔에서 밤새 뒤척이며 새벽녘에 겨우 잠이 들었다가 라디오 자명종 소리에 소스라치게 놀라 깨어난 일이 있었다. 그 드르륵대는 라디오 속에서는 로트타흐계곡 민속가수들이 자신들의 흥겨운 사 분의 삼 박자 리듬의 레퍼토리 곡 가운데 하나를 불러 젖히고 있었다. 음색으로 미루어보아 분명 노쇠하고 어딘가 아픈 것 같은 그들의 노래는 담비가 나왔다가 여우가 나왔다가 온갖 짐승이 등장하면서 매 절이 홀라드리위히, 홀라드리요로 끝났다.

　호수 안개가 자욱하게 깔렸던 그 일요일 아침에 라디오 자명종에 갇혀 있던 로트타흐계곡 가수들이 내게 남긴 으스스한 느낌은 며칠 후 영국으로 돌아왔을 때 섬뜩하리만치 강해졌다. 런던 이스트엔드 구역 베스널그린 지하철역 근처

---

* 한국의 양금과 유사한 서양의 민속 타현악기.
† '엘리자베트 황후'라는 뜻. 오스트리아 합스부르크가의 '시시 황후'를 가리킨다.

의 어느 고물상에서 잡동사니를 뒤지다가 옛날 사진이 가득한 어느 상자 속에서 경악스럽게도 세기 전환기에 세계우편연합에서 발행한 엽서 한 장을 맞닥뜨리게 된 것이다. 그 엽서에는 눈 덮인 알고이 산악의 풍경이 병풍처럼 펼쳐져 있었고, 지역 특유의 에델바이스 덩굴이 수놓였으며 알프스영양 털과 수탉 깃털, 탈러 은화, 숫사슴의 송곳니 등등 가문의 징표로 장식된 민속의상을 입은 오버스트도르프 사람들이 슈플라틀러* 춤을 추고 있었다. 뒷면은 사용되지도 않았는데 여기까지 어떻게 왔을지, 분명 오랜 우여곡절을 겪었을 그 엽서를 발견했을 때 나는 정말로 이 바이에른 민속의상 차림의 오버스트도르프 사람 열 명이 여기 영국에서 먼지를 뒤집어쓴 채 망명생활을 견뎌내며 남몰래 나를 기다리고 있었다는 느낌을 받지 않을 수 없었다. 그 민속의상이 결코 적지 않은 역할을 수행한 내 조국의 과거사에서 내가 결코 도망칠 수 없음을 상기시켜주려고 말이다.

우리 가족이 1952년 12월 알펜포겔† 운수회사의 이삿짐차로 고향 W면에서 19킬로미터 떨어진 S읍으로 이사한 뒤부터 내 음악적 지평은 점차 넓어졌다. 베라이터 선생은 우리와 학급 소풍을 떠나면 철학자 비트겐슈타인처럼 낡아빠진 무릎양말에 클라리넷을 넣고 다니다가 기막히게 아름다

---

* 바이에른 지방의 사 분의 삼 박자 민속춤. 구두 바닥을 두드리면서 춘다.
† '알프스의 새'라는 뜻의 독일어.

운 이런저런 악곡과 선율을 연주해주었다. 당시에는 그 곡이 모차르트 곡인지, 브람스 곡인지, 아니면 빈센초 벨리니의 오페라 곡인지 알지 못했다. 그러다가 많은 세월이 지나 집으로 운전해가던 어느 날 밤, 있을 수 없는 우연의 힘에 이끌려 라디오를 틀었더니 베라이터 선생이 그토록 자주 들려줬던 브람스의 클라리넷 5중주 2악장의 한 테마가 울려퍼졌고, 나는 지나간 시간 전부를 뛰어넘어 그 곡을 다시 알아들었다. 이러한 재인지의 순간, 우리가 평소에는 거의 느낄 수 없는 완전한 무중력의 감각이 나를 스치고 지나갔다.

　　베라이터 선생에게 감명을 받은 나머지 그때, 그 1953년도 여름에 나는 악기 중 클라리넷을 제일 배워보고 싶었다. 하지만 집에 클라리넷은 없었고 그 대신 쓸데없이 치터 한 대가 있어서 그때부터 일주일에 두 번씩 끝없이 이어지는 소총 병영兵營의 담벼락을 따라 오스트라흐 거리로 가야 했다. 그 거리는 음악 선생 케르너가 기와지붕이 올라간 자그마한 연립주택에 살고 있던 곳으로, 집 뒤로 오륙 미터도 채 떨어지지 않은 곳에 시커먼 제재소 운하가 빠른 물살로 흘렀다. 그 운하를 볼 때마다 나는 자동적으로 사람들이 거기에서 익사체를 자주 건져올렸고 가장 최근에는 우리 학교 동급생의 여섯 살 먹은 남동생을 건져올렸다는 사실을 떠올리지 않을 수 없었다.

　　침울하고 굼뜬 사람이라 할 수 있는 케르너 선생에게는 나와 동갑인 카티라는 딸이 하나 있었는데, 이 아이는 외국에까지 이름이 알려져 뮌헨, 빈, 밀라노 또 여하튼 어딘가에서 무대에 오른 신동이었다. 내가 치터 강습을 받으러 가면 모습은 보이지 않았지만 그애는 늘 굳게 닫힌 문 뒤에서 거실 전체를 다 차지하는 그랜드피아노 앞 자기 자리에 앉아 엄마의 감시를 받고 있었다. 그애가 연습하는 소나타 곡이나 콘체르토 곡의 거세게 일렁였다가 떨어지는 음의 폭포수는 내가 치터와 씨름하던 그 장롱 같은 비좁은 방까지 쏟아져들어왔다. 그때 케르너 선생은 내 옆에 앉아서 내가 잘못 짚을 때마다 인내심을 잃고 탁자 모서리를 자로 내리쳤다. 치터 연주는 끔찍하게 고통스러웠고, 치터용 연주곡들의 가소로움은 고사하고 치터 자체가 고문의자 같아서 앉기만 하면 어쩔 수 없이 골절이 꺾이고 손가락이 굽는 것만 같았다.

갈수록 진절머리가 났던 이 악기를 자진해서 케이스에서 꺼낸 적이 내 삼 년간의 치터 수련 시절을 통틀어 단 한 번 있었다. 세상에서 제일 사랑하는 외할아버지가 시베리아처럼 혹독했던 겨울을 난 뒤 그해의 첫 푄 바람이 불어왔던 무렵 쉰여섯의 나이에 자리에 몸져누웠을 때였다. 나는 벌써 저세상을 기웃거리는 할아버지에게 마음속 깊은 곳에서 아주 싫어하지는 않았던 곡 몇 가지를 연주해주었다. 마지막으로 다장조의 느린 왈츠풍 춤곡을 연주했던 것이 아직 기억에 남아 있다. 그 곡은 연주할 때부터 결코 끝나면 안 될 것처럼 슬로모션처럼 늘어지게 들렸고 지금 기억 속에서도 그렇게 들리는 듯하다.

그때 내가 열둘의 나이에, 한참 뒤—내가 착각하지 않았다면—지크문트 프로이트의 어느 연구에서 읽었고 읽는 즉시 설득력 있다고 느꼈던 주장을 어렴풋이나마 알고 있었다고는 생각지 않는다. 그것은 음악의 가장 내밀한 비밀이 편집증을 방어하기 위한 어떤 몸짓에 깃들어 있고, 우리가 음악을 하는 이유는 현실의 경악이 일으킨 홍수로부터 우리 자신을 보호하기 위해서라는 주장이다. 아무튼 나는 그때 그 4월의 어느 날부터 치터 강습에 더이상 나가지도, 치터에 손을 대지도 않았다.

오늘날까지도 기억에서 떨쳐버릴 수 없는, 최초의 감정의 그늘을 드리운 음악의 순간들moments musicaux에는 특이하게도 무음의 장면도 있다. S읍에서는 전쟁 때 반쯤 부서져 전후에 폐쇄된 일층짜리 역사 부속건물에서 성가대장 초벨이 일주일에 두 번 오후 늦은 시각에 음악 수업을 진행했다. 나는 하굣길, 특히 겨울철 벌써 온 사위가 어둑해질 무렵이면 예전에 대합실로 쓰이던 작은 건물 앞에 멈춰서서는, 그 안에서 가느다랗고 구부정한 체형의 성가대장이 밝은 조명을 받으며 이중창에 막혀 거의 들리지 않고 윙윙대는 음악을 지휘하거나 이 학생 저 학생의 어깨 너머로 몸을 숙이고 있는 모습을 구경하였다. 거기 학생들 중에는 내 마음을 유달리 끌었던 사람이 둘 있었다. 한 명은 연주할 때 자기 비올라 쪽으로 머리를 옆으로 갸우뚱한 자세가 참으로 고와서

내 심장 부근이 묘하게 당겨졌던 레기나 토블러였고, 다른 한 명은 완벽히 황홀한 표정으로 콘트라베이스의 현을 이리저리 활로 문지르는 페터 부흐너였다. 페터는 심한 원시 때문에 이끼색 두 눈이 실제보다 적어도 두 배는 커 보이는 안경을 써야 했고 일 년 내내 똑같은 사슴가죽 반바지와 초록색 재킷을 입고 있었다. 반창고로 여기저기 수선해놓은 그의 악기에 딱 맞는 케이스가 없었으므로, 또 그런 케이스가 있다고 해도 어차피 그가 살고 있는 동네 탄나흐에서 읍내까지 들고 다닐 수는 없는 노릇이었으므로, 그는 대개 꽃무늬 방수포로 악기를 싼 뒤 수레에다 새끼줄로 단단하게 묶고는 그 수레의 끌채를 자기 자전거 짐받이에 연결해 운반했다. 그래서 주중에 사람들은 그가 저녁 음악 교습이 있기 전이나 후에 탄나흐에서 구 역사로 또 구 역사에서 탄나흐로 페달을 밟으며 달려가는 모습을 꽤 여러 차례 목격할 수 있었다. 그럴 때면 우리는 그가 안장에 유달리 꼿꼿이 앉아서 머리에는 티롤 지방 모자를 삐딱하게 쓰고 어깨에는 콘트라베이스 활이 길게 삐져나와 있는 배낭을 멘 채 달그락거리는 수레를 끌면서 그뤼텐 거리를 오르락내리락하는 광경을 보곤 했다.

여담이지만 음악 교사이자 성가대장인 초벨 선생은 예전에 성 미하엘 교구 교회의 오르간 연주자였는데, 1945년 4월 29일 일요일의 장엄미사 도중 교회 탑이 직격탄을 맞았을 적에 가까스로 목숨을 부지한 사람이었다. 그때의 얘기를 청해 들은 바에 따르면, 성가대장은 저 아랫동네에서 사방에 떨어지는 폭탄과 무너져내리는 건물들 사이를 한 시간 동안 갈팡질팡 뛰어다니다가 막 경보 해제음이 울부짖을 그때, 몇 달 전부터 입원해 있던 부인 병실에, S읍의 재앙을 알리는 무서운 유령처럼 머리에서 발끝까지 석고가루를 뒤집어쓴 채 겨우 들어갈 수 있었다 했다.

좋이 십 년이 지나서—교회 종은 새로 건설한 탑에 진작 다시 걸렸다—나는 주일 미사를 드릴 때면 늘 오르간을 연주하는 성가대장을 관찰하기 위해 이층의 발코니로 올라갔다. 내 기억으로는 성가대장이 한번은 내게 교회당의 신도석에 모인 교인들의 합창에서 뭔가 거슬리게 처지는 소리가 나고 항시 틀린 음이 합창을 뚫고 나온다고 말했다. 이렇게 틀리게 부르는 사람들 가운데 유난히 목청 큰 위인이 아담 헤르츠라 불리는 사람이었는데, 그는 수도원에서 도망친 수도사로 자기 삼촌 안젤름의 농가에서 외양간지기로 밥벌이를 하고 있다는 말이 있었다.

일요일만 되면 이 아담 헤르츠란 자는 신도석 맨 뒷줄 오른쪽 끝, 즉 위층 발코니 계단 바로 가까이에 서 있었는데, 이곳은 수백 년 동안 예배를 드릴 때 한센인을 격리시켜놓았던 이른바 한센인 칸막이방이 있던 곳이다. 그 헤르츠란 자는 무시무시한 영혼의 고통으로 이성을 잃은 인간의 광기를 담아 달달 외우던 가톨릭 성가곡을 마음 깊은 곳에서 끌어올려 부르짖었다. 그때 그의 얼굴은 고뇌에 찬 표정으로

위를 향해 들려 있었으며, 턱은 앞으로 나와 있었고 두 눈은 감겨 있었다. 그는 여름 겨울 가릴 것 없이 한 쌍의 징 박은 거친 장화를 맨 발에 바로 신고, 복사뼈까지도 오지 않는 농장바지에 늘 소똥이 묻어 있는 차림이었으며, 심지어 엄동설한에도 셔츠 하나, 캐미솔 하나 없이 낡아빠진 웃옷 딱 한 장만을 걸치고 있었다. 그 옷깃 아래로는 잿빛 털이 고슬고슬한 각진 가슴이 내려다보였으며, 그 자태는 지금 이 순간까지도 꼭 카프카의 소설 『성』에 나오는 사환 옷을 입은 가난한 바르나바스 같다고 생각했다.

성가대장은 늘 똑같은 스무남은 정도의 성가곡을 교구의 포효 소리에 맞춰 반주할 때면 늘 얼마간은 졸면서 반주를 마쳤고 언제나 미사가 끝날 때쯤에야 정신을 차렸다. 그러면 그는 오르간 위에서 자유로이 상상의 나래를 펼치며 폭풍을 일으키듯 교인들의 무리를 정문 밖으로 몰아냈다. 이윽고 그는 텅 빈, 그래서 연주 소리가 두 배는 더 웅장하게 울리는 신의 전당에서 더없이 대담하게, 그렇다, 그야말로 더없이 제멋대로 하이든 곡이나 브루크너 심포니, 또는 자신이 제일 좋아하는 작품 중 한 동기를 변주하였는데 그때 그의 가냘픈 상체는 메트로놈처럼 이리저리 흔들렸고, 거울처럼 반짝반짝 니스칠된 구두는 그의 나머지 몸과는 무관하게 페달 위에서 일품─品의 파드되 발레를 추고 있는 것처럼 보였다. 파이프오르간이 만들어내는 저 음의 파동이 세계라는 건물까지 와르르 무너뜨리지는 않을까 이따금 겁이 났을 정도로 음전은 하나씩 더 당겨졌고, 마지막으로 화음이 다시 한번 고조되자 그 소리는 절정에 달했다. 그 순간 성가대장은 자신도 모르게 기이한 경직 상태에 사로잡혀, 말하자면 돌발적으로 연주를 멈췄다. 전신에 역력히 드러나는 황홀한 몸짓으로, 지금 이 순간 전율하는 공기를 타고 되밀려오는 정적에 잠시 귀기울이기 위해서.

교구 교회에서 S읍의 읍내 쪽으로 한때 리터폰에프 거리로 불렸던 길을 따라 올라가다보면 옥셴 주점을 지나게 되는데, 주중에는 비어 있는 그곳 연회장에서 토요일마다 이른바 '가곡의 원탁'이 협회의 밤을 열었다. 언젠가 온 사방이 깊은 설경에 잠겨 있던 때, 겨울의 정적을 뚫고 주점에서 흘러나오는 미지의 음악소리에 이끌려 연회장 안에 들어갔다가, 거기 그 어스름 속에서 내게 몇 킬로미터나 멀리 떨어져 보이던, 일차대전 이전부터 존속해왔던 무대 위에서 곧 상연 예정이라 들었던 오페라 마지막 장면의 리허설 광경을 홀로 생생히 지켜보게 되었던 기억이 난다.

나는 그 오페라가 어떤 내용인지 당시에 알지 못했기에 무대의상 차림의 세 배우와 저 번쩍이는 단검—처음에는 화주 양조업자 츠벵에게 그다음에는 타면업자打綿業者 게슈벤트너에게 넘어갔으며, 마지막으로는 담뱃가게 아가씨 벨라 운진의 손에 들어간—이 무슨 상관이 있을지 짐작조차 하지 못했다. 하지만 절망에 가득차 서로 뒤엉키는 그 중창重唱은 게슈벤트너 프란츠가 아직 자기 목숨을 끊지도 않았고 곧이어 벨라가 실신하여 바닥에 쓰러지기 전인데도, 내 눈앞에 펼쳐지는 장면이 어떤 비극을 완성해가는지 들려주었다.

그뒤 삼십 년 후에 그때까지 까맣게 잊고 있었던 이 비극적인 대단원을 런던의 한 영화관에서, 그것도 믿을 수 없으리만치 똑같은 의상과 함께 재회하게 되었을 때 얼마나 어리둥절했는지 모른다. 마나우스의 테아트로 아마조나 극장 일층석 맨 뒤에서 밀단 같은 금빛 머리칼이 흡사 감전이라도 된 듯 쭈뼛 서 있던 클라우스 킨스키는, 16세기 스페인 대공과 산적 간에 펼쳐지는 이야기가 수많은 반역을 거듭한 뒤 이제 대미大尾의 반역을 향해 한창 나아가는 무대를 뚫어져라 응시하고 있었다.* 검정 외투를 두른 실바는, 일종의 임부복 같은 차림의 카루소가 분한 에르나니에게 단검을 건네주었고 에르나니는 그 단검으로 자기 가슴을 찌르고는 영웅적으로 최고 음역대를 다시 한번 올라간 뒤, 절망한 엘비라

* 베르너 헤르초크 감독의 1982년도작 〈피츠카랄도〉를 묘사하고 있다. 주연 피츠카랄도 역은 헤르초크 감독의 페르소나인 클라우스 킨스키가 맡았다. 피츠카랄도는 페루의 이키토스, 즉 아마존 밀림 한복판에 오페라 극장을 짓고 명테너 엔리코 카루소와 명배우 사라 베르나르를 출연시키겠다는 무모한 꿈을 가진 남자다. 그는 이 꿈을 실현시키기 위해 필요한 거금을 마련하고자 고무 사업에 뛰어들기로 하는데, 문제는 고무 자원이 풍부한 곳에 도저히 닿을 수가 없다는 것이다. 그곳으로 통하는 우카얄리강은 급류가 거세 위험하기 때문이다. 따라서 그는 결국 다른 강을 통해서 최대한 그 강과 만나는 지점까지 올라가 그 두 강 사이를 갈라놓는 작은 산을 넘어 배를 운반한다는 터무니없는 계획을 세운다. 배를 산으로 넘기겠다는 그 황당무계한 계획은 처음부터 좌초될 위기에 처한다. 무서운 토착민들이 그 길목을 지키고 있기 때문이다. 하지만 이 페루의 토착민들은 뜻밖에도 피츠카랄도의 배가 산을 넘는 것을 도와준다.

의 발치에 쓰러진다. 배우 사라 베르나르가 분한 이 엘비라는 방금 몽유병 환자처럼 목발을 짚고 무대 위 성城의 돌계단을 내려오는 아주 독특한 열연을 펼쳐 보인 참이었다.*

석고처럼 허연 화장에 어쩐지 남루한 느낌을 주는 회청색 레이스 드레스를 입은 그녀의 모습은 당시 옥센 주점에서 공연했던 그 벨라 운진과 정확히 똑같아 보였다. 그뿐만 아니라 엔리코 카루소 또한—피츠카랄도는 엔리코 카루소가 생의 마지막 순간에 자신을 손으로 가리켰다고 믿었다—그 챙 넓은 도적 모자와 끝이 말려 올라간 콧수염, 자주색 타이츠로 말미암아 영락없이 내 기억 속에 남아 있던 그 타면업자 게슈벤트너였다.

영화 〈피츠카랄도〉의 마지막 시퀀스 또한 내 삶의 특별한 순간과 관련하여 각별한 의미를 지닌다. 이루 말할 수 없는 노력을 들인 결과 밀림을 뚫고 길이 개간됐으며, 증기선은 원시적인 가공삭도索道에 매달려 잡아당겨짐으로써 두 강 사이에 가로놓인 암초산을 넘는다. 마침내 그 황당무계한 계획은 실현에 임박하고 배는 다시 잔잔히 수면 위에서 찰랑인다. 하지만 그 축제의 밤, 또다른 여행을 계획한 히바로스 부족은 닻줄을 잘라버리고, 그 결과 증기선은 어느새 선

* 영화 속에서 펼쳐지는 오페라는 베르니의 〈에르나니〉다. 헤르초크 감독은 이 오페라 공연이 1890년대 말 또는 그 무렵에 브라질 마나우스에서 상연되는 것으로 설정해놓았고, 이 오페라 공연에서 에르나니 역은 엔리코 카루소가, 엘비사 역은 사라 베르나르가 연기하는 것으로 설정하였다. 영화에서 사라 베르나르는 오페라 가수가 아니고 뒤에서 노래를 불러주는 그림자 가수가 따로 있다.

장도 없이 제멋대로 계곡을 따라 '죽은 인디오' 암벽 사이사이로 떠내려가버린다. 피츠카랄도와 그의 네덜란드 선장에게 이것은 어쩔 수 없이 일어난 사고지만, 갑판에 모여 있던 히바로스 부족은 이제 그들이 희망하는 더 좋은 땅까지 멀지 않았다는 믿음을 품고 그저 묵묵히 앞만 보고 있을 따름이다.

실제로 그 배는 기적이라도 만난 듯 죽음의 폭포수를 벗어난다. 배는 다소 손상되고 기울긴 했어도 프리마돈나의 우아한 몸짓처럼 커다란 호를 그리면서 어두컴컴한 정글에서 빠져나와 눈부시게 찬란히 빛나는 강에 이른다. 이제 구원의 시간이 찾아와, 이탈리아 오페라단이 마나우스에서 벨리니의 오페라를 상연했다는 또다른 기적적인 소식이 들려온다. 이때 그 오페라단은 벌써 여러 척의 카누를 나눠 타고 강을 건너오고 있다. 그들은 갑판에 올라 연주하고 노래하기 시작한다. 뾰족한 청교도 모자 뒤로 산을 나타내는 마분지 배경이 솟아 있고, 대본상의 주장으로는 이로써 그들이 사우샘프턴에 있다고 한다. 뺨이 포동포동한 인디오들은 천사도 따라잡지 못할 정도로 아름답게 호각을 불었다. 정신이 나가 있었으나 사태의 행복한 반전을 맞으며 제정신을 되찾은 엘비라는 로돌포와 이중창을 부르며 노래로 화합한다. 그 이중창은 순결한 행복 속에서 육체의 분리를 지양하고 '우리의 위대한 사랑에 축복을'이라는 말로 끝을 맺는다. 그 사이 바보들의 배는 은빛 강물을 타고 미끄러져간다. 이렇

게 밀림 한복판에서 오페라를 관람하겠다는 피츠카랄도의
꿈은 결국 실현된다. 그는 붉은 극장의자에 기대어서서 큼
직한 궐련을 피우며 그 경이로운 음악에 귀를 기울인다. 이
마에 스치는 가벼운 뱃바람을 느끼면서.

　나는 오페라 〈청교도〉를 스물두 살 때, 맨체스터의 페어필
드 거리에 사는 벨리니의 광팬이었던 대학 동기의 집에서 처
음 접했다. 그 집은 1908년 젊은 공대생이었던 루트비히 비
트겐슈타인이 살았던 팰러틴 가도에서 멀지 않은 곳에 있었
다. 그날은 이십 년도 더 뒤에 다시 두번째로 벨리니의 그 오
페라를 들었던 날처럼 무척 아름다운 날이었다. 벌써 오래전
부터 질질 끌어왔던 '고문'에 관한 논문을 탈고한 뒤 지끈거
리는 머리를 싸매고 집 정원에 앉아 있던 그날, 활짝 열어놓
은 창 사이로 브레겐츠 라디오 방송을 타고 〈청교도〉가 들
려왔다. 몸에 서서히 돌기 시작한 진통제의 약효와 뒤섞여
들어오던 벨리니의 음악이 자비와 축복으로 느껴졌던 그때
그 감각이 오늘까지도 여전히 선명하다. 더욱이 그 음악이
여름날의 푸르른 대기를 타고 브레겐츠에서 흘러왔다는 것
은 지금도 영문을 모를 노릇인데, 내 기억 속에서 브레겐츠
음악제 하면 그 호반의 무대에 줄기차게 올려지는 가극 〈차
르와 목수〉*가 곧장 연상되기 때문이다.

* 3막으로 구성된 〈차르와 목수〉(1837)는 알베르트 로르칭이 창작한 희극 오페
라다.

기억을 되짚어보면 브레겐츠 음악제와 〈나막신 무도회〉*
는 내게 동일한 것이나 다름없었다. 우리가 S읍에서 알펜포
겔 관광버스를 타고 브레겐츠로 간다면 그것은 〈나막신 무
도회〉를 보러가는 것이었다. 그 당시 〈나막신 무도회〉는 작
곡가 플로토프의 이러저러한 곡들 및 〈전도자〉†의 유명한
아리아와 더불어, 우리 집에서도 매주 일요일 '어린이 시간'
에 이어서 빼놓지 않고 들었던 바이에른 라디오의 희망 음
악회에서 언제나 상위권에 올라 있던 곡들이었다. 그와 경
쟁할 수 있는 곡이라면 돈 카자크 합창단의 노래나 〈볼가강
가의 군인〉 또는 〈나부코〉의 〈포로들의 합창〉 정도밖에 없
었다.

이런 조합이 무슨 의미가 있었는지 당시의 나로서는 이
해할 도리가 없었지만, 지금 보면 이 미심쩍은 독일적 취향
은 당시 조국의 아들들이 동쪽으로 파견됐던 시대와 분명
관련이 있었다. 최근에 읽은 바에 따르면 우크라이나의 거
대한 옥수수밭은 무척이나 눈부시고 환하여 많은 독일 군
인이 1942년 그 옥수수밭을 가로지를 때 눈이 상하는 것을
막기 위해 선글라스와 스키 안경을 착용했다고 한다. 8월
23일 해가 뉘엿뉘엿할 무렵 제16기갑사단이 스탈린그라드
이북의 리노크 부근 볼가강에 도달했을 때, 강 건너 저편으

---

* 〈차르와 목수〉 제3막의 피날레.
† 빌헬름 키엔츨이 1895년도에 완성한 2막짜리 오페라.

로 깊은 초록빛 초원과 삼림이 끝없이 펼쳐지는 듯한 너른 땅이 보였다. 알려진 바에 의하면 일부는 종전 후에 이곳에 정착할 꿈을 꾸었고, 또 일부는 이 먼 곳에서 다시는 돌아가지 못하리라는 것을 이미 알고 있었던 듯하다.

소중한 고향이여, 널 언제나 다시 보려나, 독일어판 〈바펜시에로〉*에 나오는 이 대사는 독일인이야말로 진짜 희생자라는 결코 발설해서는 안 되는 께름칙한 감정을 암호화한 것이나 다름없었다. 우리는 이른바 배상 절차를 진행하면서 그제야 히브리인들에게도 그들의 권리를 인정해줘야 한다는 생각에 이르렀다. 이를테면 1990년대 중반 브레겐츠에서의 〈나부코〉 연출처럼 익명의 노예들을 줄무늬 옷을 입은 진짜 유대인으로 만들었던 것이 그런 사례다. 아직도 후회되는 일 하나는 내가 그 께름칙한 시즌이 개막하자마자 축제의 기조 행사에 참여했고 그 노고의 대가로 강연료 외에 그날 저녁 상연 예정이었던 〈나부코〉 입장권 두 장을 받은 일이다. 표 두 장을 손에 쥐고서 나는 마지막 관객들이 공연장 입구로 사라질 때까지도 결정을 하지 못하고 공연장 앞 광장을 서성이고 있었다. 왜 결정을 하지 못했는가, 그것은 내가 해가 갈수록 도저히 관중 속으로 섞여들어갈 수가 없

* 베르디의 오페라 〈나부코〉 3막 〈히브리 노예들의 합창〉으로 알려진 오페라 대본의 제목이자 노래의 서두 첫 마디이기도 하다. 이탈리아어 제목은 〈가라, 내 마음이여, 황금 날개를 달고Va pensiero, sull'ali dorate〉다.

었기 때문이었다. 또 왜 결정을 하지 못했는가, 강제수용소 포로들로 분장한 합창단을 보고 싶지 않았기 때문이다. 또 왜 우유부단했던가, 브레겐츠의 팬더산 뒤로 거대한 먹구름이 올라오는 것이 보였고 다른 축제객들과는 달리 접이우산 하나 챙겨 오지 않았던 탓이다. 내가 그렇게 서 있노라니 내가 누군가에게 바람맞은 사람처럼 보였는지 한 젊은 숙녀가 내게 다가와 혹시 남는 표가 없느냐고 물었다. 그녀는 멀리서 여기까지 왔다고 말했으며 매표소에서 아무 표도 구할 수가 없어서 실망했다고 했다. 내가 그녀에게 표 두 장을 모두 건네주고는 좋은 저녁이 되라고 빌어주자, 그녀는 내가 브레겐츠 음악제의 〈나부코〉 공연을 보지 않겠다는 데에, 아니 그녀 옆에서 함께 관람한다는 충분히 있음직한 상황을 택하지 않은 데에 조금 당황해하면서 감사를 표했다.

기회를 날리고 약 반시간 뒤 나는 내 호텔 방 발코니에 앉아 있었다. 천둥이 하늘을 쩌렁쩌렁 울리더니, 이내 비가 쏟아지고 한 순간 오슬오슬 한기가 들었다. 딱히 놀랍지는 않았던 것이 오전에 엥가딘 지역 위쪽은 한여름인데도 눈이 내렸기 때문이다. 간간이 번개가 내리치면 호텔 뒤편 비탈을 따라 조성된 고산 식물원을 몇 초간 번쩍 비춰주었다. 그 식물원은 요제프 호프레너라는 한 남자가 오랜 시간 가꾸어 조성한 것이었다. 나는 오후에 그가 자신의 수석樹石 정원에서 분주하게 일하고 있을 때 말을 붙여보았다. 여든을 훌쩍 넘겼을 법한 이 요제프 호프레너라는 사람은 지난 전쟁중에 스코틀랜드에서, 그러니까 인버네스와 하이랜드 일대 곳곳에서 벌목 별동대의 포로로 잡혀 있었다고 했다. 그는 직업이 교사여서 처음에는 오버외스터라이히주로 전근을 갔었다는 말도 했다. 나는 어떻게 그런 것을 묻게 되었는지 이제는 잘 생각나지 않지만 그에게 어디에서 교육을 마쳤느냐고 물었다. 그의 대답만큼은 지금도 분명히 생각난다. 빈의 쿤트만 골목에 있는 당시 비트겐슈타인도 다녔던 학교였다. 그는 비트겐슈타인을 까탈스러운 사람이라 했지만 그 외에는 그 사람에 대해 뭐라 한마디도 말하려 들지 않았다.

그날 저녁 브레겐츠에서 잠들기 전 나는 베르디 전기 마지막 몇 쪽을 읽었고, 아마 그 탓인지 그날 밤 그 마에스트로가 1901년 1월 임종을 앞두고 있을 때 밀라노 사람들이 그가 평온하게 저세상으로 떠날 수 있도록 그의 집 앞 길에 지푸라기를 뿌려놓아 말들의 말발굽 소리를 죽였다는 일화를 꿈으로 꾸었다. 꿈에서 나는 짚으로 덮인 밀라노 거리를, 그 거리 위를 소리 없이 오가는 승합마차를 보았다. 그 거리는 기이하게도 산을 향해 가파르게 난 오르막길이었는데 그 끝에는 칠흑같이 시커먼 번개 자국이 선연한 하늘이 있었고, 그 풍경은 꼭 비트겐슈타인이 여섯 살 소년일 때 호흐라이트에 있는 여름 별장 발코니에서 촬영한 하늘 같았다.

재건 시도

　　1949년 성탄절을 앞두고 베르타흐면 엥겔비르트 주점 위층 우리 집 거실에서 가족 모두가 둘러앉아 있던 모습이 지금도 눈에 선하다. 누나는 여덟 살, 나는 다섯 살이었는데 우리는 아직 아버지에게 완전히 적응하지 못하고 있었다. 아버지는 프랑스군 전쟁포로로 잡혀 있다 1947년 2월 귀향한 뒤, 주중에는 군청 소재지 존트호펜시에서 아버지 말로는 사무원으로 일했고, 그래서 언제나 토요일부터 일요일 점심 때까지만 집에 와 있었다. 그때 우리 앞에는 난생처음 보는 새 크벨레 통신판매 카탈로그가 동화처럼 신비해 보이는 상품들을 엄선해 싣고 거실 탁자 위에 펼쳐져 있었다. 그날 저녁 아버지는 그 카탈로그를 두고 오래 상의한 끝에 아이들을 위해 금속 버클이 달린 낙타털 실내화를 하나씩 사주자는 합리적인 주장을 관철시켰다. 당시만 해도 지퍼는 상당히 귀했던 것 같다.

어쨌든 낙타털 슬리퍼에 덤으로 이른바 '도시 사중주'라 불리는 카드게임도 주문했는데, 그해 겨울 우리는 자주 그 장난감을 가지고 놀았다. 아버지가 집에 있든 다른 손님이 와 있든 가리지 않고 말이다. 올덴부르크 있어? 부퍼탈 있어, 아니면 보름스는? 하고 우리는 서로 물었던 것 같다. 그렇게 나는 난생처음 마주친 그 이름들을 보면서 글자를 깨쳤다. 그후로도 한참 크란체크, 융홀츠, 운터요흐*와는 확연히 다른 이런 이름들을 들으면 오로지 각각의 카드패에 그려져 있던 것만 떠올랐던 기억이 난다. 이를테면 거인 롤란트†, 포르타 니그라‡, 쾰른 대성당, 단치히 크레인탑, 브레슬라우§의 중앙광장을 빙 둘러싼 아름다운 시민가옥 같은 것만이 떠올랐던 것이다.

기억 속에 묻혀 있는 도시의 목록을 끄집어내다보니 밝혀진, 또 당시로선 당연히도 별 생각이 들지 않던 사실인데, 실

---

* 모두 제발트의 고향 베르타흐가 소재한 알고이 지방과 그 일대에 있는 궁벽진 알프스 산간마을 이름들이다.

† 『롤랑의 노래』의 주인공 롤란트를 기리기 위해 브레멘시에서 만든 석상. 브레멘의 시대 마르크트 광장에 세워져 있으며 5.5미터 높이로 브레멘시의 상징물이다.

‡ 독일 라인란트팔츠주 트리어시를 대표하는 로마 시대 유적. '검은 문'이란 뜻이다.

§ 브로츠와프의 독일어 이름. 이곳은 1945년까지 독일령으로 브레슬라우라 불렸다. 중심광장인 리네크는 중세시대부터 내려오는 아름다운 광장으로, 특히 원형 광장을 둘러싼 유서깊은 가옥들의 풍경이 유명하다.

제로 '도시 사중주' 속 독일은 아직 분단되지 않은 것은 물론 파괴되지도 않았다. 그건 일찍이 내게 암흑의 조국이란 이념을 불러냈던 도시들이 카드에서는 하나같이 암갈색을 띤 채 전쟁 전 모습으로 재현되어 있었기 때문이었다. 뉘른 베르크성 밑에 서 있는 복잡한 문양의 박공가옥, 브라운슈 바이크의 목골가옥, 뤼베크 구시가지의 홀스텐 성문, 드레 스덴의 츠빙거궁과 브륄의 테라스가 그런 사례들이었다.

'도시 사중주'는 내 독서 이력의 출발점뿐만 아니라 학교 에 들어간 직후부터 분출되기 시작한 지리학에 대한 열광의 시작점에도 자리잡고 있었다. 더구나 온갖 종류의 지도책 과 지도 접책을 펴놓고 무한한 시간을 바쳤던, 삶이 진행될 수록 거대한 강박으로 증대해온 장소 집착증의 출발점이기 도 했다. 슈투트가르트 역시 '도시 사중주' 게임에 고무되어 지도에서 금방 찾아낼 수 있었다. 직접 확인해보니 그 도시 는 나머지 다른 도시들에 비해 우리가 살던 곳에서 그리 멀 지 않았다. 하지만 그곳까지 가는 여정은 어떨지, 또 그 도시 가 어떤 모습을 하고 있을지는 머릿속에 그려볼 수가 없었 다. 슈투트가르트 하면 언제나 카드에 그려진 슈투트가르트 중앙역만 떠올랐던 까닭이다. 중앙역사는, 나중에 알게 된 사실인데, 건축가 파울 보나츠가 일차대전 전에 설계하고 곧바로 완성시킨 자연석 요새로, 그 각지고 포악한 외관 면 에서 이후에 도래할 어떤 점들을 선취한 건물이었다. 심지 어 그 건물은, 이런 식의 터무니없는 사고의 비약이 허락된다면, 어느 영국 여학생이 어느 엽서 뒷면에 써보낸 몇 줄의 전언까지도 선취했다. 그 엽서는 뻣뻣한 글씨체로 보아 열다섯 살 남짓한 영국 여학생이 슈투트가르트에서 방학을 보낼 때 요크셔 백작령 솔트번에 사는 J. 윈 부인에게 부친 것이었다. 나는 1960년대 말 맨체스터의 구세군 중고가게에서 그 엽서를 입수했는데, 엽서는 오래전 온데간데없이 사라져버린 우리 '도시 사중주'와 신기하게도 똑같은 시점에서 보나츠가 지은 중앙역을 슈투트가르트의 고층 건물 세 채와 나란히 보여주고 있다.

베티—슈투트가르트에서 여름을 보냈던 그 소녀—는 엽서에 1939년 8월 10일이라고 적어놓았는데, 바야흐로 이차대전 발발이 석 주도 남지 않았을 시점이다. 내 아버지는 그때 벌써 트럭 수송대를 몰고 슬로바키아의 폴란드 국경까지 진군해 갔으리라. 베티는 슈투트가르트 사람들이 무척 친절하다고, 자기는 하이킹도 하고 일광욕도 하고 관광도 하고, 독일인 생일잔치에도 가고 영화도 보러 가고 히틀러 유소년단의 축제에도 놀러갔다고 썼다.

맨체스터 시내를 한참 어슬렁거리다가 이 엽서를 사진 때문만이 아니라 뒷면의 편지글 때문에 구입했을 때, 나는 아직 슈투트가르트를 가보지 못한 상태였다. 물론 내가 알고 이 지방에서 성장했던 전후 시절은 사람들이 여행을 많이 다니던 때가 아니었다. 설사 나중에 경제 기적의 흐름을 타고 한 번씩 소풍을 떠날 수 있었다고 해도 관광버스를 타고 티롤이나 포르아를베르크, 아니면 멀리 가봐야 스위스 내륙 정도를 가보았을 뿐이다. 슈투트가르트나 여전히 수치스러운 상태에 있는 다른 도시들로 단기여행을 가려는 수요는 없었다. 그러다보니 내가 스물한 살의 나이에 조국을 떠날 때까지도, 그 조국은 앞으로도 어쩐지 후미지고 아늑하다고는 할 수 없을 미지의 영토로 남게 되었다.

처음 보나츠의 역에 내린 것은 1976년 5월이었다. 그건 누군가로부터 나와 오버스트도르프에서 학교를 같이 다닌 화가 얀 페터 트리프가 슈투트가르트 라인스부르크 거리에 산다고 전해들었기 때문이었다. 트리프를 찾아갔던 일은 기념할 만한 추억으로 남아 있다. 트리프의 작업을 보는 순간 경탄이 우러나온 동시에 이제는 대학 강의 말고 무언가 다른 일을 해보고 싶다는 생각이 스쳐갔던 것이다. 트리프는 당시 완성한 판화 한 점을 내게 선물로 쥐어주었다. 그 판화는 정신병을 앓던 판사회 의장 다니엘 파울 슈레버를 묘사한 것인데, 슈레버의 두개골 속에 거미 한 마리가 들어앉아 있다—대체 우리 안에서 바삐 움직이는 사유보다 더 무서운 것이 뭐가 있겠는가? 그후 내가 쓴 많은 글들의 연원은 바로 이 판화다. 그뿐만 아니라 그 판화의 기법, 엄밀한 역사적 관점을 견지하는 자세, 끈기 있는 세공 작업, 얼핏 멀리 떨어져 있을 것 같은 사물들을 정물화 스타일로 그물망처럼 엮은 방식도 그러하다.

그때부터 나는 어떤 보이지 않는 관계들이 우리 삶을 결정하는지, 그 실들은 대체 어디로 나아가는지 줄기차게 묻고 있다. 이를테면 내가 라인스부르크 거리를 방문했던 일과 그곳에 종전 직후 몇 년 동안 이른바 난민 수용소가 존속했었다는 사실은 어떤 고리로 묶여 있는가. 그 수용소에서 1946년 3월 29일 슈투트가르트 경찰 백여든여 명이 일제 단속을 실시하면서 양계업자 몇 명이 연루된 밀매 말고는 발각한 것이 없었는데도 수십 발의 총탄을 발사해, 수용소 거주민 한 명이 부인 및 두 자녀와 재회하자마자 세상을 떠나고 말았다는 사실은 나와 어떻게 연결되어 있는가.

어째서 그런 이야기를 머릿속에서 떨쳐버릴 수 없는 것일까? 왜 나는 전차를 타고 슈투트가르트 시내로 가다 포이어제*라는 역을 지나칠 때면, 우리가 주위의 모든 것을 훌륭히 재건했는데도 아직 우리 위로는 불길이 치솟고 있다는 생각이 드는 것일까? 왜 그럴 때마다 우리가 전쟁 막바지 몇 년간 공포시대를 겪은 이후 일종의 지하 은신 생활을 하고 있다는 생각이 드는 것일까? 어느 겨울 밤 뫼링겐에서 택시를 잡아타고 뒷좌석에 앉아 처음으로 다임러 그룹의 신종합청사를 보게 된 여행객에게 어둠 속에서 번쩍이는 조명의 그물망이 전 지구상에 흩뿌려진 별들의 들판처럼 보인 이유는 무엇이었을까? 그러한즉 이 슈투트가르트의 별은 비단 유럽의 도시들만이 아니라 베벌리힐스와 부에노스아이레스의

* '불호수'라는 뜻의 슈투트가르트 구역. 소화수 확보를 목적으로 조성된 연못에서 유래한 이름이다.

대로에서도 보이게 됐고, 황폐가 만연한 지역 도처에서도, 즉 수단, 코소보, 에리트레아, 아프가니스탄에서도 보이는 바, 그곳에선 결코 끊어지지 않을 것 같은 트럭 행렬이 난민이라는 화물을 싣고 흙먼지 날리는 길을 이동하고 있는 것인가?

오늘날 우리가 서 있는 이 지점은 18세기 후반 인류의 개선 및 학습 가능성을 향한 희망이 아름다운 곡선 서체로 우리 철학의 천상에 당당히 새겨져 있던 그때로부터 얼마나 아득히 떨어져 있는가? 우거진 덤불 비탈과 포도밭 구릉에 묻혀 있던 슈투트가르트는 당시에는 이만 남짓한 사람들이 모여 살던 작은 도시였다. 어디선가 읽은 바에 따르면 그중 누군가는 종교재단의 교회탑과 참사회 교회탑 꼭대기에 자신의 보금자리를 마련하기도 했다. 이 지방이 낳은 아들 프리드리히 횔덜린은, 이른 아침이면 너도나도 가축들을 시장 광장 흑대리석 우물로 몰고 가 물을 먹이는, 아직 깨지 않은 조그만 슈투트가르트를 자랑스럽게 고향의 여제후라고 불렀다. 그는 이미 역사에 또 자기 인생에 임박한 어두운 방향 전환을 예감하고 있었다는 듯 여제후에게 이렇게 간청한다. 제발 저와 같은 외지인을 친절하게 받아들이소서. 폭력으로 각인된 시대가 한 발 한 발 전개됨에 따라 개인의 불행은 그 속으로 얽혀들어간다. 횔덜린이 쓰기를, 혁명의 어마어마한 행보가 무시무시한 광경을 선사한다. 프랑스군이 독일을 침공한다. 상브르뫼즈 연대는 프랑크푸르트까지 밀고 들어온다. 격렬한 포탄 공격이 지나가자 극심한 혼란이 그곳을 지배한다. 횔덜린은 공타르*의 가솔들을 따라 풀다에서 카셀로 피난을 갔다. 그리고 돌아오는 길에 그는 신분차별 때문에 사랑을 이룰 수 없는 현실과 자신의 소망에서 비롯된 환상 사이에서 점점 더 갈피를 잡지 못한다. 온종일 주제테와 함께 정원 별실과 너른 나무그늘 밑에 앉아 있지만 그럴수록 자신의 굴욕적인 처지가 마음을 더 강하게 짓누른다. 그는 결국 그 집을 도로 나와야 했다. 서른 해도 채 되지 않는 인생 동안 그는 얼마나 많이 걷고 또 걸었던가? 뢴산맥, 하르츠, 크노헨베르크를 걸었고, 할레와 라이프치히까지 걸어갔으며, 이제 프랑크푸르트에서 좌절을 겪은 뒤 다시 뉘르팅겐과 슈투트가르트로 돌아가고 있는 것이다.

하지만 금세 스위스 하우프트빌로 다시 여행을 떠난다. 친구들이 한겨울 쇤보흐를 지나 튀빙겐까지 동행했으나, 그 뒤부터 그는 다시 혼자서 슈바벤 알프스를 등정했다가 반대쪽으로 내려왔으며 지크마링겐까지 고독한 산길 여정을 이어갔다. 그곳에서 호수까지는 열두 시간이 소요되었다. 그는 배를 타고 조용히 물 위를 지났다. 이듬해에는 가족 곁에서 짧은 시간을 보낸 뒤 다시 길을 떠나 콜마르, 이젠하임, 벨포르, 베장송과 리옹을 지나 서서쪽과 남서쪽으로 갔다. 1월 중순에는 루아르강 상류의 저지대를 통과해 눈 속에 깊

* 횔덜린이 입주 가정교사로 일했던 집안. 1796년부터 프랑크푸르트의 은행가 공타르의 아이들을 가르쳤던 횔덜린은 공타르의 부인 주제테와 사랑에 빠진다.

이 잠긴 오베르뉴의 무시무시한 산등성이를 넘어 폭풍과 야생을 뚫고 마침내 보르도에 도착했다. 당신은 이곳에서 행복할 것이오, 횔덜린이 도착하자 마이어 영사가 말했다. 하지만 여섯 달이 지나고 그는 다시 기진맥진하고 얼이 빠진 몸과 동요하는 눈빛의 걸인 행색으로 슈투트가르트로 돌아갔다. 저와 같은 외지인을 친절하게 받아들이소서. 그는 무엇에 몸서리를 쳤던 것일까? 사랑이 부족했던 것일까, 사회적 냉대를 견뎌낼 수 없었던 것일까? 아니면 불행을 겪으면서 너무 많은 것을 예감했던 것일까? 그는 자기 조국이 아름답고 평화로운 비전을 등지리라는 것을 알았을까, 머지않아 자신과 같은 사람들을 감시하고 가두어놓고 탑의 방 말고는 살 곳을 주지 않으리라는 것을? 문학이 무슨 소용이란 말인가?

문학의 소용은, 아마도 어떤 인과적 논리로도 해명할 수 없는 특별한 연관관계가 존재한다는 것을 우리가 기억하고 파악하는 법을 배우는 것, 단지 여기에만 있는 것이 아닐까. 가령 이전에는 단지 제후 관저 주재도시였고 훗날 산업도시가 되는 슈투트가르트와, 일곱 개의 언덕으로부터 확장해나간 프랑스 도시 튈―이곳에 사는 한 부인이 얼마 전에 내게 편지로 이렇게 말했다. 튈, 그 도시는 우리에게 요구하고 있어요―사이에 있는, 횔덜린이 보르도로 돌아올 때 거쳐갔던 곳인 코레즈에서 일어났던 일처럼. 1944년 6월 9일 튈, 그러니까 내가 베르타흡 제펠더하우스에서 이른바 세상의

재건 시도 285

빛을 처음 보았던 시점으로부터 정확히 석 주 뒤, 그리고 횔 덜린 사망 101주기 즈음, 마을에 사는 남자 전부가 보복 작전을 위해 출동한 나치친위대 사단 다스 라이히*에게 붙잡혀 군수공장 부지로 끌려갔다. 이 지역의 자의식에 오늘날까지도 그늘을 드리운 이 불행한 날 그중 아흔아홉 명이 연령을 막론하고 수이렉 구역 가로등과 발코니 난간에 목매달려 살해당했다. 나머지 사람들은 강제노동수용소와 학살수용소로, 나츠바일러, 플로센뷔르크, 마우트하우젠†으로 강제 이주됐고, 그곳에서 많은 이가 채석장에서 혹사당하다 사망했다.

문학은 무슨 소용이 있는가? 나 역시―횔덜린이 자신에게 물었듯이―자신들의 봄날을 예감하면서 사랑하며 살았으나 어느 도취한 날 복수하는 운명의 세 여신 파르카이에게 붙잡혀 소리 소문도 없이 몰래 이 밑으로 끌려온 수천의 사람들처럼, 기만적인 빛이 비치면 사나운 혼돈이 일어나고, 서리가 내리고 가뭄이 들면 시간이 느리게 셈해지며, 인간은 여전히 한숨 속에서만 불멸의 존재들을 찬미하는 저기 저곳, 저 너무도 정신이 말간 나라, 저 어둠 속에서 참회하게 될 것인가. 시행詩行에서 죽음의 경계를 가로질러 두루 조망

---

* '제국'이라는 뜻. 나치친위대의 38사단 중 하나로 기갑사단이자 엘리트 부대였다.
† 오버외스터라이히주에 있는 시전면. 나치 시대에 오스트리아에서 가장 큰 강제수용소가 있던 곳이다.

하는 시선에는 그늘이 드리워져 있지만, 동시에 크나큰 불의를 당한 사람들에 대한 묵념을 통해 빛을 받고 있다. 글쓰기의 형식은 많고 많다. 하지만 오직 문학적인 글쓰기에서만이 사실을 등록하고 탐구하는 것을 넘어 재건하려는 노력이 그 관건으로 대두한다. 슈투트가르트에도 그러한 과업에 복무하는 집이 있다고 해서 이상할 것은 없다. 나는 그 집과 그 집이 거하는 도시에 선한 미래가 있기를 기원한다.

독일 학술원 입회 연설

저는 1944년 알고이에서 태어났기 때문에 제 삶의 출발점에 드리워진 파괴에 대해서 조금이라도 인지하고 파악하기까지는 상당한 시간이 필요했습니다.* 어린 시절 이따금 어른들이 '전복顚覆'에 대해서 말하는 소리를 듣기는 했으나 대체 무슨 전복이라는 것인지는 알지 못했습니다. 우리의 무시무시한 과거에 대해서 처음으로 어렴풋하게나마 알게 된 것은 1940년대 말에 플래트 지역의 제재소에 큰불이 나 외곽에 사는 동네 사람들이 모두가 뛰쳐나와 컴컴한 밤하늘 위로 넘실대던 불길을 지켜봤던 순간이 아니었나 싶습니다. 그후 학교에 들어가보니 당시로서는 불과 십오 년밖에 되지 않은 과거사보다 알렉산드로스대왕이나 나폴레옹의 원정을

---

* 제발트의 고향 알고이 지역은 알프스 산간에 있어 연합군의 공습을 받지 않았다.

더 중요하게 다루고 있었습니다. 대학에서도 마찬가지로 최근 독일 역사에 대해서는 전혀라고 해도 좋을 정도로 아무것도 배우지 못했습니다. 그 시절 독문학은 제게 눈감고 아웅하는 학문이나 다름없어서, 헤벨*이라면 독문학이 창백한 말†을 타고 있다고 말했을 겁니다. 겨울학기 입문 세미나 시간 내내 우리는 **황금 단지**‡를 열심히 휘저었지만 이 희한한 소설이 바로 이전의 현실 상황과 맺는 관계라든가, 그러니까 당시 엘베강변의 도시 드레스덴의 초입에 널려 있던 주검 더미와 그 도시를 휩쓴 기아며 전염병과 맺는 관계에 대해서는 단 한 차례도 언급되지 않았습니다. 1965년에 스위스로 떠나고 이듬해 영국으로 갔을 때야 비로소, 그렇게 멀리 떨어져 있게 되자 제 머릿속에서는 조국에 대한 생각이 차츰 모양을 잡아가기 시작했고, 이 생각들은 제가 외국에서 보낸 삼십 년도 더 넘는 세월 동안 점차 정교해지고 복잡해졌습니다. 독일연방공화국 전체가 제게는 뭔가 특이하게 비현실적인 것으로, 이를테면 도저히 끝날 것 같지 않은 데자뷔처럼 여겨집니다. 저는 영국에서 객泰처럼 살고 있지만 여기에서도 친근감과 소외감 사이를 오고갑니다. 헤벨도 그런 꿈을 꾸었다는데요, 저도 한번은 파리에서 매국노와 모

---

* Johann Peter Hebel(1760~1826). 독일 작가이자 신학자, 교육학자. 독일인들에게 사랑받는 이야기꾼으로『라인 지역 가정의 벗』이 특히 유명하다.
† 「요한계시록」에 나오는 제4기사. 창백한 말을 타고 있는 것은 '죽음'이라 했다.
‡ 1814년에 출판된 E. T. A. 호프만의 소설 제목.

리배로 지목되어 만천하에 발가벗겨지는 꿈을 꾸었습니다. 바로 이런 두려움을 안고 있던 터라, 저는 제가 학술원에 받아들여진 것이 저를 정당화해주는 뜻밖의 형식으로 느껴져 반가운 마음이 듭니다.

생소, 통합, 위기

1 Peter Handke, *Kaspar*, Frankfurt 1968, 12쪽.

2 Jakob Wassermann, *Caspar Hauser*, Frankfurt 1968, 5쪽.

3 Friedrich Nietzsche, *Unzeitgemäße Betrachtungen*, Stuttgart 1964, 101쪽.

4 같은 책, 109쪽.

5 *Caspar Hauser*, 16쪽

6 같은 곳.

7 *Kaspar*, 99쪽 참조.

8 *Caspar Hauser*, 20쪽.

9 Rudolf Bilz, *Studien über Angst und Schmerz-Paläoanthropologie* 1/2 권, Frankfurt 1974, 278쪽.

10 Franz Kafka, *Erzählungen,* Frankfurt 1961, 158쪽.

11 Hugo von Hofmannsthal, *Terzinen-Über die Vergänglichkeit*, Frankfurt 1957, 16쪽.

12 David Cooper, *Der Tod der Familie*, Hamburg 1972, 37쪽.

13 Peter Handke, "Die Dressur der Objekte." In: *Ich bin ein Bewohner des Elfenbeinturms*, Frankfurt 1972, 145쪽.

14 같은 책, 144쪽.

15 같은 책, 145쪽.

16 Peter Handke, *Ritt über den Bodensee*, Frankfurt 1972, 95쪽.

17 Robert Musil, *Der Mann ohne Eigenschaften*, Berlin 1930, 496쪽.

18 *Kaspar*, 20쪽 참조.

19 같은 책, 21쪽. (국역본 페터 한트케, 『카스파』, 임호일 옮김, 성균관대학교 출판부 1999, 23~24쪽.)

20 Lars Gustafsson, "Die Maschinen." In: *Utopien*, München 1970, 39쪽.

21 *Kaspar*, 50~51쪽.

22 같은 책, 75~76쪽. (『카스파』, 79~80쪽.)

23 같은 책, 55쪽.

24 이 인용과 아래 두 개의 인용 모두 같은 책, 56쪽. (『카스파』, 60쪽.)

25 같은 책, 57쪽. (『카스파』, 61쪽.)

26 이 인용과 아래 두 개의 인용 모두 같은 책, 58쪽. (『카스파』, 62쪽.)

27 이 인용과 아래 두 개의 인용 모두 같은 책, 92쪽.

28 같은 책, 31쪽.

29 같은 책, 93쪽. (『카스파』 99~100쪽. 번역 일부 수정.)

30 이 인용과 아래 인용 같은 책, 101쪽.

31 David Cooper, *Psychiatrie und Antipsychiatrie*, Frankfurt 1971, II쪽.

32 Peter Handke, *Wunschloses Unglück*, Frankfurt 1974, 48쪽.

33 Ernst Cassirer, *Sprache und Mythos, Studien der Bibliothek Warburg*, Leipzig/Berlin 1925, 5쪽.

역사와 자연사 사이

1 Heinrich Böll, *Hierzulande - Aufsätze zur Zeit*, München 1963, 128쪽.

2 Heinrich Böll, *Frankfurter Vorlesungen*, München 1968, 121쪽.

3 Hans Erich Nossack, *Er wurde zuletzt ganz durchsichtig-Erinnerungen an Hermann Kassack*. In: *Pseudoautobiographische Glossen*, Frankfurt 1971, 50쪽. 이 텍스트는 1966년 함부르크의 『자유예술학술원 연보*Jahrbuch der Freien Akademie der Künste*』에 처음으로 발표되었다.

4 노사크는 위에서 인용한 논문에서 세계적인 성공을 거론한다. *Erinnerungen*, 50쪽 참조.

5 Hermann Kassak, *Die Stadt hinter dem Strom*, Frankfurt 1978, 18쪽.

6 같은 책, 10쪽.

7 노사크의 표현 중 하나다. *Glossen*, 62쪽 참조.

8 Kassak, *Die Stadt hinter dem Strom*, 152쪽.

9 같은 곳.

10 같은 책, 154쪽.

11 같은 책, 142쪽.

12 같은 책, 314쪽.

13 같은 책, 315쪽.

14 Nossack, *Erinnerungen*, 47쪽 참조. "진정한 문학은 당시에는 비밀언어로

쓰여 있었다."

15 *Die Stadt hinter dem Strom*, 384쪽.

16 Hans Erich Nossack, *Der Untergang*. In: *Interview mit dem Tode*, Frankfurt 1972, 209쪽.

17 같은 책, 225쪽.

18 같은 책, 233쪽.

19 같은 책, 230쪽.

20 같은 책, 229쪽.

21 같은 책, 210쪽.

22 같은 책, 209쪽.

23 이 인용구는 노사크가 파시스트 정권 치하에서 보낸 시절을 술회하는 자전적 에세이 『삶이 없는 이 삶』에서 따온 것이다. 이 에세이는 1933년에 희생자 편에 있고 싶다는 이유로 스스로 생을 마감한 옛 동창과 관련된 것이다.

24 무엇보다도 『군중과 권력*Masse und Macht*』『양친과의 이별*Abschied von den Eltern*』『틴세트*Tynset*』를 참조하라.

25 *Interview mit dem Tode*, 193쪽. 이런 관점을 견지한 '고전적인' 인물은 아마도 알프레드 안더쉬의 여러 모로 상당히 미심쩍은 소설 『잔지바르 또는 마지막 이유』에 나오는, 장렬히 죽은 헬란더 목사일 것이다.

26 *Glossen*, 21쪽.

27 *Der Untergang*, 254쪽.

28 같은 책.

29 *Glossen*, 20쪽.

30 Hans Erich Nossack, *Bericht eines fremden Wesens über die Menschen*. In: *Interview mit dem Tode*, Frankfurt 1972, 8쪽.

31 *Der Untergang*, 204쪽.

32 같은 책, 205쪽; 208쪽.

33 같은 책, 211~212쪽.

34 같은 책, 226~227쪽.

35 Victor Gollanz, *In Darkest Germany*, London 1947. 여기서 인용한 책은 골란츠의 신문기사와 편지, 수기를 편집한 보고서다. 이 책의 미덕은 문학적 야심을 부리지 않아 오히려 종전 직후 독일 국민이 처한 상황에 대한 인상을 정확히 전해준다는 점이다. 이 책에는 '장화의 고난'이라는 제목을 단 장章이 있다. 전후 독일인의 신발에 바쳐진 이 장에는 신발만을 촬영한 사진 약 스무 장이 실려 있다. 심하게 훼손된 신발의 사진은 사실상 자연사적 현상을 보는 것 같은 착각을 불러내며, 독일인들에게 훗날 '튼튼한 신발'이란 개념을 연상케 할 그 의미에 대해서 전부 다 기록할 수는 없었음을 독자에게 상기시키고 있다. 이것은 과거의 현재성과 현재의 현재성을 다큐멘터리적으로 연결하는 클루게의 작업에 본보기가 되었다고 할 수 있다. 한 가지 더 덧붙이자면 골란

츠는 종전 직후 독일 국민의 몇 안 되는 대변인이기도 했지만 그전에 강제수용소에서의 유대인 학살을 당시로선 최대한 이른 시점에 알리고 실행 가능한 반대조치를 제안했던 몇 안 되는 사람 중 하나였다. (*Let my people go-some practical proposals for dealing with Hitlers massacre of the Jews and an appeal to the Britisch Public*, London 1943 참조. 이 주제에 대해서는 그사이 대단히 인상적인 역사적 연구가 나왔다. T. Bower, *A Blind Eye to Murder*, London 1981.)

36 *Frankfurter Vorlesungen*, 82쪽 참조.

37 *Der Untergang*, 216쪽.

38 *Frankfurter Vorlesungen*, 83쪽.

39 Nossack, *Der Untergang*, 243쪽.

40 Alexander Kluge, *Neue Geschichten. Hefte 1-18 >Unheimlichkeit der Zeit<*, Frankfurt 1977, 102쪽.

41 Theodor W. Adorno, *Prismen*, München 1963, 267쪽.

42 Kasack, *Die Stadt hinter dem Strom*, 82쪽.

43 같은 책, 22쪽.

44 *Der Untergang*, 217쪽.

45 Elias Canetti, *Die gespaltene Zukunft*, München 1972, 58쪽.

46 *Der Untergang*, 219쪽.

47 같은 책, 248~249쪽.

48 *Interview mit dem Tode*, 256쪽 참조.

49 Adorno, *Kierkegaard–Konstruktion des Ästhetischen*, Frankfurt 1966, 253쪽.

50 Nossack, *Der Untergang*, 245쪽.

51 *Odyssee*, XXII, 471~473쪽.

52 Nossack, *Der Untergang*, 245쪽.

53 *Neue Geschichten*, 9쪽.

54 같은 책, 83~84쪽. 이런 '진술'에서 독자가 유도해낼 수 있는 결론은 솔리 주커맨이 자전적 보고서 『유인원에서 장군으로*From Apes to Warlords*』(London, 1978)에서 공표한 테제와 일치한다. 주커맨 경은 전시 기간에 영국 정부의 공중전 전략 문제를 담당하는 학술 고문이었다. 그는 '마초Butch' 공군 중장 해리스 휘하 폭격기편대의 최고사령부가 오버로드Overload라는 이름으로 진행한 총파괴 전략을 폐기시키기 위해서 개인적으로 열성을 다했다. 그는 총파괴 전략 대신 적의 교신체계만을 목표로 삼는 선별적인 전략을 지지했다. 그가 확신하기로는 이 전략을 쓰면 전쟁을 더 속히, 그리고 희생자를 훨씬 적게 내면서 종결시킬 수 있었다. 이런 아이디어는 슈페어가 회고 중에 추정한 관련 내용과도 일치한다. 주커맨 경은 다음과 같이 쓴다. "우리가 이제는 알게 됐듯이, 미군은 1964년부터 1973년까지 베트남과 싸우면서

이차대전중 유럽의 어느 도시도 겪어보지 못한 강도로 백여 차례 공습을 가했지만 베트남 국민들의 사기를 단 한 순간도 꺾을 수 없었다. 그 구 년 동안 700만 톤의 폭탄이 베트남 남부(전체의 절반이 여기에 떨어졌다), 베트남 북부, 라오스, 캄보디아에 투하되었다. 그것은 이차대전중 유럽 영토에 떨어진 영국, 미국, 독일군의 폭탄을 다 합친 양보다 세 배는 많은 양이었다."(『군사령관Warlords』, 148쪽). 이는 지역폭격area bombing이 객관적으로 무의미하다는 주커맨 경의 주장을 뒷받침해줄 수 있는 근거이리라. 주커맨 경이 자신의 저서에서 말하듯이, 그는 전쟁이 끝나고 독일 도시에 미친 공습의 영향을 직접 둘러본 뒤에 사이릴 코널리가 편집하는 잡지 『호라이즌Horizon』에 「파괴의 자연사The Natural History of Destruction」라는 제목의 기사를 써야겠다는 계획을 품게 됐다. 그 계획은 유감스럽게도 실현되지 못했다.

55 *Neue Geschichten*, 35쪽.

56 같은 책, 37쪽.

57 같은 책, 39쪽.

58 같은 책, 49쪽.

59 이 인용과 이어지는 인용 같은 책, 53쪽.

60 여기에 대해서는 로베르트 볼프강 슈넬의 텍스트「부퍼탈 1945년」을 참조하라. In: *Vaterland, Muttersprache-Deutsche Schriftsteller und ihr Staat seit 1945*, K. Wagenbach, W. Stephan und M. Krüger 편집, Berlin 1979, 29~30쪽. 이 책은 브레히트의 이 견해를 여기에서 중요하게 다루는 맥락 가운데 인용한다.

61 Stanislaw Lem, *Imgainäre Größe*, Frankfurt 1981, 74쪽 참조.

62 *Neue Geschichten*, 59쪽

63 같은 책, 63쪽.

64 같은 책, 69쪽.

65 같은 책, 79쪽.

66 *Interview mit dem Tode*, 121쪽.

67 Andrew Bowie, *Problems of Historical Understanding in the Modern Novel*. Diss. masch. Norwich 1979 참조. 최종장에서 클루게와 논쟁하는 뛰어난 논문이다.

68 *Neue Geschichten*, 38쪽.

69 같은 책, 54쪽.

70 *Problems of Historical Understanding*, 295~296쪽.

71 *Neue Geschichten*, 106쪽.

애도의 구축

1 Alexander und Magarete Mitscherlich, *Die Unfähigkeit zu trauern*, München 1967, 9쪽.

2 모겐소계획안이 그렸던 대로 독일이 산산이 쪼개지고 비산업화 되었다면 재
건은 불가능했을 것이다. 그리고 로버트 버턴Robert Burton이 멜랑콜리적
인 국체를 묘사하면서 "땅은 개간되지 않았고 황량하며 사방이 늪, 황야, 황
무지뿐이고, 도시는 하나같이 썩어가고…… 가난하며 동네에는 사람이 없고
그나마 있는 주민들은 더럽고 추하고 야만적인 곳"이라 한 말은 아마도 독
일에 딱 어울리는 묘사가 되었을 것이다. (W. Lepenies, *Melancholie und
Gesellschaft*, Frankfurt 1969, 26쪽에서 재인용)

3 이 인용과 이하 세 개의 인용은 *Die Unfähigkeit zu trauern*, 35쪽.

4 Hans Erich Nossack, *Pseudoautobiographische Glossen*, Frankfurt
1971.

5 Hans Erich Nossack, *Der Untergang*. In: *Interview mit dem Tode*,
Frankfurt 1972, 249쪽.

6 William Shakespeare, *Hamlet*, 1막 2장. (국역본 윌리엄 셰익스피어, 『햄
릿』, 이경식 옮김, 문학동네 2016, 24쪽.)

7 *Die Unfähigkeit zu trauern*, 47쪽.

8 같은 책, 48쪽.

9 같은 책, 56쪽.

10 같은 책, 57쪽.

11 같은 책, 28쪽.

12 Heinrich Böll, *Frankfurter Vorlesungen*, München 1968, 8쪽.

13 같은 책, 9쪽.

14 *Die Unfähigkeit zu trauern*, 19쪽.

15 같은 책, 18쪽.

16 Günter Grass, *Tagebuch einer Schnecke*, Reinbek 1974, 80쪽.

17 같은 책, 27쪽. 리히텐슈타인의 책은 그후 1973년에야 출간되었다. 책의 서
문에서 리히텐슈타인은 그라스가 자신의 최근작에서 "내가 준 보고문과 뉴스,
다수의 사실자료 들"을 참고했다고 명시한다. 또 그는 이렇게 썼다. "『달팽이
의 일기』 독자들은 귄터 그라스가 단지 유대인 역사의 마지막 시대를 묘사
한 장에서 내 정보의 영향을 감지할 수 있으리라."(E. Lichtenstein, *Die Juden
der freien Stadt Danzig unter der Herrschaft des Nationalsozialismus*,
Tübingen 1973, VIII쪽.) 이는 유대인 교구의 운명에 대한 지역사적 연구가
독일에서 전무했으며 일찍이 장 파울이 규탄했던 '기독교의 유대인 무시'가
크게 달라지지 않았음을 보여주는 명백한 사례다.

18 Günter Grass, *Katz und Maus*, Reinbek 1963, 35쪽.

19 "Rede auf Hermann Broch." In: Elias Canetti, *Aufzeichnungen 1942-
1948*, München 1969, 159~160쪽 참조.

20 *Tagebuch einer Schnecke*, 153쪽.

21 Walter Benjamin, *Ursprung des deuschen Trauerspiels*, Frankfurt 1963,

166쪽.

22 *Tagebuch einer Schnecke*, 155쪽.

23 같은 책, 81쪽.

24 Heinrich Böll, *Der Zug war pünktlich*, München 1972, 34쪽.

25 *Tagebuch einer Schnecke*, 69쪽.

26 같은 책, 70쪽.

27 같은 책, 37쪽.

28 그라스가 자녀들에게 이야기하는 『달팽이의 일기』의 대목을 참조하라. "맞다. 너희는 죄가 없다. 나 또한, 반쯤은 늦게 태어났으니까 책임이 있는 것은 아니지. 하지만 어떻게 이런 일들이 천천히 일어난 건지 내가 잊어버리려고 하면, 너희가 알려고 하지 않으면 '죄와 수치Schuld und Scham'라는 [독일어] 단음절 단어들이 우리를 따라잡을지도 몰라. 슐트와 샴, 그 꼼짝도 않는 달팽이 두 마리를 막지 못할지도 몰라."(13쪽) 이 대목에서 유독 눈에 띄는 것은 마지막 두 줄이 그다지 설득력 있는 논리를 보여주지 못한다는 점이다.

29 *Tagebuch einer Schnecke*, 130쪽.

30 이 인용과 이하 인용 같은 책, 189쪽.

31 같은 책, 203쪽.

32 Wolfgang Hildesheimer, *Tynset*, Frankfurt 1965, 30쪽.

33 이 인용과 이하 인용 같은 책, 39쪽.

34 같은 책, 46쪽.

35 이 인용과 이하 인용 같은 책, 155~156쪽.

36 *Hamlet*, 1막 1장. (『햄릿』, 17쪽.)

37 Franz Kafka, *Briefe an Felice*, Frankfurt 1967, 283쪽 참조.

38 F. P. Wilson, *17th Century Prose*, Cambridge 1960, 45쪽 참조.

39 같은 책, 27쪽.

40 Sir Thomas Browne, *Hydriotaphia, Urne-Buriall or A Brief Discourse of the Sepulchrall Urnes lately found in Norfolk*, London 1658. In: *The Prose of Sir Thomas Browne*, New York/London 1968, 281쪽.

41 *Tynset*, 185쪽.

42 *Ursprung des deuschen Trauerspiels*, 164쪽 참조.

43 *Hamlet*, 4막 5장 참조.

44 *Tynset*, 87쪽.

45 Theodor W. Adorno, *Ästhetische Theorie*, Frankfurt 1970, 66쪽.

46 *Tynset*, 186쪽.

47 같은 책, 79쪽.

48 *Hamlet*, 1막 5장.

49 *Tynset*, 265쪽.

50 같은 책, 14쪽.

51 Wolfgang Hildesheimer, "Brief an Max über den Stand der Dinge und Anderes." In: *Manuskripe. Zeitschrift für Literatur* 76 (1982), 44쪽.

52 *Lucifers Königreich und Seelengejäidt: Oder Narrenhatz. In acht Theil abgetheilt... Durch Aegidium Albertinum, Fürstl.: Durchl: in Bayrn Secretarium, zusammen getragen*, München 1617, 411쪽. (Zitiert nach *Ursprung des deuschen Trauerspiels*, 156쪽.

통회

1 Peter Weiss, *Notizbücher 1960-1971*, Frankfurt 1982, II권, 812쪽.
2 이 인용 및 이하 인용 모두 같은 책, 813쪽.
3 *Notizbücher 1960-1971*의 810쪽에 나오는 단락을 환언한 것이다.
4 Peter Weiss, *Die Ästhetik des Widerstands*, Frankfurt 1983, III권, 14쪽.
5 이 인용 및 이하 인용 모두 같은 책, 16쪽.
6 *Notizbücher 1960-1971*, 812쪽.
7 *Die Ästhetik des Widerstands*, II권, 31쪽.
8 같은 책, 33쪽.
9 같은 책, 28쪽 참조.
10 같은 책, 31쪽.
11 *Notizbücher 1960-1971*, 191쪽.
12 이 인용 및 이하 인용 모두 Peter Weiss, *Abschied von den Eltern*, Frankfurt 1964, 8쪽.
13 같은 책, 9쪽.
14 Peter Weiss, *Notizbücher 1971-1980*, Frankfurt 1981, I권, 58쪽.
15 Friedrich Nietzsche, *Werke*, VI/2, Berlin 1968, 307~308쪽.
16 같은 책, 311쪽.
17 같은 책, 314쪽.
18 같은 책, 316쪽.
19 *Notizbücher 1960-1971*, 220쪽; 230쪽 참조.
20 같은 책, 351쪽.
21 Peter Weiss, *Die Ermittlung*, Frankfurt 1965, 89쪽.
22 *Notizbücher 1960-1971*, I권, 316쪽.
23 *Die Ästhetik des Widerstands*, III권, 210쪽.

밤새의 눈으로

1 Jean Améry, *Jenseits von Schuld und Sühne*, Stuttgart 1977, 68쪽.
2 같은 책, 9쪽.
3 W. G. Niderland, *Folgen der Verfolgung–Das Überlebenden-Syndrom*, Frankfurt 1980, 12쪽 참조.

4 *Jenseits von Schuld und Sühne*, 15쪽.

5 같은 책, 62~63쪽.

6 같은 책, 63쪽.

7 이 인용과 이하 인용 세 곳 모두 같은 책, 64쪽.

8 같은 책, 67쪽.

9 같은 책, 66쪽.

10 E. M. Cioran, *Précis de Décomposition*, Paris 1949, 11쪽.

11 *Jenseits von Schuld und Sühne*, 32~33쪽.

12 이 인용과 이하 인용 같은 책, 33쪽.

13 같은 책, 149쪽.

14 같은 책, 111쪽.

15 같은 책, 113쪽.

16 같은 책, 112쪽.

17 같은 책, 114쪽.

18 같은 책, 123쪽.

19 이 인용과 이하 인용 같은 책, 125쪽.

20 이 인용과 이하 인용 Jean Améry, *Örtlichkeiten*, Stuttgart 1980, 25쪽.

21 이 인용과 이하 인용에서 *Jenseits von Schuld und Sühne*, 78쪽 참조.

22 같은 책, 77~78쪽.

23 같은 책, 84쪽.

24 *Précis de Décomposition*, 49쪽.

25 같은 책, 50쪽.

26 Jean Améry, *Über das Altern*, Stuttgart 1968, 30쪽.

27 Jenseits von Schuld und Sühne, 44쪽.

28 같은 책, 89쪽 참조.

29 같은 책, 156쪽.

30 *Précis de Décomposition*, 46쪽.

31 같은 책, 21쪽.

32 *Folgen der Verfolgung*, 232쪽.

33 이 인용과 이하 인용 *Über das Altern*, 123쪽.

34 Jean Améry, *Hand an sich legen*, Stuttgart 1976, 27쪽.

35 같은 책, 30쪽.

36 같은 책, 83쪽.

37 *Précis de Décomposition*, 43쪽.

38 Jean Améry, *Lefeu oder Der Abbruch*, Stuttgart 1974, 186쪽.

39 Primo Levi, *Si questo è un uomo*, Mailand 1958 참조.

40 Dante, *Divina Commedia*, Inferno, 111곡 참조.

41 Jean Améry, *Widersprüche*, Stuttgart 1971, 157쪽.

편집자의 말

『캄포 산토』는 2001년 12월 14일 불의의 교통사고로 세상을 떠난 W. G. 제발트의 산문을 묶은 책이다. 사고 직전에 『아우스터리츠』가 출간됐기에 제발트는 미처 새 책 준비 작업에 들어가지 못한 상태였다. 그렇지만 미완으로 남은 유고가 있었다. 그는 『토성의 고리』(1995)를 발표하고 1990년대 중반 코르시카에 대한 책을 쓰기 시작했는데, 에세이와 『아우스터리츠』 작업에 밀려 중단하고 말았다. 코르시카 작업물의 일부는 1996년부터 독립적인 글의 형태로 여러 지면에 발표되었다. 그 가운데 꽤 긴 구절이 2000년 뒤셀도르프 시에서 주관하는 하이네 문학상 수상 당시 수락 연설문으로 쓰이기도 했다. 이 글들은 책 1부에 최초로 함께 묶여 「아작시오를 짧게 다녀오다」("지난해 9월 코르시카섬에서 이 주간 휴가를 보낼 때"), 「캄포 산토」("피아나에 도착한 첫날 제일 먼저 나선 길은"), 「바닷속 알프스」("호텔방 창가에 앉아 있던 어느 오후"), 그리고 마지막으로 소품 「옛 학교 교정」 순으로 실렸다. 코르시카에 대한 글 네 편은 각자 완결된 형태지만 중단된 책의 전 색채를 보여줄 수는 없는 불완전한 스펙트럼을 이루고 있다. 하지만 개별 글들은 이렇게 묶임으로써 새로운 면모를 드러내고 있으며 서로를 해명해주고 있다. 제발트 유고의 검토 및 편집 작업이 아직 끝난 것은 아니지만 이 외에는 최근에 작업한 문학 원고는 남아있지 않다. 코르시카 프로젝트는 때이르게 끝나버린 작가의 삶이 남긴 마지막이자 영원히 미완으로 남은 작품이다.

책의 2부는 제발트의 다른 면모, 에세이스트이자 비평가로서의 면모를 보여준다. 그는 이미 오스트리아문학에 대한 두 권의 저서 『불행의 기술』(1985)과 『섬뜩한 고향』(1991)을 출간한 바 있다. 여기에 더해서 근작 『시골 여관에서의 숙식』(1998)과 알프레트 안더쉬에 대한 논쟁적 에세이가 실린 『공중전과 문학』(1999)도 있다. 이와 같은 책들에서 엿볼 수 있는 글쓰기의 발전은 발표 시간순으로 이 책에 수록된 에세이 열세 편에도 반영되어 있다. 이 에세이들은 이전에 학술지와 문예지, 신문 문예란에 실렸던 글들로 이번에 처음 책의 꼴로 묶여 나왔다. 여기서 가장 이른 시기에 나온 페터 한트케의 『카스파르』에 대한 글(1975)을 비롯한 초기의 학술적인 글들에는 자신의 글쓰기가 계속해서 맴돌게 될 작가들(페터 바이스, 장 아메리)과 주제들(파괴, 애도, 기억)에 대한 제발트의 관심이 일찌감치 드러나 있으며 문체적 개성의 발전도 두드러진다. 그러나 1990년대 초부터 『현기증. 감정들』(1990), 『이민자들』(1992), 『토성의 고리』, 『아우스터리츠』와 동시간대에 탄생한 후기 에세이들, 즉 에른스트 헤르베크, 블라디미르 나보코프, 프란츠 카프카, 얀 페터 트리프, 브루스 채트윈에 대한 에세이에서 제발트는 드디어 주석을 포기하고 학술적으로 검증 가능해야 한다는 부담감을 벗어던지며 자기만의 어조로 말하기 시작한다. 그가 사망한 해에 뮌헨 오페라 축제 개막식에서 낭독한 연설문 「음악의 순간들」과 슈투트가르트시 문학의 집에서 낭독한 연설문 「재건 시도」에서 에세이스트 제발트는 더이상 문학 작가 제발트와 구분되지 않는다. 제발트는 일찍이 1993년에 지크리트 뢰플러와의 인터뷰에서 밝혔던, "나의 매체는 소설이 아니라 산문이다"라는 신념을 글쓰기 안에서 끝끝내 실천해낸 것이다. 이 책 마지막에 실린 글은 제발트가 독일 어문학 학술원에서 자신을 소개한 연설문이다. 여기에서 제발트는 요한 페터 헤벨도 꾸었다던 "매국노와 모리배로 지목되어 만천하에 발가벗겨지는" 꿈에 대해 이야기한다. 그런 두려움을 안고 있던 까닭에 그는 학술원 입회가 "뜻밖에도 자신을 정당화해주는 형식"으로 여겨진다고 말한다. 아마도 그처럼 뜻밖이지는 않겠지만 그에 못지않게 영광스러운 방식으로 그를 정당화해주는 다른 형식이 있다면, 그것은 제발트의 책들이 독자들에게 폭넓게 수용되고 그의 생각이 진지하게 논의되는 일일 것이다.

스벤 마이어Sven Meyer

출전

산문

「아작시오를 짧게 다녀오다Kleine Exkursion nach Ajaccio」.
실린 곳:『프랑크푸르터 알게마이네 차이퉁*Frankfurter Allge
meine Zeitung*』1996년 8월 10일. (여기에는 초고 그대로 수
록.)

「캄포 산토Campo Santo」, 미발표 유고.

「바닷속 알프스Die Alpen im Meer」. '바닷속 알프스. 여행 단상
Die Alpen im Meer. Ein Reisebild'이라는 제목으로 발표. 실
린 곳:『리터라투렌*Literaturen*』(2001), 30~33쪽.

「옛 학교 교정La cour de l'ancienne école」. 실린 곳: 헤르타 밀
러 외 지음, 크빈트 부흐홀츠 그림,『책그림책. 그림에 붙인
이야기들*BuchBilderBuch. Geschichten zu Bildern*』, 취리
히 1997, 13~15쪽.

에세이

「생소, 통합, 위기. 페터 한트케의 연극 〈카스파르〉에 대하여
    Fremdheit, Integration, Krisis. Über Peter Handkes Stück
    Kaspar」. 실린 곳:『리터라투어 운트 크리틱*Literatur und
    Kritik*』10 (1975), 93, 152~158쪽.

「역사와 자연사 사이. 총체적 파괴를 다룬 문학 서술에 대하
    여Zwischen Geschichte und Naturgeschichte. Über die
    literarische Beschreibung totaler Zerstörung」. "역사와 자
    연사 사이. 총체적 파괴를 다룬 문학 서술에 대하여-카사
    크와 노사크, 클루게를 중심으로Zwischen Geschichte und
    Naturgeschichte. Über die literarische Beschreibung totaler
    Zerstörung mit Anmerkungen zu Kassak, Nossack und
    Kluge"란 제목으로 발표. 실린 곳:『오르비스 리테라룸*Orbis
    litterarum*』37 (1982), 4, 345~366쪽.

「애도의 구축. 귄터 그라스와 볼프강 힐데스하이머Konstruktionen
    der Trauer. Günter Grass und Wolfgang Hildesheimer」.
    '애도의 구축. 귄터 그라스의『달팽이의 일기』와 볼프강 힐
    데스하이머의『틴세트』Konstruktionen der Trauer. Zu
    Günter Grass 〉Tagebuch einer Schnecke〈 und Wolfgang
    Hildesheimer 〉Tynset〈'라는 제목으로 발표. 실린 곳:『도이
    치운터리히트*Deutschunterricht*』(1983), 5, 32~46쪽.

「통회. 페터 바이스 작품에 나타난 기억과 잔혹에 대하여
    Die Zerknirschung des Herzens. Über Erinnerung und
    Grausamkeit im Werk von Peter Weiss」. 실린 곳:『오르비

스 리테라룸*Orbis litteratum*』41 (1986), 3, 265~278쪽.

「밤새의 눈으로. 장 아메리에 대하여Mit den Augen des Nachts vogels. Über Jean Améry」. 실린 곳: 『에튀드 제르마니크 *Études Germaniques*』43 (1988), 3, 313~327쪽.

「아기토끼의 아기, 아기 토끼. 시인 에른스트 헤르베크의 토템 동물에 대하여Des Häschens Kind, der kleine Has. Über das Totemtier des Lyrikers Ernst Herbeck」. 실린 곳: 『프 랑크푸르터 알게마이네 차이퉁*Frankfurter Allgemeine Zeitung*』, 1992년 12월 8일.

「스위스를 거쳐 유곽으로. 카프카의 여행일기에 대하여Via Schweiz ins Bordell. Zu den Reisetagebüchern Kafkas」. 실 린 곳: 『디 벨트보헤*Die Weltwoche*』, 1995년 10월 5일, 66쪽.

「꿈의 직물. 나보코프에 대한 촌평Traumtexturen. Kleine Anmerkung zu Navokov」. '꿈의 직물Traumtexturen'이라는 제목으로 발표. 실린 곳: 『문화잡지 두*du. Die Zeitschrift der Kultur*』6 (1996), 22~25쪽.

「영화관에 간 카프카Kafka im Kino」. '영화관에 간 카프카. 그 리고 한스 치슐러의 책에 대해서Kafka im Kino. Nicht nur, aber auch: Über ein Buch von Hanns Zischler'라는 제 목으로 축약되어 발표. 실린 곳: 『프랑크푸르터 룬트샤우 *Frankfurter Rundschau*』, 1997년 1월 18일. (초고 그대로 수록.)

「스콤베르 스콤브루스 또는 흔하디흔한 고등어. 얀 페터 트리 프의 그림에 대하여Scomber scombrus oder die gemeine Makrele. Zu Bildern von Jan Peter Tripp」. 실린 곳: 『노이에

취리허 차이퉁*Neue Züricher Zeitung*』, 2000년 9월 23/24일.

「적갈색 가죽 조각의 비밀. 브루스 채트윈에게 다가서며Das Geheimnis des rotbraunen Fells. Annäherung an Bruce Chatwin」. '적갈색 가죽 조각의 비밀. 니컬러스 셰익스피어의 전기 출간을 계기로 브루스 채트윈에게 한발 다가서다Das Geheimnis des rotbraunen Fells. Annäherung an Bruce Chatwin aus Anlass von Nicholas Shakespeares Biographie'라는 제목으로 발표. 실린 곳:『리터라투렌 *Literaturen*』11 (2000), 72~75쪽. (여기에는 원고 그대로 수록.)

「음악의 순간들Moments musicaux」. '그때 그들은 이미 갑판에 올라와 있었고 연주와 노래를 시작했다. 음악의 순간들. 나막신 댄스의 공포와 음치 아담 헤르츠, 또다른 원시림에서의 벨리니 열광에 대하여Da steigen sie schon an Bord und heben zu spielen und zu singen. Moments Musicaux: Über die Schrecken des Holzschuhtanzes, den Falschsinger Adam Herz und die Bellini-Begeisterung in einem anderen Urwald.' 실린 곳:『프랑크푸르터 알게마이네 차이퉁*Frankfurter Allgemeine Zeitung*』, 2001년 7월 7일.

「재건 시도Ein Versuch der Restitution」. "흩어진 기억들. 슈투트가르트 문학의 집 개원에 바치는 소망 Zerstreute Reminiszenzen. Gedanken zur Eröffnung eines Stuttgarter Hauses"이란 제목으로 발표. 실린 곳:『슈투트가르터 차이퉁 *Stuttgarter Zeitung*』, 2001년 11월 18일.

「독일 학술원 입회 연설Antrittsrede vor dem Kollegium der

Deutschen Akademie」. 실린 곳:『그들은 자신들을 어떻게 생각하는가. 독일학술원 입회 연설 모음. 한스 마르틴 가우어의 에세이도 수록*Wie sie sich selber sehen. Antrittsreden der Mitglieder vor dem Kollegium der Deutschen Akademie. Mit einem Essay von Hans Martin Gauger*』. 미하엘 아스만 엮음, 괴팅겐, 1999, 445~446쪽.

이미지

62쪽: 크빈트 부흐홀츠, 〈풍경의 질문 III〉, 1989.
　　종이에 펜/수채물감.
243쪽: 얀 페터 트리프, 〈불문율〉, 1996.
　　나무/종이에 아크릴. 지름 90cm.
245쪽: 얀 페터 트리프, 〈결승전〉, 1999.
　　나무/캔버스에 아크릴. 50×50cm.

옮긴이의 말

산문의 공중부양술

  편집자 스벤 마이어가 『캄포 산토』의 배경을 소상히 소개한 까닭에 여기에 뭐라고 첨언하는 것이 사족처럼 느껴지지만, 몇 마디 말을 보태고자 한다. 『캄포 산토』는 단 네 권의 산문픽션으로 현대 독일 산문문학의 거장 반열에 오른 독일 출신의 작가 W. G. 제발트의 유작이다. 제발트의 독자라면 잘 알고 있다시피 소설이나 에세이, 비평과 논문 같은 협의의 장르 개념으로 규정되지 않는 산문들을 써온 작가 제발트에게 좁은 의미의 '창작' 기준을 적용하는 것이 부당하기는 하지만, 제발트의 순수한 '창작' 시기를 보통 첫 시집 『자연을 따라』(1988)부터 사망 직전에 나온 산문픽션 『아우스터리츠』(2001)까지로 잡는다고 할 때, 『캄포 산토』는 이런 짧은 창작 시기에 대해 애독자가 느끼는 아쉬움을 부족한 대로 달래줄 수 있는 사실상 마지막 책인 것으로 보인다. 이 책에는 네 권의 산문픽션과 두 권의 시집(그리고 역시 유작으로 2008년에 시집 한 권이 더 묶여나왔다)을 제외하고 제발트가 남긴 유일한 '문학'인 코르시카 산문들이 실려 있기 때문이다. 코르시카 프로젝트는 상당히 방대한 자료 조사가 선행됐는데도 『아우스터리츠』 작업에 밀려 결국 한 권의 책으로 완성되지는 못했다. 그럼에도 우리가 잘 알고 있는 제발트 특유의 목소리를 듣는 데는 부족함이 없다.

하지만 한국 독자들에게 『캄포 산토』의 진짜 매력은 어쩌면 다른 곳에 있을 수도 있다. 이 책은 제발트의 '창작'과 불가분의 관계에 있으면서도 국내에는 거의 알려지지 않았던 그의 에세이적 세계를 다채롭게 소개한다. 물론 제발트의 비평가적 시선과 자의식이 십분 발휘된 『공중전과 문학』이 국내에 번역되기는 했으나, 저 '창작'의 시기 이전에 이십 년 가까이 독문학자와 비평가로서 써온 글들은 소개된 적이 없었다. 1979년 알프레트 되블린에 관한 논문으로 박사학위를 받은 제발트는 영국에서 오랫동안 학생들을 가르치고 논문을 발표하며 독문학자로 활동했다. 그의 비평적 글쓰기는 이른바 활발한 '창작' 시기에도 멈추지 않았는데, 스벤 마이어도 언급하고 있듯이 그는 오스트리아 작가들을 다룬 교수자격심사논문 『불행의 기술』(1985) 외에도 역시 오스트리아 작가들에 대한 비평서 『섬뜩한 고향』(1991), 스위스 작가들을 중점적으로 다룬 『시골 여관에서의 숙식』(1998)을 출간한 바 있다. 모두 『캄포 산토』 2부에서 매력적으로 드러난 작가초상의 스타일을 유감없이 보여주는 에세이집이다. 특정 작가에 대한 인상적인 스케치를 선보이는 이 2부의 에세이들은 같이 놓고 보면 한 편의 연작처럼 느껴질 정도로 유사한 주제를 다룬다. 모두가 제발트 특유의 멜랑콜리적 소묘를 통해 죽음, 망명, 우울, 애도, 기억의 문제와 씨름하는 작가들로 새롭게 도드라진다. 이런 에세이들에서 우리는 제발트가 뛰어난 작가 이전에 얼마나 뛰어난 독자이자 비평가인지, 또 그의 작품이 이런 독서 및 비평 경험에 얼마나 많이 빚지고 있는지 충분히 이해하게 된다. 물론 한국 독자들에게 생소할 수밖에 없는 독일 전후문학의 문제를 다루는 2부의 초창기 논문들은 1부의 산문이나 2부의 후기 에세이에 비해 다소 읽기 까다로울 수 있다. 그러나 제발트 문학의 문제의식이 어디에서 출발하는지를 알고 싶은 독자라면 아우슈비츠와 공중전을 그 역사적 무게에 값하는 방식으로 서술해 보인 독일문학이 놀랍도록 드물었다는 제발트의 주장에 귀기울여봄직하다.

제발트의 글들을 이렇게 한데 모아놓고 보니, 그가 얼마나 일관된 문제의식을 고집스럽게 지켜나간 작가였는지가 새삼 드러난다. 독일의 과거사를 위시하여 끝없이 반복되는 폭력과 파괴의 역사에 대한 비판적 관심, 파국의 인간사를 자연사와 불가분의 역사로 서술하려는 태도, 파국의 재현이 떠안아야 하는 윤리적 딜레마에 대한 고민, 기억과 애도의 불가능성에 맞선 고통스러운 투쟁 등이 그런 주제라고 할 수 있다. 한편 뚜렷한 변화도 느껴진다. 바로 문체의 변화다. 학술적인 에세이에서 보다 자유로운 에세이로 나아간 이십 오 년여의 시간이 흐르는 동안 제발트는 우리가 그의 다른 작품을 통해 익히 알고 있는 그의 특유의 이야기 방식과 어 조를 찾아간다. 아마도 그는 어느 때부터인가 서술의 객관 성이라는 미명하에 '나'를 최대한 지워야 하는 아카데미의 글쓰기를 갑갑하게 느꼈던 듯하다. 그에게는 어떠한 역사적 사실도 따지고 보면 자신의 주관적 경험과 무관할 수가 없 는 것인데, 기존의 역사학이나 논픽션 서술방식으로는 이러 한 '연루'를 드러내는 데 뚜렷한 한계가 있었으리라. 그의 문 학의 시작점에는 따라서, 자신과 동떨어져 보이는 역사적 사실이 실은 자신과 얼마나 가까이 얽혀 있는지를 발견하고 자각하는 현기증적 체험이 있다. 이것은 자신의 무지와 무 감함이 이 모든 역사적 폭력의 원인이라도 되는 양 자책하 고 괴로워하는 제발트의 염결한 역사의식에서 배태된 것이 다. 따라서 그의 글쓰기는 그가 오랜 친구 얀 페터 트리프에 게 배웠다는 방법, "얼핏 멀리 떨어져 있을 것 같은 사물들 을 정물화 스타일로 그물망처럼 엮는 방식"(「재건 시도」)의 탐구가 된다. 이를 위해서는 현미경과 같은 정밀한 관찰력 도 필요하지만 멀리서 두루 조망하는 조감법Synopse도 연마 해야 한다. 그래서 제발트가 모범으로 삼는 작가들은 산문 의 공중부양술에 한 번쯤은 성공한 사람들이다. 이들은 이 공중부양술의 힘으로 현실에서는 가능할 것 같지 않은 시선들을 훔쳐낸다. 그것은 육신의 짐으로부터 해방된 혼들의 시선이기도 하고, 세상 어디에도 뿌리를 내리지 못하는 허공의 인간Luftmenschen의 시선이기도 하며, 세상의 불의를 묵묵히 내려다보는 누군가의 초월적인 시선이기도 하다.

어떻게 보면 제발트가 작가로서 살았던 이십오 년여의 시간은 이런 산문의 공중부양술을 연마하는 도움닫기의 시간이었다고 할 수 있다. 그런데 특이하게도 제발트의 경우, 그것은 몸을 가볍게 하는 것이 아니라 무겁게 하는 것에서 시작된다. 『토성의 고리』의 서술자가 토머스 브라운의 산문을 두고 말했듯이, 제발트의 문장 역시 방대한 독서량에서 나온 "엄청난 인용구"와 지식인 특유의 박식하고 현학적인 표현들, 그리고 결코 가볍지 않은 역사적 사실들을 싣고 꼬리에 꼬리를 물고 끝없이 이어진다. 하지만 그가 "일단 이 모든 화물과 함께 그의 산문의 땅 위로 높이, 더 높이, 온풍을 만난 범선처럼 떠오르기 시작하면" 우리 역시 일순간 공중에 떠오르는 느낌을 맛보게 된다. "거리가 멀어질수록 시야는 더 맑아진다. 미세한 세부사항까지도 더없이 똑똑하게 볼 수 있다. 마치 망원경을 거꾸로 잡고 거기에 현미경까지 덧대어 보는 것 같다."* 한없이 아래로 꺼질 듯 무거운 문장들이 쌓이고 쌓여 어느 순간 가벼운 현기증을 동반하는 공중부양의 체험을 만들어내는 제발트의 문장을 번역하는 작

---

* 『토성의 고리』, 이재영 옮김(창비, 2011), 28~29쪽.

업은 크나큰 즐거움이었다. 다만 역자가 이런 산문의 리듬을 제대로 옮기지 못한 것 같아 무거운 마음이 든다. 또한 제발트의 문체상의 변화 추이도 충실하게 재현해내지 못한 것 같아 마음이 편치 않다. 그럼에도 이 책이 원래의 의도대로 제발트의 문학이 가로지른 시간들을 어느 정도 축약해서 보여준다면 역자로서는 그것으로 만족하려 한다. 오랜 시간 책을 거의 같이 번역하다시피한 문학동네의 허정은 편집자에게 진심으로 감사드린다.

2018년 4월
이경진

W. G. 제발트 연보

1944년   5월 18일 독일 바이에른 주 베르타흐에서 태어난다. 베르타흐는 어린 제발트에게 큰 영향을 끼친 외조부가 마흔 해 동안 지방 경찰관으로 근무한 곳이다.

1947년   프랑스에서 전쟁포로로 억류되어 있던 부친이 귀환한다.

1952년   바이에른 주 존트호펜으로 이주한다.

1956년   외조부가 세상을 떠난다.

1963년   심장병 때문에 병역을 면제받고, 프라이부르크에서 독일문학을 전공한다.

1965년   스위스 프리부르(프랑스어권)로 옮겨 공부를 계속한다.

1966년   학사학위 취득. 같은 해, 연구생 자격으로 영국 맨체스터 대학에 진학한다.

1967년   오스트리아 출신 여성과 결혼한다.

1968년   카를 슈테른하임에 관한 논문으로 석사학위를 취득하고, 1969년까지 스위스 장크트갈렌에 있는 기숙학교에서 한 해 동안 교사 생활을 한다.

1969년   『카를 슈테른하임: 빌헬름 시대의 비평가이자 희생자*Carl Sternheim: Kritiker und Opfer der Wilhelminischen Ära*』출간.

1970년 영국 노리치의 이스트앵글리아 대학에서 강의를 시작한다.

1973년 알프레트 되블린에 관한 논문으로 박사학위 취득.

1975년 뮌헨의 괴테인스티투트에서 근무한다.

1976년 아내, 딸과 함께 다시 영국으로 이주하여 노퍽 주 포링랜드에 있는 사제관에서 근무한다.

1980년 『되블린 작품에 나타난 파괴의 신화*Der Mythus der Zerstörung im Werk Döblins*』 발표.

1985년 에세이집 『불행의 기술. 슈티프터에서 한트케까지 오스트리아문학에 관하여*Die Beschreibung des Unglücks. Zur österreichischen Literatur von Stifter bis Handke*』 출판.

1986년 함부르크 대학에 교수자격논문 제출.

1988년 이스트앵글리아 대학 현대독일문학 교수직으로 임명된다. 『급진적 무대: 1970년대와 1980년대 독일 연극 *A Radical Stage: Theatre in Germany in the 1970s and 1980s*』 편집. 첫 산문시집 『자연을 따라. 기초시』 출간.

1989년 이스트앵글리아 대학에 영국문학번역센터를 창립한다.

1990년 『현기증. 감정들*Schwindel. Gefühle.*』 출간.

1991년 『섬뜩한 고향. 오스트리아문학에 관한 에세이*Unheimliche Heimat. Essays zur österreichischen Literatur*』 출간.

1992년 『이민자들*Die Ausgewanderten. Vier lange Erzählungen*』 출간.

1994년	베를린 문학상, 요하네스 보브롭스키 메달, 노르트 문학상을 수상한다.

1994년 　베를린 문학상, 요하네스 보브롭스키 메달, 노르트 문학상을 수상한다.

1995년 　『토성의 고리 *Die Ringe des Saturn. Eine englische Wallfahrt*』 출간.

1997년 　뫼리케 상, 윈게이트 픽션 상, 하인리히 뵐 상을 수상한다.

1998년 　『시골 여관에서의 숙식. 고트프리트 켈러, 요한 페터 헤벨, 로베르트 발저 등의 작가 초상 *Logis in einem Landhaus. Auto-renportraits über Gottfried Keller, Johann Peter Hebbel, Robert Walser u.a.*』 출간.

1999년 　『공중전과 문학 *Luftkrieg und Literatur. Mit einem Essay zu Alfred Andersch*』 출간.

2000년 　하이네 상, 요제프 브라이트바흐 상을 수상한다.

2001년 　영문 시집 『벌써 몇 년 *For years now*』 출간. 『아우스터리츠 *Austerlitz*』 출간. 국제적인 호평을 받는다. 12월 14일 노리치 부근에서 교통사고로 세상을 떠난다.

2002년 　브레멘 문학상을 수상한다. 『아우스터리츠』로 전미도서비평가협회상, 윈게이트 픽션 상을 수상한다.

2003년 　『못다 이야기한 것, 서른세 편의 텍스트 *Unerzählt, 33 Texte*』, 산문과 비평 선집 『캄포 산토 *Campo Santo*』 출간.

2008년 　시선집 『대지와 물을 지나서 *Über das Land und das Wasser. Ausgewählte Gedichte 1964~2001*』 출간.

지은이 **W. G. 제발트**(W. G. Sebald, 1944~2001)
작가, 독문학자. 『자연을 따라. 기초시』『현기증. 감정들』『이민자들』『토성의 고리』『아우스터리츠』 등의 문학작품과 『불행의 기술』『섬뜩한 고향』『공중전과 문학』 등의 문학연구서를 펴냈다.

옮긴이 **이경진**
서울대학교 독어독문학과 교수. 옮긴 책으로 『공중전과 문학』『도래하는 공동체』 등이 있다.

W. G. 제발트 선집 03
캄포 산토

1판 1쇄 2018년 5월 10일
1판 2쇄 2021년 1월 20일

지은이 W. G. 제발트
옮긴이 이경진

기획 고원효
책임편집 허정은
편집 송지선 김영옥 고원효
디자인 고은이 최미영
저작권 한문숙 김지영 이영은
마케팅 정민호 이숙재 우상욱 정경주
홍보 김희숙 김상만 이소정 이미희 함유지 김현지 박지원
제작 강신은 김동욱 임현식
제작처 한영문화사(인쇄) 경일제책사(제본)

펴낸곳 (주)문학동네 | 펴낸이 염현숙
출판등록 1993년 10월 22일 제406-2003-000045호
주소 10881 경기도 파주시 회동길 210
전자우편 editor@munhak.com | 대표전화 031) 955-8888 | 팩스 031) 955-8855
문의전화 031) 955-3578(마케팅), 031) 955-3572(편집)
문학동네카페 http://cafe.naver.com/mhdn
문학동네트위터 http://twitter.com/munhakdongne
북클럽문학동네 http://bookclubmunhak.com

ISBN 978-89-546-5093-9 03850

www.munhak.com